Jane Rule

OUTLANDER

Kurzgeschichten und Essays

Daphne Verlag

Jane Rule

Outlander

Kurzgeschichten und Essays

Übersetzung aus dem amerikanischen Englisch
Susanne Amrain und Susanne Stemann

DAPHNE VERLAG

Titel der amerikanischen Originalausgabe

OUTLANDER

Short Stories and Essays

By Naiad Press Inc.
Tallahassee, Fl., USA 1981

1. Auflage 1986 Göttingen

Umschlagentwurf Ursula Müller
Druck Fuldaer Verlagsanstalt, Fulda

Satz Daphne Verlag
Vertrieb Frauenliteraturvertrieb, Schloßstr. 94
6000 Frankfurt 90

Für Avis Seads

Über die Autorin

Jane Rule wurde 1931 in Plainfield, New Jersey, geboren, wuchs im mittleren Westen und in Kalifornien auf und machte 1952 ihr Examen am Mills College in Kalifornien. 1956 zog sie nach Vancouver in Britisch Kolumbien, wo sie und Helen Sonthoff zwanzig Jahre lang lebten, unterrichteten und schrieben. Die Sommer verbrachten sie in England, Griechenland oder Neu-England. Seit zehn Jahren leben sie auf Galiano Island, fünf Meilen vor der Küste von Britisch Kolumbien. Im Winter verbringen sie zwei bis drei Monate in den südlichen Wüstengebieten von Kalifornien oder Arizona. Seit einigen Jahren kanadische Staatsbürgerin ist Jane Rule aktiv in Schriftstellerinnen-, Frauen- und Schwulengruppen, rezensiert Bücher, schreibt Artikel und arbeitet in Komitees der Regierung, aber die schriftstellerische Arbeit ist weiterhin ihre Hauptbeschäftigung.

INHALT

Kurzgeschichten

Essays

KURZGESCHICHTEN

HEIMKINO

Alysoun Carr saß am Tisch eines Athener Straßencafés und trank Ouzo. Durch ein offenes Fenster direkt ihr gegenüber sah sie die rückwärtige Wand eines Zimmers, auf die jemand einen Schmalfilm projizierte. Ein junges Paar erschien auf der Wand und wurde größer. Plötzlich füllte der riesige Kopf eines Babys das Fenster, als sollte es gleich auf die Straße hinaus geboren werden. Alysoun, die in einem fremden Land immer darauf achtgab, keine melodramatischen Gesten zu machen wie etwa die Augen mit der Hand zu bedecken, wenn sie es vermeiden konnte, sah weg. Sie goß Wasser in den Ouzo und beobachtete, wie die dicke, klare Flüssigkeit dünn und milchig wurde. Sie mochte den Lakritznachgeschmack nicht, aber sie mochte die Wirkung des Getränks, die Besänftigung ihrer Sinne, so daß sie Dinge, die sonst zu grell, zu laut, zu stechend waren, auf einer Ebene der Duldung, ja des Genusses auf sich wirken lassen konnte. Noch zehn Minuten, und sie würde imstande sein, sich den Film, falls er so lange dauerte, ohne Schrecken anzusehen.

Bei ihr zu Hause konnte eine solche Vorführung bis zu einer Stunde dauern, wenn absolut alles, was ihr Vater je gefilmt hatte, für diese Gelegenheit wieder ausgegraben und durch ein oder zwei alte Trickfilme ergänzt wurde, die er zu irgendeinem Geburtstag eines der Kinder gekauft hatte. Mindestens zwei der Filme wurden stets auch rückwärtslaufend gezeigt und lösten hysterisches Gekicher aus, in dem, mindestens für Alysouns Empfinden, immer ein Element von Beängstigung mitschwang. Es war erschreckend anzusehen, wenn der Projektor mühelos etwas fertigbrachte, was sonst keine Macht der Welt vermochte: die Füße des Springers durch die Wasseroberfläche brechen lassen und ihn durch einen unmöglichen Magnetismus wieder aufs Sprungbrett zurückversetzen, - das Kind purzelte auf den Stuhl hinauf, "um die Vergangenheit auf ihrem Thron zu halten"; woraus war das? Eine andere Wand. Die Kamera, besonders die Filmkamera, ist reaktionär. Sie braucht nicht einmal rückwärts zu laufen, um das zu beweisen. Alysoun fürchtete sich immer am meisten vor dem Augenblick, in dem ihr eigenes Babygesicht auf der Leinwand erschien und ihr Vater unweigerlich sagte, "Also, Ihr seid alle gutaussehende Kinder, aber Alysoun war das hübscheste Baby, das ich je gesehen habe." Alysoun verstand nie, wieso er das fand, - ein Kopf mit so wenig Haaren und kein Lächeln, sondern ein tonloses Schnauben, als schneuzte sie sich ohne Taschentuch mitten in die Kamera. Die anderen hätten bei der Bemerkung ihres Vaters eifersüchtig werden können, wenn er nicht die Vergangenheitsform betont hätte - als Tadel. Ihr Vater schien den Prozeß ihres Erwachsenwerdens als schreckliche, entstellende Krankheit oder als tödlichen Unfall zu betrachten. Nur die Kamera konnte ihm das hübsche Baby wiedergeben, das, wenn es sein erwachsenes Selbst anschnaubte, Alysoun ein Gefühl von Desorientierung einflößte, als wäre sie von der Kamera physisch aus dem Wasser und auf das Sprungbrett gezogen worden. Einige ihrer Geschwister hatten Kinder. Alysoun nicht. Vielleicht beklagte sich ihr Vater nur darüber, daß sie ihm die Freude nicht ein weiteres Mal im Leben gemacht hatte - eine Enkeltochter, über die er sagen könnte, "Sie ist fast so hübsch, wie ihre Mutter es war." Nur wenn man Kinder hatte, erlaubte einem solch ein Vater, in der Gegenwart zu leben.

Alysoun sah wieder in das Fenster, wo jetzt bemerkenswert schlechte Bilder erschienen, die vermutlich einen blühenden Garten vorstellten. Ein Amateurfilmer braucht vor nichts ehrfürchtig zu zittern, aber was ihr vor zehn Minuten noch eine leise Übelkeit bereitet hätte, amüsierte Alysoun jetzt. Die Leute redeten immer vom Allumfassenden der großen Kunst, doch der Stempel des Amateurs, der alles, was er liebt, in den Käfig seiner eigenen, ungübten Sehweise sperrt und dann rückwärts aus der Zeit hinauslaufen läßt, ist viel allumfassender. Wenn sie lange genug zugeschaut hätte, wären gewiß die Füße eines griechischen Springers durch die Wasseroberfläche gebrochen, hätte ein griechisches Baby geschnaubt, doch Alysoun konnte nicht warten. Sie mußte zu einer Probe, und sie mußte vorher noch ins Hotel gehen, um ihr Instrument zu holen.

Auf dem Gang zurück, die steile Straße hinunter, die erfüllt war von lärmendem Griechisch und aggressiven Automobilen, würde sich das leichte Beruhigungsmittel verflüchtigen, das ihr Drink gewesen war und sie in den Stand versetzen, das zu tun, was sie immer sehr gut tat, ob allein oder vor Publikum.

"Hast du niemals Lampenfieber?" fragte ihr Vater sie eindringlich vor ihrem ersten wichtigen Auftreten mit dem San Franzisko Symphonieorchester. Denn daß Alysoun imstande war, in diese äußerste Ruhe einzutauchen, die sie kurz bevor sie spielte immer erreichen konnte, war, wenn nicht unmenschlich, so doch schockierend unsensibel an einer Frau.

Sie sagte ihm nicht, daß sie sich vor fast allem anderen fürchtete: wovor sich die meisten Leute fürchten, wie in ein Flugzeug steigen oder bissigen Hunden begegnen; wovor sich manche Leute fürchten, wie Sex oder Wahrsagerinnen; wovor sich niemand fürchten sollte, wie Essen oder ihrem Vater. Sie sagte es ihm nicht, weil sie sich in den Augenblicken vor einem Konzert vor gar nichts fürchten mußte.

Jeder, mit dem sie zusammen spielte, hatte jahrelang geübt, wie sie auch, nach der gleichen Partitur gespielt, unter demselben Dirigenten. Zusammen stimmten sie überein, beherrschten das, was geschah. Nachdem sie diese Sicherheit des Zusammenwirkens schon sehr jung entdeckt hatte, wollte Alysoun sie nie der Realität außerhalb der Musik zuliebe verlassen, von der sie nie gewußt hatte, wie sie dafür üben sollte, für die es weder eine für alle gültige Partitur noch einen Dirigenten zu geben schien. Jedesmal wenn sie spielte, war sie im Innern dieser umfassenden Harmonie, um die das Leben und selbst die anderen Künste kämpften, die aber nur die Musik erreichte.

Erst nach der Probe, auf dem Weg zu einem nächtlichen Dinner, als sie den bombastischen Konzertmeister sagen hörte, "Welche Beherrschung der Musik! Welche Empfindung! Sie spielen mir aus der Seele!", fragte sich Alysoun, ob sie wohl erbrechen, oder auf der Straße ohnmächtig werden, oder in einen hysterischen Weinkrampf ausbrechen würde. Meistens, wie heute abend auch, gelang es ihr, sich genügend unter Kontrolle zu halten, um das Restaurant zu erreichen, nur um dort die Speisen anzustarren, die kein noch so großer Hunger sie zu essen hätte zwingen können, während der Konzertmeister gegen die amerikanische Eitelkeit protestierte, die die Frauen dort so dünn machte wie sogar die Armen in Griechenland zu sein sich schämen würden.

"Sie sind ja nicht dicker als Ihre Klarinette!"

Diese Kritik war einigermaßen beruhigend; sie bedeutete, daß ihr Tischnachbar eher von ihrer skelettartigen Magerkeit abgestoßen ,als von ihrem hier ungewöhnlichen blonden Haar angezogen war, und somit würde sie bald in ihr Bett gehen können, ohne Auseinandersetzung.

"Aber sie ist sogar in ihrem eigenen Land berühmt als die Dame, die niemals ißt," sagte eine junge Frau, die Alysoun gegenübersaß und ihr als Schwester der ersten Bratsche vorgestellt worden war.

"Woher wissen Sie das?" fragte Alysoun.

"Ich habe im American Information Center darüber gelesen. Ich arbeite als Übersetzerin für die Amerikaner."

Es hatte da eine vertuschte Episode gegeben, als man nach einem ihrer Zusammenbrüche einen normalen Arzt holte, keinen Psychiater. Statt der Diagnose einer unklaren Phobie, gegen die man wenig tun konnte, oder statt ihr zu sagen, sie litte unter den völlig normalen Ängsten einer Karrierefrau, die zu Hause bleiben und ein Kind bekommen sollte, teilte man ihr mit, daß sie unterernährt sei. Sie ging ins Krankenhaus und ließ sich intravenös ernähren, bis sie den Anblick von Essen wieder ertragen konnte. In der schützenden Umgebung des Krankenhauses hatte Alysoun gute Fortschritte gemacht. Sie nahm zehn Pfund zu und verließ das Hospital mit dem Wissen, daß sie, wenn auch keine Heilung, so doch einen Zufluchtsort gefunden hatte. Dann - ohne Zweifel erfreut über die Andeutung von Brüsten, die man jetzt unter ihrer Bluse ausmachen konnte, und für die er sich auf eine schöpferische Art verantwortlich fühlte - hatte ihr ihr Arzt einen Heiratsantrag gemacht.

Alysoun hatte gelernt, nicht zu sagen, daß sie Sex nicht mochte; das war eine zu große Herausforderung. Aber auch keiner ihrer anderen wahren Gründe war sehr hilfreich, denn Männer gaben sich leicht der Illusion hin, daß sie, unterwürfig in der Verfolgung ihres Ziels, auch unterwürfige Herren sein könnten. Sie mußte ihre Ausrede erfinden.

"Ich habe nicht nur gelesen, daß Sie niemals essen, sondern auch, daß Sie einen geheimnisvollen Geliebten haben. Manche sagen, ein großer Staatsmann, manche sagen, ein einsiedlerischer Millionär," fuhr die Schwester der Bratsche fort, und ihre Augen waren, obwohl nicht unfreundlich, so doch ungläubig.

"Ich muß versuchen, etwas Schlaf zu bekommen," sagte Alysoun. "Ich habe den Zeitunterschied noch nicht überwunden."

Das sofort und überschwenglich geäußerte Mitleid der

Männer hätte auch ein spöttischer, gespielter Protest sein können, danach, wie sich ihre Kehle sauer zusammenzog. Sie zitterte.

"Ich bringe Sie," bot die junge Frau an. "Ich habe den Wagen gleich vor der Tür."

"Danke. Ich habe nicht einmal Ihren Namen verstanden."

"Constantina. Es muß scheußlich für Sie sein, daß Sie das nach jeder Probe über sich ergehen lassen müssen. Oh, sie spielen wie die Engel, das gebe ich gern zu, aber sie essen wie Tiere, und sie reden wie Männer. Morgen abend werde ich Sie entführen und irgendwo hinbringen, wo es ruhig ist, und wo Sie frischen Fisch und Salat bekommen können, und ich werde nicht mit Ihnen sprechen, Sie nicht einmal ansehen, wenn Ihnen das lieber ist. Ich hoffe, Sie haben mir verziehen, daß ich mit Ihnen über Sie geklatscht habe, aber es hat die anderen zum Verstummen gebracht, nicht wahr?"

Da Constantina sich auf ungeheuerliche Verkehrssituationen konzentrieren mußte, konnte Alysoun sie während dieses Monologs betrachten - eine hohe, sehr weiße Stirn unter dem dunklen Haar; gerade, dunkle Augenbrauen, eine ziemlich scharfgeschnittene Nase, ein sehr breiter Mund mit schönen Zähnen. Niemand würde sie hübsch nennen; niemand würde ihr Gesicht so leicht vergessen. Sie war ungefähr dreißig, wie Alysoun.

"Und das Mittagessen? Darf ich Sie zum Mittagessen einladen? Bevor Sie sich entscheiden, möchte ich Sie warnen: ich tue das nur, weil ich aus Ihnen Nutzen ziehen will, und schon wenn ich Sie ansehe, weiß ich, daß Sie wissen, was ich wissen muß."

"Ich verstehe von fast nichts etwas, außer von Musik," sagte Alysoun.

"Sie kennen die Namen der Blumen," sagte Constantina.

"Ja," räumte Alysoun ein.

"Dann müssen Sie mit mir zu Mittag essen, als offizielle Verpflichtung - ein Akt guten Willens im Rahmen der Völkerverständigung."

"Danke. Gern."

In einem fremden Bett, wo sie sich in verschiedenen Stadien der Erschöpfung vor dem Schlaf fürchtete, dachte Alysoun darüber nach, warum diese offenkundige Schmeichelei ihr eher gefallen als sie gekränkt hatte, als es um ihre Kenntnisse von Blumen ging, wo es doch sonst immer ihre

Art war, all ihre Fähigkeiten zu leugnen, um zu vermeiden, daß man sie kannte, um Verpflichtungen zu entgehen. Die endlosen, immer neuen Ängste allein zu ertragen, war, wenn nicht leichter, so doch weniger beschämend. Und sie konnte immer zum Üben Zuflucht nehmen, sogar zum stummen Fingersatz, falls andere Leute durch ihr Spiel gestört worden wären. Irgend etwas an Constantinas Vertrauen beschützte Alysoun auf eigentümliche Weise und war ohne jede Spur der unvermeidlichen männlichen Herablassung; und Constantina war so klug gewesen, sie um einen Gefallen zu bitten, - einen, den ihr Alysoun mit Vergnügen tun würde, denn sie hatte die Namen der Blumen schon sehr früh in ihren Wortschatz aufgenommen, wo sie sicher und leuchtend bewahrt blieben, ein Geschenk ihrer Mutter, die den Namen eines Kindes oder einer Nachbarin vergessen konnte, niemals aber die genaue Bezeichnung einer Tulpe, eines Rhododendron oder einer Rose. In Erinnerungen, die ihr kein Schmalfilm je genommen hatte, ging Alysoun, nicht viel mehr als blumenhoch, neben ihrer Mutter, die die letzten Narzissen beim Namen nannte, - Carlton, King Alfred - und die frühen Tulpen, - White Triumphator, General de Wet. Namen nennen war besser als zählen. Zählen hätte vielleicht das Konzert von morgen abend in ihrem Kopf in Gang gesetzt. Sie ging, fast unter dem Rhododendron verborgen, und sagte, "Unique, Pink Pearl, Sappho . . ." und schlief ein. Es war Mittag, als sie erwachte.

Constantina wartete in der Halle auf sie, erhob sich, kam schnell auf sie zu, umarmte sie formell und trat einen Schritt zurück. "Sie haben geschlafen."

"Ja, danke, sehr gut," sagte Alysoun. "Ich habe an den Blumengarten meiner Mutter gedacht."

"Gut. Ich habe einen Plan. Wir können zu Fuß gehen, ja? Ist Ihnen das recht? Es ist nicht weit zur alten Placa. Wir essen da zu Mittag, etwas ganz Einfaches, nichts Besonderes. Dann tun wir unsere Arbeit. Wir gehen zu den Blumenhändlern. Ich werde Ihnen den Namen der Blume sagen. Sie suchen sie heraus, und dann sagt mir der Händler den Namen auf Griechisch."

"Wozu brauchen Sie das?" fragte Alysoun.

"Oh, ich übersetze eine Sammlung von Eudora Weltys Kurzgeschichten für das American Information Center. Darin w i m m e l t es von Blumen."

Alysoun war froh, daß sie schon von Eudora Welty gehört hatte, erinnerte sich auch, daß sie ein oder zwei von ihren Geschichten gelesen hatte, wußte aber nicht mehr, was es gewesen war.

"Es ist mir peinlich, daß ich die Blumennamen nicht einmal auf griechisch kenne. Aber als Yaya sie uns beibrachte, hatte ich die Nase in einem Buch," gestand Constantina ohne Schuldgefühle. "Und in den griechisch-englischen Wörterbüchern sind sie nicht so spezialisiert aufgeführt, wie ich das brauche."

Alysoun mußte sich konzentrieren, um zu hören, was Constantina sagte, weil sie sich gleichzeitig durch die mittäglichen Menschenmengen auf den Trottoirs kämpften, an denen die Autos ohne Rücksicht auf die Fußgänger entlangschlidderten. Constantina hatte so eine Art vorsichtiger Aggressivität, von der Alysoun fühlte, daß sie ihr vertrauen konnte, also folgte sie ihr, ließ sich am Arm packen, sich sogar vor Constantina herschieben, bis sie durch einen dunklen Torbogen in einen schmalen Korridor entkamen. Alysoun hatte keinerlei Hinweisschild gesehen.

"Woher weiß irgend jemand, daß das hier ein Restaurant ist?"

"Ich weiß nicht. Es ist einfach immer schon hiergewesen, und wir sind immer schon hingegangen," sagte Constantina und führte sie in einen Raum mit ungefähr achtzehn Tischen; an zweien oder dreien saßen schon Gäste, ausschließlich Männer. "Es tut mir leid, daß wir vielleicht die einzigen Frauen hier sein werden, aber man wird uns in Ruhe lassen, und das Essen ist für Amerikaner unbedenklich. Soll ich für Sie bestellen?"

Wie schon am Vorabend im Auto hatte Alysoun Gelegenheit, Constantinas Gesicht zu studieren, während sie die Speisekarte las und sich dabei betrug, als wäre die in einer Fremdsprache geschrieben, die sie sich erst übersetzen mußte. Sie hatte jenes Gesicht, das jede kleine Verwirrung, jede kleine Freude spiegelte, zugleich aber eine geschäftige Maske für tiefere Empfindungen und Bedürfnisse sein mochte. Als sie ihre Wahl getroffen hatte, beschrieb sie sie Alysoun detailliert, die sofort zustimmte.

"Wissen Sie, es ist nicht so, daß ich nicht gern esse. Nur, - manchmal kann ich einfach nicht."

"Das verstehe ich. Das verstehe ich sehr genau," sagte

Constantina. "Man kann sich dem Essen ausgeliefert fühlen wie ein Opfer."

"Müssen Sie oft amerikanische Gäste ausführen?" fragte Alysoun, weil sie wußte, wie berüchtigt niedrig die griechischen Gehälter waren, gemessen an den gesellschaftlichen Verpflichtungen; nur in Japan war es noch schlimmer.

"Leider nicht. Ich bin schließlich niemand Wichtiges. Ich habe Sie kennengelernt, weil mein Bruder nett war und meine inständige Bitte verstanden hat. Er hat mir sogar erlaubt, seinen Wagen zu benutzen. Ich möchte nicht wie ein Schulmädchen klingen. Ich habe Ihre Platte. Ich bewundere sie sehr, und Sie. Genug der Geständnisse. Sind Sie geworden, was Sie sind, weil Sie sich den Wünschen Ihrer Eltern gefügt haben?"

"Nein," sagte Alysoun. "Oh, inzwischen haben sie sich damit abgefunden. Und sie hätten das vielleicht früher getan, wenn ich Geige oder Bratsche gespielt hätte, oder Klavier, oder sogar Flöte."

"Oder Harfe?"

Alysoun lachte und sagte, "Das wäre ihnen wohl ein bißchen übertrieben vorgekommen. Und Klarinette ist nicht so schlimm wie Cello oder Horn."

"Ich kann es auch kaum ertragen, wenn ich eine Frau Cello spielen sehe. Aber warum hatten sie etwas gegen Klarinette?"

"Wahrscheinlich hatte es gar nichts mit dem Instrument zu tun. Ich wollte es spielen lernen, weil meine beste Freundin es spielte. Mein Vater konnte es nie leiden, wenn außer ihm selbst noch jemand anders Einfluß auf seine Kinder hatte - abgesehen von Mutter, natürlich."

"Wie hieß Ihre Freundin?"

"Bobby Anne. Ich habe seit Jahren nicht mehr an Bobby Anne gedacht!"

"Wie treulos Sie sind. Wo sie doch den Anlass zu Ihrer ganzen Karriere gegeben hat."

"Aber ich habe nach und nach bemerkt, daß ich die Klarinette mehr liebte als Bobby Anne."

"Die wahre Besessenheit ist immer die Arbeit," sagte Constantina.

"Das wissen Sie?" fragte Alysoun überrascht. "Es hat wirklich wenig mit Selbstdisziplin zu tun. Es ist viel eher eine Gewohnheit, die man unmöglich aufgeben kann. Nicht, daß ich sie aufgeben wollte, aber ich glaube, ich könnte es auch gar nicht. Mein Vater sagte, ich bekäme vom Klarinettespielen vorstehende Zähne als ob ich am Daumen lutschte. Mein Bruder fing an, mich 'Bugs Bunny' zu nennen. Sogar meine Mutter fand, ich müßte eine Zahnspange haben."

"Und haben Sie eine bekommen?"

"Nein, wie Sie sehen. Meine Musiklehrerin sagte, kleinere Eitelkeiten müßten geopfert werden, und mir war es eigentlich gleichgültig, solange ich weiter spielen konnte, und das war noch bevor ich die Musik lieben lernte."

"Sie haben schöne Zähne," beharrte Constantina. "Welch ein Unterschied zu meinem Bruder. Er tut, was meine Eltern wollen. Er hat nie gelernt, die Musik zu lieben. Für ihn ist es nur Arbeit, Arbeit, Arbeit, und es langweilt ihn, – es langweilt ihn zu Tode."

"Wie schrecklich!"

"Aber er wird geliebt, oh, so sehr geliebt! Und sie unterstützen ihn immer noch."

"Unterstützen sie Sie nicht?" fragte Alysoun. "Sind sie nicht einverstanden mit dem, was Sie tun?"

"Nein. Oh, jetzt macht es ihnen nicht mehr so viel aus, aber mein Vater nannte Englisch früher immer die Sprache des Teufels, wahrscheinlich, weil meine Mutter gut Englisch spricht. Ich war einfach zäher als er. Meine größte Stärke ist mein Beharrungsvermögen. Er verlor schließlich das Interesse an seinen eigenen Vorbehalten und ließ mich nach Athen gehen . . . um meinem Bruder den Haushalt zu führen, natürlich."

"Werden Sie heiraten?"

"Niemals!" sagte Constantina. "Mein Bruder möchte heiraten, aber ich sage ihm immer, mehr als Inzest wird er sich nie leisten können."

"Müssen Sie mit ihm zusammenwohnen?"

"Es macht mir nichts aus," sagte Constantina. "Er ist ein netter Kerl. Aber eines Tages, wenn er heiratet, freue ich mich darauf, alleine zu leben . . . oder mit einer Freundin zusammen."

"Einer Freundin?"

"Sie haben keinen Geliebten," sagte Constantina entschieden und wechselte damit plötzlich das Thema.

"Es gefällt mir, wie Sie immer eher Feststellungen treffen als Fragen stellen. - Ich lasse die Leute im Glauben, ich hätte einen. Es scheint die einzige Zurückweisung zu sein, die jeder sofort akzeptiert."

"Ihr Mittagessen hat Ihnen geschmeckt."

"Ja, das hat es. Und, Constantina, ich würde es gern bezahlen, und das Abendessen auch. Ich bin für diese Reise großzügig mit Spesen ausgestattet worden, vom Außenministerium, und es gibt keinen Grund, warum Sie . . . "

Constantina streckte die Hand aus, um sie zu unterbrechen. "Wenn ich Ihnen nun sagte, daß ich monatelang gespart habe und mich darauf gefreut habe - wenn ich Ihnen sagte, welche Ehre es . . . "

"Und wenn ich Ihnen sagte, ich habe einen solchen Horror vor Verpflichtungen, daß ich normalerweise jede Einladung ablehne . . ."

"Und wenn ich Ihnen sagte, daß mich der Kellner verurteilen würde, weil ich die Gesetze der griechischen Gastfreundschaft mißachte . . ."

"Und wenn ich Ihnen sagte . . ." versuchte Alysoun fortzufahren, aber es fiel ihr kein weiterer Einwand ein, und sie mußte lachen.

"Kommen Sie," sagte Constantina, "und nennen Sie mir die Namen der Blumen. Dann werde ich I h n e n verpflichtet sein."

Die Menschenmassen hatten sich jetzt verlaufen, und sie konnten ohne Schwierigkeiten Arm in Arm gehen. Es störte Alysoun nicht einmal, daß sich Leute nach ihnen umdrehten und Bemerkungen machten. Manchmal gab Constantina laut eine Antwort zurück.

"Was sagen Sie?"

"Manchmal sage ich, 'Geh heim zu deiner Mutter und schlachte das Schwein!', manchmal aber auch viel schlimmere Sachen."

"Ist das nicht gefährlich?"

"Ach was. Es ist so wie auf dem Dorf, wo man allen 'Guten Tag' sagen muß. Hier ist es eine Situation, in der es unhöflich wäre, nicht auch unhöflich zu sein. Sie bewundern nur Ihr Haar."

Wenn Alysoun in Begleitung eines Mannes war, fühlte sie sich nicht beschützt, sondern unsichtbar, und manchmal fragte sie sich, ob ihr Bedürfnis, sich zu erbrechen oder zu schreien vielleicht weniger von den Gefahren der Straße herrührte als vielmehr von diesem Ausgelöschtsein. Mit Constantina hatte sie das merkwürdige, unbeschwerte Gefühl, deutlich sichtbar und in Sicherheit zu sein.

Als sie die Placa erreichten, schlossen einige der Blumenhändler ihre Stände schon für den Nachmittag, aber mindestens ein Dutzend war noch offen und zeigte eine bemerkenswerte Vielfalt von Blumen.

"Natürlich, es ist Mai," erinnerte sich Alysoun. "Griechenland ist wie Kalifornien: absolut alles blüht im Mai."

"Eine der Erzählungen spielt in San Franzisko. Sie beschreibt die Blumenstände dort."

"Geben Sie mir Ihre Liste."

Alysoun überflog das Blatt; eine solche Handschrift hatte sie noch nie gesehen, und ihr wurde klar, daß Constantina die fremde Schrift gelernt haben mußte, als sie alt genug war, damit umzugehen und einen eigenen Schriftstil zu entwickeln.

"Was ist? Ist es schwer zu lesen?"

"Nein, überhaupt nicht. Ich habe die Schrift bewundert. Sie ist Ihnen sehr ähnlich," sagte Alysoun und merkte, daß sie in Constantinas Art, Komplimente zu machen, verfiel.

Auf der Liste standen sechsunddreißig Blumen. Beim ersten Händler fand Alysoun fünf davon: Nelke, Schwertlilie, Narzisse, Begonie, Gladiole, und als Constantina dem Mann erklärte, was sie da taten, nannte er ihr nicht nur die griechischen Namen der Blumen, sondern gab ihr auch die Blumen selbst und weigerte sich, Geld dafür anzunehmen. Beim zweiten Händler, wo Alysoun vier weitere fand - Veilchen, Wicke, Anemone, Amaryllis - geschah dasselbe. Bald wußten sämtliche Händler auf der Placa, was die Frauen da taten und riefen ihre Spezialitäten aus in der Hoffnung, die seltensten und schönsten Blumen anbieten zu können; aber nur wenn Alysoun das sah, was sie brauchte, waren ihnen die griechischen Namen von Nutzen. Der Strauß in Constantinas Armen wurde immer größer und verwirrend vielfältig; Düfte von Rosen, Iris, Lilie, einer überraschend stark, fast stechend duftenden orangefarbenen Tulpe. Nach kurzer Zeit hatten sie fünfundzwanzig verschiedene Blumen, manchmal ein halbes Dutzend von einer Sorte. Die Blumenhändler schrien vor Vergnügen.

"Oh, es ist schon spät," sagte Constantina plötzlich bekümmert, "und Sie müssen sich vor dem Konzert noch ausruhen."

"Ich hatte das Konzert ganz vergessen," gestand Alysoun.

Aber eigentlich hätte sie sagen sollen, daß sie nicht daran hatte denken, sich das sichere Ziel nicht bewußt hatte vorstellen müssen, um sich über die Schrecken des Tages hinwegzuretten.

"Ein Eudora-Welty-Strauß," sagte Constantina, und ihr Gesicht verschwand in den Blüten. "In sie bin ich auch ein bißchen verliebt."

"Inzwischen bin ich das auch," sagte Alysoun. "Ich wünschte, wir könnten ihr den Strauß schicken, oder ihr wenigstens davon erzählen. Es muß sonderbar sein, Schriftstellerin zu sein - nie anwesend, um zu sehen, welche Freude man bereitet."

Im Hotel standen sie noch einen Augenblick in der Halle.

"Es war so schön," sagte Alysoun.

"Sie müssen die Blumen nehmen."

Alysoun wollte protestieren, stattdessen lächelte sie einfach und nahm sie.

"Ich hole Sie heute abend nach dem Konzert ab," sagte Constantina und war schon fort.

Alysoun ging in ihr Zimmer und läutete nach einer Vase.

Das Mädchen betrachtete die Blumen kritisch und kam mit drei Vasen wieder, aber die Blumen durften nicht getrennt werden. Alysoun entschied sich für die größte und ordnete den Strauß, den Eudora Welty ins Leben gerufen hatte: vielleicht würde sich Alysoun, wenn sie damit fertig war, wirklich hinsetzen und Eudora Welty einen Brief schreiben. Sicher kannte Constantina ihren Verleger. Eine Tulpe, so dunkelviolett, daß man sie schwarz nennen konnte - sie hieß 'Königin der Nacht' - hatte die Farbe von Constantinas Augen, eine aprikosenfarbene Rose die Beschaffenheit und Farbe ihrer Haut. Während sie jetzt die Straße entlangging, trug sie den Duft mit sich, der diesen Raum erfüllte. Alysoun stellte sich vor, wie sie heute abend zu Constantina sagen würde, "Wenn ich daraus ein Parfum machen lassen könnte, würde ich es für den Rest meines Lebens tragen." Und wenig später würde Constantina sagen, "Sie haben eine Frau geliebt." Und Alysoun würde sagen, "Ja, aber es ist so lange her, daß sie mir fast noch unwirklicher erscheint als Bobby Anne." - "Wie treulos Sie sind!" Und Alysoun würde sagen . . .

Furcht stieg in ihrem Schoß auf und war dem Begehren so ähnlich, daß sie, wäre in diesem Augenblick jemand dagewesen, sehr liebevoll, sehr geschickt, um sie zu halten, zu berühren, nicht widerstanden hätte. Constantina.

"Liebe Eudora Welty," begann Alysoun ihren Brief - und wußte, daß sie ihn weder beenden noch abschicken würde. "Vielleicht ist es ganz gut so, daß Sie nicht wissen, welche Freude Sie machen, oder welche Einsichten Sie vermitteln. Ich habe keine Ahnung, ob Sie je eine Geschichte hierüber geschrieben haben, aber ich habe durch einen Strauß Ihrer Blumen (- ich werde gleich erklären, was ich damit meine-) entdeckt, daß Furcht Begehren i s t, nicht Scham, oder Schuld, oder Unzulänglichkeit, oder sonst irgend etwas. Die Frage, die man sich über die Furcht stellen muß, ist nicht, wovor fürchtest du dich, sondern was wünschst du. Wenn man weiß, was man will und es haben kann, dann erscheint die Furcht überhaupt nicht mehr wie Furcht . . ."

Wenn Alysoun heute abend nach dem Konzert fortgehen konnte und nicht wieder in die bedrohliche Einsamkeit von Menschen hineingezogen wurde, die wenige Augenblicke vorher noch zur selben großen Bestätigung von Ordnung und Harmonie gehört hatten und jetzt nichts mehr teilten als unbedeutende, widerstreitende Gelüste, - wenn sie stattdessen mit Constantina zusammensein sollte, die eine Speisekarte las wie eine Partitur, die einen Nachmittag in einen Blumenstrauß verwandelte, dann mochte Alysoun vielleicht zu leben üben wie sie zu arbeiten gelernt hatte, in jener äußersten Stille der Erwartung und des Gegenwärtigen.

Sie ging nicht aus, nahm nicht ihren einsamen Drink, um eine Welt zu beobachten, in der sich alle benahmen, als spielten sie in einem Amateurschmalfilm mit, ruckartig und befangen, um wieder und wieder überlebensgroß auf die schadhafte Wand der Kindheit projiziert zu werden. Sie blieb allein und still in ihrem Zimmer, bis es Zeit war, zu gehen.

An jenem Abend spielte Alysoun Carr so gut wie nur je in ihrem Leben. Erst als sie sich verbeugte, bemerkte sie die Kameras. Das Konzert wurde nicht nur im griechischen Fernsehen, sondern auch für die Amerikaner übertragen, die in diesem Moment ihr Bild, über Satellit gesendet, auf ihren Fernsehschirmen sahen. Ihr Vater, ihre Mutter, ihre Geschwister waren gewiß alle zusammen, und eine gefährliche Sekunde lang war sie versucht, in die Kameras zu schnauben. Stattdessen lächelte sie ihr strahlendes, professionelles Lächeln, mit leicht vorstehenden Zähnen, durch einen Regen von Blumen, deren Namen ihre Mutter sie gelehrt hatte.

DER TAG, AN DEN ICH MICH NICHT ERINNERE

"Du erfindest deine Mutter, damit sie zu deinen Schuldgefühlen paßt!" schrie ich. "Sie ist irreal!"

Jean lehnte mit dem Rücken zu mir am Bücherschrank im Wohnzimmer und packte "Rubinroter Dschungel", "Lesbian/Woman", Adrienne Richs Essays weg. Neben ihr stand ein schon voller Karton mit Büchern wie "Lesbian Tide", "Body Politic", "Conditions". Und das war nur der Anfang. Es war der dritte Besuch in ebensovielen Jahren, den uns ihre Mutter und ihre viel jüngere Schwester hier an der Küste machten und das dritte Mal, daß Jean sämtliche belastenden Beweisstücke unseres gemeinsamen Lebens verschwinden ließ. Beim ersten Mal hatte ich ihr nicht nur bei den Büchern und Platten geholfen, sondern auch bei den Bildern, und wir verteilten unsere Kleidung auf zwei verschiedene Schränke. Ich steckte sogar unsere Zahnbürsten so weit wie möglich voneinander entfernt in die Halter. Da ich seit meinem zehnten Lebensjahr Waise war, besaß ich keine Erfahrung darin, wie man mit den Empfindlichkeiten einer Mutter umzugehen hat; außerdem war ich jung verliebt, und dieses Erlebnis erfüllte mich mit ehrfürchtiger Scheu. Beim zweiten Mal wurde ich krank, und Jean mußte bei mir schlafen, ob es nun jemand gefiel oder nicht. Und dieses Mal war ich entschieden kämpferisch.

"Hast du gehört?" fragte ich und klang selbst wie eine Mutter.

"Du magst meine Mutter; meine Mutter mag dich. Kinky ist erst vierzehn . . ." sagte Jean und setzte ihre Hexenjagd durch die Regale fort.

"Vierzehn ist alt genug für die Tatsachen des Lebens." Wenn ich nicht gewußt hätte, wie sehr die Details meiner Einweihung im Internat Jean abstießen, hätte ich meine eigenen Erfahrungen als Beweis vorgebracht. Stattdessen versuchte ich es mit einem kleinen Tauschhandel. "Als wir sie besuchten, mußte ich ganz allein in einem Zimmer voller Kruzifixe schlafen, und dabei ist sie nicht mal katholisch."

"Aber sie mußte uns katholisch erziehen."

"Sie hat gesagt, es macht ihr nichts aus, daß du nicht mehr zur Kirche gehst. Sie sagt, sie habe ihr Versprechen erfüllt."

"Karin, es würde Mutter umbringen."

"Das glaube ich nicht!" schrie ich. "Ich glaube, du denkst, es würde dich umbringen, wenn du zugeben müßtest, daß dir an mir was liegt."

"Das ist nicht fair," sagte Jean und wandte mir zugleich ihre ganze Aufmerksamkeit und ihr Verständnis zu.

"Ist das da fair?" fragte ich und deutete auf die Kartons. "Wir tun nicht mal was Ungesetzliches. Wir sind Erwachsene, die einvernehmlich handeln."

"Zwei Wochen lang muß ich auch das Kind meiner Mutter sein."

Menschen, die ihre Mutter früh verloren haben, sollen ja immer nach einem Ersatz dafür Ausschau halten, aber mir ist es einfach peinlich, wenn jemand versucht, mich zu bemuttern. Trotzdem war ich eifersüchtig auf Jean, na klar, und auf ihre Mutter auch. Und obwohl ich für Ehrlichkeit plädierte, ging es in Wahrheit um Loyalität. Es war an der Zeit, daß Jean mich allen anderen vorzog - besonders ihrer Mutter.

"Also, ich bin nicht das Kind deiner Mutter, und ich habe nicht die Absicht, sie weiter anzulügen."

Ich erwartete gar nicht, daß sich Jean am Ende geschlagen geben würde. Weil ich selber nie einer Mutter gegenüber mein Coming Out hatte machen müssen, wußte ich nicht, wie Jean ihres bewerkstelligen sollte. Ich wollte bloß lange genug wüten und streiten, damit sie wußte, was ich bei der ganzen Sache fühlte. Ihr Vorschlag, ich sollte gehen, traf mich völlig überraschend. Jeden Tag ging mir der Satz durch den Kopf, immer wieder: "Dann suchst du dir vielleicht besser eine andere Bleibe . . ."

Was wäre gewesen, wenn ich einfach weiter mit ihr gestritten hätte, so, als wäre das, was sie gesagt hatte, nicht schlimmer als ihre Bücherversteckerei? Oder wenn ich zugegeben hätte, daß ich sie zu sehr in die Enge trieb und mich in diesem Moment entschuldigt hätte? Ich war so verblüfft, daß ich sie nur fragte, "Meinst du das im Ernst?". Und sie sagte, "Ja."

Ich nahm nicht viel mit. Eigentlich, wenn ich mich so umsah, gab es in der ganzen Wohnung nicht viel, was mir gehörte. Jean ist diejenige, die Sachen kauft; ich gebe eher Geld fürs Essengehen aus, für Wochenendtrips. Wir hatten schon drei Jahre hier gewohnt, und erst jetzt fiel mir auf, daß die Wohnung gar nicht nach uns beiden aussah. Es war Jeans Wohnung, und sie wies mir die Tür, genau eine Woche vor Weihnachten.

Ich hätte meinen Job aufgeben und die Stadt verlassen sollen, irgendwo hingehen, wo ich niemand kannte, oder auf so eine Kreuzfahrt, für die die schwulen Reisebüros immer Werbung machen. Mit meiner Bürde von Zorn und Selbstmitleid konnten nur Fremde umgehen. Aber ich tat es nicht. Ich schlief bei einer Freundin auf der Couch, bis d e r e n Mutter ankam. Bei einer anderen trank ich so viel, daß sie mich rausschmiß. Am 24. Dezember stellte ich mich ans Crossroads, ließ mich aufreißen und bekam genau die sexuelle Bestrafung, die ich wahrscheinlich suchte. An den ersten Weihnachtstag erinnere ich mich nicht. Und vom nächsten Tag weiß ich nicht einmal, was für ein Wochentag es war - Sonntag vermutlich, weil ich nicht zur Arbeit mußte. Ich ging stundenlang am Strand spazieren. Obwohl Jeans Mutter der einzige Streitpunkt war, bei dem ich verloren hatte, wußte ich, daß die letzten zehn Tage voll von ähnlichen Niederlagen waren, wenn Jean erst einmal Gelegenheit bekam, sie rauszufinden und zu benennen. Wie eine meiner früheren Freundinnen es so roh ausdrückte: ich hatte mir in den eigenen Vorgarten geschissen.

"Soll sie doch ihren Heiligenschein behalten!" brüllte ich.

"Gehst du also zu ihr zurück?" fragte dieselbe Freundin.

Ich wußte nicht, was ich darauf antworten sollte. Ich hatte nicht darüber nachgedacht. Als ich es versuchte, wußte ich nicht, ob ich diese Entscheidungsmöglichkeit überhaupt hatte. Einmal wurde ich wegen Frechheit aus dem Unterricht nach Hause geschickt und zeigte so wenig Reue, daß sie mich schon endgültig von der Schule verwiesen hatten, als ich am nächsten Tag wieder hinkam. Warum hatte nicht i c h zu J e a n gesagt, sie sollte gehen? Sie hatte schließlich eine Mutter, eine Schwester und ein ganzes Haus voller Kruzifixe, wo sie hingehen konnte. Mein Ex-Vormund war ein Onkel, der mir ein Dauerabonnement für den "New Yorker" schickte und alles andere über die Bank abwickeln ließ. Vielleicht hätte ich Weihnachten in der Stahlkammer verbringen sollen.

Ich hätte Jean Tee Corinnes "Fotzenmalbuch" als Geschenk besorgen sollen, und wenn sie das am Weihnachtsmorgen auspackte, hätte sie mal zusehen können, wie sie danach immer noch das Kind ihrer Mutter bleiben konnte! Die Bücher und Platten, die sie versteckte, waren nicht mal meine. Es waren ihre. So eine dämliche Heuchlerin war sie, und ich würde mindestens nochmal hingehen und ihr das ins Gesicht sagen.

Jeans Mutter und Kinky fuhren immer am Morgen des Neujahrstags wieder weg. Im ersten Jahr fuhren wir sie zum Flughafen und verbrachten dann den Rest des Tages im Bett; wir schafften es nicht mal, abends auf die Party zu gehen, wo wir eigentlich hinwollten. Im zweiten Jahr ging ich ins Bett, und Jean verbrachte den ganzen Tag damit, alles wieder an seinen Platz zu stellen; abends spielte sie Lesbensongs und sagte, es täte ihr leid. Mir tat es auch leid. Dieses Jahr kam ich ungefähr um drei Uhr nachmittags dort an. Ich ließ meinen Koffer im Wagen. Ich klingelte.

"Hast du deinen Schlüssel verloren?" fragte sie, als sie die Tür öffnete.

"Nein," sagte ich.

Ich wollte eigentlich weiterreden und sagen, ich hätte nicht mehr das Gefühl, hier noch zu wohnen, aber alles sah so vertraut aus - die Bücher und Zeitschriften alle an ihrem Platz - daß ich stattdessen fragte, "Wann sind sie abgereist?"

"Am Tag nachdem sie angekommen waren," sagte Jean.

"Was?"

"Ich hab's ihnen gesagt," sagte Jean.

"Warum? Warum hast du sowas Verrücktes getan?"

"Du wolltest, daß ich es tue."

"Aber doch nicht ohne mich, nicht, ohne vorher rauszufinden, ob - du weißt schon - ob es ihnen was ausmacht."

"Vermutlich war's mir da schon egal, ob es ihnen was ausmacht oder nicht," sagte sie und klang weniger ärgerlich als resigniert.

"Was hat sie gesagt? Was hat deine Mutter gesagt?"

"Nicht viel. Daß sie halt immer noch für Kinky verantwortlich wäre. Daß sie das im Andenken an Vater nicht akzeptieren oder entschuldigen könnte . . . so ähnlich. Genau das, was man erwarten konnte."

"Warum hast du mich nicht benachrichtigt? Warum hast

du mich nicht im Büro angerufen?"

"Ich weiß nicht," sagte Jean.

"Was hast du an Weihnachten gemacht?"

"Nichts."

"Warum?"

"Weil ich wußte, was du tust."

"Ich kann mich an den Tag überhaupt nicht erinnern," sagte ich, und es klang überhaupt nicht wie ein Alibi.

"Ja," sagte Jean. "Hier ist deine Post."

Ich fing an, sie zu öffnen, weil ich nicht wußte, was ich sonst tun sollte. Die Weihnachtskarten schienen schrecklich fehl am Platz. Es hätte März oder April sein können. Dann hielt ich die letzte Ausgabe des "New Yorker" in der Hand - auf dem Titelbild ein Rentier mit Vögeln im Geweih.

"Jesus im Himmel!" sagte ich und merkte, wie Jean, die Ex-Katholikin zusammenzuckte. "Völlig neben der Zeit, wie ich."

Sie lachte nicht. Ich fand mich unpassender denn je. "Was möchtest du, daß ich sage? Was brauchst du?"

Sie schwieg einen Augenblick, dann sagte sie, "Das Unausgesprochene."

"Warum hast du es gemacht?"

"Weil du recht hattest."

Ich war überrascht und hoffte schon, ich könnte mir meine ganze alte Selbstgerechtigkeit wieder erlauben, aber etwas an der Art, wie Jean ihre Schultern hielt, warnte mich davor, aus ihrer Antwort Kapital zu schlagen.

"Ich hätte taktvoller sein können," sagte ich.

"Warum bist du gegangen?"

"Du hast gesagt, es wäre dein Ernst."

"War es vielleicht auch. Aber es tat mir sehr leid - viel zu leid. Mutter und Kinky habe ich mehr oder weniger auch rausgeworfen."

Mir tat es auch leid, aber ich war nicht hier gewesen, um es mit ihr zusammen durchzustehen. Alles, was ich sagte oder tat, würde es nur noch schlimmer machen. Was wäre, wenn ich sagte, "Weißt du, ich war nicht ehrlich; ich war eifersüchtig"? Jean würde nur noch trauriger werden.

"Warum glaubst du mir immer?" fragte ich.

"Ich weiß nicht. Ich weiß es wirklich nicht. Sag deiner nächsten Geliebten, daß sie dir nie ein Wort glauben soll."

"Du auch," sagte ich. "Und sag ihr . . ."

Doch ich konnte ihr keine Ratschläge geben, nicht einmal im Zorn. Wenn es auch weniger Platz für mich gegeben hätte, solange Mami (- ich nannte sie wirklich "Mami" -) und Kinky hier waren - ihre Abwesenheit ließ mir überhaupt keinen Raum mehr. Stattdessen drängten diese beiden neuen Liebenden herein, zwischen denen die Versöhnungen würden stattfinden müssen. Jean und ich waren jenseits des Verzeihens angelangt, oder hatten es überschlagen wie eine Buchseite - vielleicht an jenem Weihnachtstag, an dem sie hier allein saß und sich weigerte, mich anzurufen, an dem Tag, an den ich mich nicht erinnere.

DAS MARIONETTENTHEATER

Ich hielt es für eine Tragödie, daß mein Mann andere Frauen hatte. Ich sagte ihm, es vermittelte mir das Gefühl, ein Gegenstand zu sein. Eigentlich hatte ich mich schon monatelang wie eine Sache gefühlt, jahrelang, ehe ich diese Begründung zu fassen bekam und aufhören konnte, mich schuldig zu fühlen und anfangen konnte, rechtschaffen empört zu sein. Mich traf keine Schuld. Aber ihn. Und sie. Niedliche grammatische Spielerei, die mir augenblicklich zu einem geringen, aber neuen Maß von Selbstachtung verhalf. Das ist ein zu starkes Wort dafür. Die Spanne zwischen einer Frau auf Abwegen und einer Frau, die hintergangen wird, ist sehr klein, aber ich konnte Atem holen - genug, um ihn um die Scheidung zu bitten. Er war so selten zu Hause gewesen; er wußte kaum, daß er ein Kind hatte, außer durch die Rechnungen, die er am Monatsende bezahlte; und er war bereit, weiterhin diese Art Vater zu sein. Er wußte, daß ich wieder eine Arbeit annehmen konnte.

Ich bin als Planerin aufgewachsen, nicht als Denkerin. Gedanken waren schön und gut, solange sie mir nicht in die Quere kamen; ich wollte mein Leben in der Realität genauso geradlinig haben, wie es in meinem Kopf war. Ich würde Krankenschwester werden, damit ich einen Arzt heiraten und drei Kinder haben konnte. Das dritte sowohl als Statussymbol wie auch als Versicherungspolice für den Fall, daß ein unfähiger Babysitter eines verbrühte oder ertränkte oder sonstwie kaputtmachte, während ich mit meinem Mann auf einer Medizinertagung war. Im ersten Jahr auf dem College hatte ich eine Zimmergenossin namens Bobo, die über Kursen in Philosophie, Literatur, Politikwissenschaft, Anthropologie und Soziologie brütete und sich dabei darüber beschwerte, daß das alles nur "das wacklige Verteidigungssystem der Männer" bildete. Wozu sollte man sich dann damit abplagen, wollte ich wissen. Wozu war es nütze? Was erwartete sie vom Leben? "Ich will verstehen," sagte Bobo. Ich fand das zum Brüllen komisch. Sie lachte nicht darüber, daß ich meinen Golf- und Tennis- und Segelunterricht genauso ernst nahm wie den Chemieunterricht, aber sie wollte über den Unterschied zwischen "innerer und äußerer Richtung" diskutieren.

"Nach i n n e n heißt für mich: r u n t e r," sagte ich. "Nach a u ß e n bedeutet: r a u f." Einmal fragte sie mich, "Interessierst du dich überhaupt wirklich für Kranke?" Als ob ich eine gesellschaftliche Vorliebe für sie haben müßte, um Krankenschwester zu sein! Niemand interessiert sich für Kranke, am wenigsten ihre Verwandten und Geliebten. Sieh dir nur die ganzen Fernsehshows an, sogar die Nachrichten. - Die Leute interessieren sich fast genauso dafür, in was du ins Bett gehst wie dafür, mit wem du ins Bett gehst; und woran du stirbst, ist wahrscheinlich interessanter als wen du geheiratet hast. Das ist nicht bloß so eine Vorstellung von mir, das ist eine Tatsache. Bobo war schockiert darüber. Ich nicht. Ich wollte Krankenschwester werden, um einen Arzt zu heiraten und drei Kinder zu kriegen, und das genügte mir, zusammen mit Golf und Tennis und Segeln.

In der Krankenpflegeschule gab es auch solche Studentinnen wie Bobo, aber die waren nicht so lieb und nachdenklich wie sie, sondern humorlos und kritiksüchtig, - erst kritisierten sie die Kurse, dann das Krankenhaus, die Oberschwestern und die Ärzte. Dieser Typus meckerte nie über die Patienten, hielt es aber auch nicht lange aus; solche gaben mit verrenktem Rücken auf, weil sie gemeint hatten,irgendein dreihundert Pfund schwerer Freßsack hätte dasselbe Recht, vor dem Wundliegen bewahrt zu werden wie jeder andere; sie protestierten öffentlich, weil irgendein halbtoter Alkoholiker bei den Nierentransplantationen nicht als Erster drangekommen war, protestierten, weil sie einfach die Erkenntnis nicht vertrugen, wie häßlich Leute sein können, wenn sie Schmerzen haben, oder wie sinnlos das Sterben ist. Manches daran gefiel mir ebensowenig, aber es überraschte mich nicht, daß ich mich damit abfinden mußte, mich zu langweilen oder zu fürchten, oder daß mir übel wurde, oder daß sie mir leidtaten - das gehörte zu diesem Job dazu.

Es schockierte mich allerdings, festzustellen, daß Langeweile und Furcht und Übelkeit auch zum Verheiratetsein gehörten. Ich überlege, ob ich, wenn Bobo damals auch gefragt hätte, "Interessierst du dich überhaupt wirklich für diesen Mann?" das für eine genauso unwichtige Frage gehalten hätte wie die nach meinem Interesse an den Kranken. Er war Arzt. Und was war ich für ihn? Eine robuste kleine Krankenschwester, die die Tatsachen des Lebens kannte, den endlosen schmutzigen Witz des Körpers, jener fleischernen Marionette der Branche, die manipuliert wurde, um die Oberhand über sie zu behalten, und die dann beiseitegelegt und vergessen wurde, egal, ob sie nun am Ende kaputtging oder wieder heil wurde. Verheiratetsein war wie chronische Patientin sein, an der drei oder viermal die Woche dieselbe Operation vorgenommen werden mußte - tödlich langweilig für einen Arzt, dessen einzige Abwechslung bei der Arbeit das jedesmal neue Fleisch ist, das vielleicht gelegentlich einmal eine Abwechslung bieten kann.

Vielleicht fing es an, als ich das Kind bekam, ein Mädchen - nicht der Anfang des Eine-Sache-Seins, aber der Anfang des Wissens, daß ich eine war und sie eine sein würde - in dem Moment, als sie in die Hände des Arztes hineingeboren wurde. Wir mußten sie Elizabeth nennen, nach seiner Mutter, aber ich nannte sie immer nur Bobo, denn vom ersten Augenblick an, als ich sie sah, da, in fremden Händen, fragte sie mich dieselben Fragen wie Bobo, und das kam mir überhaupt nicht mehr komisch vor, und ich streckte die Arme aus, um sie zu mir zurückzuholen. Ich hatte nie gewußt, was mein eigenes Fleisch bedeutete, bis ich sie in den Händen hielt und das Wesen ihres Körpers kannte, den Willen ihres sich durchbiegenden Rückens, ihrer geballten Fäuste, ihres gebieterischen Schreis.

Der Plan, drei Kinder zu bekommen, war schon vor Bobos Geburt aufgegeben worden. Ich hatte nicht einmal sie gewollt, ein Produkt der wissenschaftlichen Methode, ein Test meiner Organe. Meine Liebe zu ihr änderte nichts an meiner Meinung über weitere Kinder, weil ich mich so schuldig fühlte, sie auf die Welt gezwungen zu haben, um als robustes Kind robuster Eltern aufzuwachsen, für die es außer ihr auf der Welt nichts Wunderbares, nichts Staunenswertes gab. Die postnatale Depression war meine erste moralische Erfahrung; und obwohl ich fünf Jahre auf den Mut wartete, darauf zu reagieren und sogar dann noch glauben mußte, ich wäre ein Opfer, war sie eine Frage nach dem Leben, die ich irgendwie beantworten mußte.

Der Abschluß einer Ehe ist anders als der Abschluß der

Krankenpflegeschule, außer, daß man in beiden Fällen einen Job finden muß, - Nachtschicht diesmal, weil ich keine Illusionen mehr hatte, was das gesellschaftliche Leben betraf, weil Schlaflosigkeit am Tag nützlich ist, wenn man eine fünfjährige Tochter hat, weil nachts weniger Manipulationen vorgenommen werden müssen - keine Arztvisiten, keine Operationsvorbereitungen, kein Baden und Füttern. In einer guten Nacht muß man nur wachsam sein und gut mit der Spritze umgehen können. In einer schlechten Nacht muß man fröhlich-betäubt sein.

Da ist eine alte Frau, gedemütigt und wütend, weil sie ihr Bett eingenäßt hat. Ich sage ihr, daß das normal ist; es kommt von dem Medikament. Sie soll sich deswegen keine Gedanken machen. Ich beziehe das Bett frisch. Aber warum tun ihr die Ärzte so etwas an, will sie wissen, warum beschämen sie sie so? Das ist normal, es kommt von dem Medikament, sie braucht sich deswegen nicht zu schämen. Sie will mich nicht verstehen; sie will nicht ruhig sein. Sie weckt die anderen Patienten auf. Die Oberschwester sagt, legen Sie ihr einen Katheter. Erst zu zweit, dann zu dritt versuchen wir, auf sie einzureden, ihre Beine gespreizt zu halten, den Katheter richtig einzuführen. Sie schreit mit einer tiefen Kinderstimme, "Es ist m e i n Körper. Es ist m e i n Körper." Ich gebe es auf, weil ich weiß, wie ihre Schmerzensschreie erst klingen würden, selbst wenn ich es schaffte. Wenn sie über das eingenäßte Bett weint, ist das weniger laut.

Ich gehe mit der Spritze zu einer Frau hinein, der man gerade die Gebärmutter herausgenommen hat und bin überrascht von ihrem Gesicht - jung, jünger als ich, große dunkle Augen.

"Sie hat recht, wissen Sie," sagt sie zu mir.

"Recht?"

"Es i s t ihr Körper."

Hier drin nicht, will ich sagen. Nirgendwo ist es ihrer; jedenfalls nicht für lange. Sie ist eine Sache. Ich bin eine Sache. Du bist eine Sache, wie du da liegst, an Schläuchen, die dich ernähren und Schläuchen, die dich entleeren. Du hast dich nicht freiwillig sterilisieren lassen, oder? Nicht in deinem Alter. Irgend so ein Tausendsassa von Doktor muß entschieden haben, du wärst deformiert, oder hättest eine Funktionsstörung, oder sonst etwas Krankhaftes. Ich sage nichts, versuche, meine Hände nicht zittern zu lassen vor Zorn, oder vor Mitleid, oder was immer es ist, das ich für uns alle empfinde. Ich muß gut mit der Spritze umgehen, das ist alles.

"Dieses Zeug," sagt sie und nickt in Richtung der Spritze, "macht mir Halluzinationen."

"Ja, das kommt vor. Sie werden es nur ein paar Tage lang kriegen. Dann brauchen Sie es nicht mehr."

"Brauchen?"

"Gegen die Schmerzen."

"Ah, Schmerzen."

Vielleicht will sie eine Auseinandersetzung anfangen deswegen, aber sie tut es nicht. Ich gebe ihr die Spritze, und anstatt sie damit alleinzulassen, bleibe ich da stehen, streiche die Decke glatt und wische ihr das Gesicht ab, als sie anfängt zu schwitzen.

"Jedes Kind, das ich kenne, ist mit gebrochenen Knochen hier drin," sagt sie leise, wie eine Tatsache.

Dazu gibt es nichts zu sagen. Man widerspricht nicht. Es ist zu verwirrend. Man sagt auch sonst nichts, außer, man wird darum gebeten. Ich halte ihre Hand und wische ihr das Gesicht ab. Manche Gesichter klären sich unter der Anspannung. Sie hat die Augen geschlossen, fast wie aus Höflichkeit mir gegenüber. Bobo tut das manchmal, wenn sie zu scheu ist, mich zu stören, obwohl sie meistens so voller Fragen steckt. Normalerweise denke ich nicht an Bobo, wenn ich arbeite. Ich kriege die Halluzinationen dieser Frau ohne Drogen, wenn ich es tue, aber das hier ist anders, freundschaftlich. Bisher bin ich noch nie darüber in Verwirrung geraten, wer nun die Tröstende ist und wer die Getröstete, außer bei Bobo. Fange ich an, Mutter zu spielen statt Krankenschwester? Aber was schadet es schließlich, solange ich gerade Zeit habe. Die alte Frau hat sich in Schlaf geweint. Und das Kind, das da ruft, gehört zur anderen Station.

"Könnten Sie mal nachsehen, ob mit Bobby alles in Ordnung ist?" fragt sie und öffnet die Augen, die jetzt, unter der Wirkung der Droge, sehr dunkel sind. "Bobby ruft da draußen."

"Wer ist Bobby?" frage ich.

"Ein Kind, einfach ein Kind."

Ich lasse ihre Hand los und warte einen Moment. Dann

sage ich, "Es ist nicht Bobby."

"Danke."

Oder Bobo - ein Kind, einfach ein Kind. Ich kann darüber nicht nachdenken. Ich wische ihr wieder das Gesicht ab, um mich zu trösten.

Später in dieser Nacht, als ich Zeit hatte, sah ich mir ihre Krankenakte an: Diana Parks, dreißig Jahre alt (zwei Jahre älter als ich), ledig (trotzdem konnte Bobby ihr Kind sein), Lehrerin. Der Verdacht auf Gebärmutterkrebs hatte sich nicht bestätigt. Ich hätte erleichtert sein müssen, aber stattdessen stieg ein irrationaler Zorn in mir auf, als hätte man ihr die Gebärmutter aus reiner Neugier rausgerissen.

"Es ist m e i n Körper." Wieder sah ich die faltig herabhängende Haut an den gewaltsam auseinandergespreizten Schenkeln der alten Frau vor mir - die Vergewaltigung, die meine Hände mit dem Katheter fast verübt hätten und nur aus Angst vor dem Lärm, den sie machen würde, unterlassen hatten. Eine Sache; bloß eine Sache. Wir alle. Etwas anderes konnte ich gar nicht kennen, und doch kannte ich es, weil Diana Parks mir wichtig war.

Bobby war nicht Dianas Kind, sondern einer ihrer Schüler, den sie nicht allein lassen wollte, als er gerade anfing, zu reagieren, eben aufgetaucht war aus der Apathie des Überlebens schwerster Verbrennungen. Diana unterrichtete Kinder, die verletzt oder verkrüppelt worden waren, und sie sprach über jedes einzelne nicht wie über einen Fall, sondern wie über einen Menschen. Fast hätte sie wie eine Mutter geklungen, aber da war diese einzigartige Freiheit von Schuld; sie war weder daran schuldig, sie auf die Welt gebracht zu haben, noch hilflos verantwortlich für das, was ihnen geschehen war. Manchmal wenn sie sprach, empfand ich Ungeduld und Neid wegen der unentgeltlichen Freude, die sie an diesen Kindern hatte, bis ich darauf kam, daß ich an ihr unentgeltliche Freude hatte und sogar Stolz empfand, weil sie jede Nacht kräftiger wurde und die Operationswunde schnell heilte.

"Ich glaube, sie werden dich nicht einmal lange genug hier festhalten können, um die Fäden zu ziehen," sagte ich.

"Nein, der Arzt sagte heute morgen, sie würden mich rechtzeitig zum Muttertag nach Hause entlassen," sagte Diana.

"Zu w a s?"

"Ich habe gelacht, und dann merkte er, daß er einen Fehler gemacht hatte. Es tat mir leid, daß ich ihn so in Verlegenheit brachte."

"Ich hätte ihn umgebracht."

"Unsinn. Du hättest nach Hause gewollt, wegen des Muttertags."

"Deinetwegen," sagte ich, ehe mir klarwurde, wie das klang, was es bedeuten konnte.

"Warum kommst du mich nicht lieber besuchen und bringst Bobo mit? Ich muß Bobo kennenlernen."

"Das wäre noch zu früh. Eigentlich solltest du die erste Woche nicht einmal allein sein und dich um alles kümmern müssen."

"Oh, das werde ich auch nicht. Ich wohne mit einer Freundin zusammen."

Ich brachte Bobo am Muttertag nicht zu Diana Parks zu Besuch. Stattdessen fuhr ich mit ihr an den Strand, um den ganzen Tag außer Haus zu sein. In dem Karton, der an der Tür lehnte, als wir nach Hause kamen, waren nicht die Blumen von Bobos Vater, die ich gefürchtet hatte - er brachte es immer noch fertig, solche Dinge zu tun - sondern ein Geschenk für Bobo, eine Marionette von Diana; ein Kärtchen hing daran, darauf stand: "Gute Wünsche zum Kindertag" Ich hätte die Puppe verbrannt, aber Bobo war davon völlig hingerissen, und ich mußte ihr die Hand schütteln und den ganzen Abend lang zusehen, wie sie tanzte und sich verbeugte und mußte Bobos Fragen beantworten, die sie mit einer Stimme stellte, die sie für die Marionette erfunden hatte. "Wann gehen wir Diana besuchen? Wann? Wann? Wann?"

Zuerst glaubte ich, sie hätten es beide gewußt und mir verheimlicht, um sich mit mir einen schlechten Scherz zu machen, aber dann umarmte sie mich und lachte und sagte, "Lee? Lee? Bist du das wirklich?" Und ich merkte, daß sie genauso überrascht war wie ich.

"Kennt ihr euch denn?" fragte Diana, die im Wohnzimmer in einem Sessel saß.

"Im ersten Collegejahr haben wir im selben Zimmer gewohnt," erklärte ihr Bobo.

Dann sahen sie beide auf meine Tochter hinunter, die still dastand und ihre Marionette in einem Karton bei sich trug.

"Sie ist nicht eigentlich nach dir benannt,' sagte ich

verlegen. "Ich mußte sie Elizabeth taufen, nach meiner Schwiegermutter, aber ich habe sie immer Bobo gerufen, weil sie so viele Fragen stellt."

"Heißt du Bobo?"

"Früher ja," antwortete Bobo ihrer Namenscousine. "Aber jetzt nennen mich die meisten Leute Barbara."

Ich drehte mich zu Diana um und fühlte den Schock der Liebe, die ich eine Woche lang mit Eifersucht auf diese unbekannte Freundin zu zerstören versucht hatte. Es wäre leicht gewesen, auf Diana eifersüchtig zu sein, weil sie meine liebevolle, nachdenkliche Bobo gefunden hatte, die ich jetzt Barbara nennen mußte, damit es keine Verwechslungen gab. Alles außer Freude schien unsinnig.

Barbara arbeitete in der Pädagogikforschung und schrieb Artikel sowohl für medizinische als auch für pädagogische Zeitschriften. Sie mochte ihre Arbeit, durch die sie im ganzen Land herumkam und dabei Fragen richtete an Leute, von denen manche sie geradeso verblüffend und komisch fanden wie ich seinerzeit, geradeso leicht durchschaubar und unerheblich: die Planer, denen ein Gedanke einfach nur im Wege ist. Diana, die Barbara aufmerksam ihr schönes Gesicht zuwandte, wann immer sie sprach, war offensichtlich keine Planerin und war nie eine gewesen.

"Verstehst du jetzt alles?" mußte ich fragen.

Barbara schüttelte den Kopf und lachte. Sie war gerade dabei, noch andere Marionetten für Bobo aus dem Schrank zu holen. Sie wollten in die Küche gehen und sich da ein Stück für Diana und mich ausdenken.

"Warum bist du am letzten Sonntag nicht gekommen?" fragte Diana, sobald sie das Zimmer verlassen hatten.

"Ich hatte geglaubt, du lebtest allein. Ich war eifersüchtig, nehme ich an."

"Ja, wenn du eine Woche brauchst, bis du herausfindest, daß du zwei Freundinnen hast statt einer."

"Bobo - Barbara und du, wie lange seid ihr schon zusammen?"

"Fünf Jahre."

Es war seltsam und machte mich verlegen. Während jener Nächte im Krankenhaus hatte ich sie so intim berührt; meine Hände waren so zweckbestimmt gewesen, daß ich keine Ausreden brauchte. Und jetzt hatte ich auch keine Ausrede, sondern stattdessen einen klaren Grund, sie niemals wieder zu berühren. Ich wußte nicht, welche Worte ich über diesen Abgrund werfen sollte.

Bobo und Barbara kamen wieder ins Zimmer, mit drei Marionetten.

"Jetzt kommt eine Geschichte über Freundinnen," erklärte Bobo, "alte Freundinnen und neue Freundinnen."

Sie beriet sich mit Barbara und verkündete dann, "Alte Freundinnen umarmen und küssen sich und fragen sich was."

Bobos Marionette und eine von Barbara spielten diese Übung mit viel gezierter Heftigkeit vor; Bobo machte mich nach, und Barbara machte sich selber nach: "Lee? Lee? Bist du es wirklich?"

Dann verkündete Bobo, "Neue Freundinnen sind schüchtern."

Ihre Marionette und Barbaras zweite setzten sich ziemlich weit voneinander entfernt auf den Fußboden, neigten die Köpfe gegeneinander und winkten sich zu.

Diana und ich lachten, und dann sagte Diana, "Aber wo kommst du in der Geschichte vor, Bobo?"

"Oh," sagte Bobo, "ich bin einfach ich."

Noch zu jung, um an den Schnüren der Konvention herumgezerrt zu werden, betrachtete sie das Ganze nur als Vorführung zu unserer Unterhaltung. Ach, Bobo, Liebling, warum mußt du erwachsen werden? Kann ich nicht lieber zum Kind werden? Nach innen wachsen und hinunter, um das Wesen meines Fleisches zu finden, das ich in dir zuerst entdeckt habe?

Diana hatte recht. Plötzlich hatte ich zwei Freundinnen statt einer. Zuerst sprachen Diana und Barbara über ihre Arbeit, und ich hörte zu. Mir war es immer so vorgekommen, als wäre das Krankenhaus etwas, das ich sofort nach dem Ende meines Dienstes ausklammern und vergessen müßte. Ich hatte die Art gehaßt, wie mein Mann über seine Arbeit sprach, wie er rohe und gefühllose Witze erzählte, obwohl man von mir annahm, ich würde das für eine gesunde Einstellung an einem Mann halten, der sich mit Kranken und Sterbenden befaßte. Diana und Barbara sprachen über die Ärzte, mit denen sie zusammenarbeiteten, als wären sie menschliche Wesen, und unter denen, die mit Kindern arbeiteten, schien es nicht viele zu geben, die ungeduldige, mechanische, brutale Typen waren. Manche waren zu festgefahren, manche zogen zu schnell voreilige Schlüsse, aber die meisten schienen sich Zeit zu nehmen, um sich Dianas Beobachtungen über ihre

Kinder anzuhören, Barbaras Artikel zu lesen. Der Mann in Weiß, mit geheimnisvollen Kräften, Mercedes und einem Satz Golfschläger, den ich geheiratet hatte, glich nicht jedem anderen Arzt im Krankenhaus; und auch ich war, als ich begann, andere zu beobachten, nicht wie jede andere Krankenschwester. Ich veränderte mich, zunächst nicht einmal willentlich. Als ich meinen Beruf wieder aufnahm, war mir klargeworden, daß ich immer nach einer Stelle Ausschau hielt, an der ich meinen Zorn darüber abladen konnte, daß ich fast jede Anordnung eines Arztes dumm und unsensibel fand. Jetzt brauchte ich einen Ort, um die Zärtlichkeit anzubringen, die ich für Diana fühlte. Die Hände, die ich hielt, die Gesichter, die ich abtupfte, die Halluzinationen, an denen ich teilhatte, waren in Wahrheit die ihren. Aber in dem Bedürfnis, meine Arbeit mit Barbara und Diana zu teilen begann ich, dem Wesen im Fleisch, das ich pflegte, wirkliche Aufmerksamkeit zuzuwenden.

Manchmal aßen Bobo und ich mit Diana und Barbara zu abend, und dann übernachtete Bobo bei ihnen. Ich holte sie morgens ab, wenn mein Dienst zuende war. Barbara war dann gewöhnlich schon zur Arbeit gegangen. Diana hatte etwas zu essen für mich vorbereitet, und diese Stunde mit ihr gehörte mir, bevor ich Bobo in den Kindergarten brachte und dann nach Hause ging, um ein paar Stunden zu schlafen.

Als Barbara das erste Mal verreiste und mir liebevolle Anweisungen gab, mich um Diana zu kümmern, die da selbst schon wieder zur Arbeit ging, hatte ich große Angst. Ich ging nicht in ihre gemeinsame Wohnung zum Abendessen, und wenn Diana zu uns kam, hielt ich Bobo so lange wach, bis sie wieder ging. Bobo war eine sehr willige Anstandsdame, aber eines Abends schlief sie einfach auf Dianas Schoß ein.

"Armer Schatz," sagte Diana und blickte auf sie hinunter, "wir haben sie völlig erschöpft mit unseren Spielen. Bring sie ins Bett."

Als ich wieder ins Zimmer kam und mich diesem schönen, besorgten Gesicht gegenübersah, zitterte ich am ganzen Leib.

"Komm her, Lee," sagte sie, "bitte."

"Barbara ist meine älteste Freundin," sagte ich, als ich zu ihr hinüberging. "Sie wollte immer verstehen. Ich dachte, es wäre ein Witz. Ich hätte s i e lieben können, Diana. Ich versuche, an sie zu denken." Zum ersten Mal, seit sie das

Krankenhaus verlassen hatte, hielt ich Dianas Hände, aber jetzt klammerte ich mich an sie, um gegen meine eigenen Halluzinationen anzukämpfen. "Mein Mann - er hatte andere Frauen. Es gab mir das Gefühl, eine Sache zu sein. Ich glaube, ich wußte gar nicht, was es heißt, sich als menschliches Wesen zu fühlen, außer mit Bobo, bis ich euch beide traf. Weißt du, daß ich jetzt alle meine Patienten so berühre, wie ich dich berührt habe, so, als ob es mir wirklich wichtig wäre? Und es ist mir wirklich wichtig, und statt mich zu zerreißen, heilt es mich, fügt mich zusammen."

Diana hielt mich ganz still umarmt. "Sie versteht es. Kannst du es nicht auch?"

Ich konnte es nicht. Aber ich konnte auch nicht aufhören, war dem Bedürfnis nach Freude so geöffnet, als wäre es ein Ringen nach Atem, und jetzt hörte ich diese alte Frau rufen, "Es ist mein Körper. Es ist mein Körper," aber nicht widerstrebend, nicht im Kampf - voller Verwunderung und es war meine eigene, staunende Stimme.

Man verwandelt sich nicht über Nacht von einer Planerin in eine Denkerin. Vielleicht verstand Barbara meine Liebe zu Diana und ihre Liebe zu mir, aber ich wollte sie in ein System bringen, ihretwegen und unseretwegen. Zuerst hieß das, Lügen darüber erzählen, doch davon wollte Diana nichts wissen. Sie belog nicht einmal Bobo, der unsere Beweise der Zuneigung offenbar weit natürlicher vorkamen als meine nervöse Abstandshaltung in den Wochen vorher. "Alte Freundinnen umarmen und küssen sich und lachen und fragen sich was." So viele Fragen. Gut, Liebe brauchte keine Tragödie zu sein. Nicht einmal die Tatsache, daß mein Mann andere Frauen hatte, war eine Tragödie, außer in dem Punkt, daß er sie 'hatte'. Es ist mein Körper, und es ist dein Körper, und es ist ihr Körper. Wir sind menschliche Wesen, keine Gegenstände. Gut. Aber niemand kann an mehreren Orten zugleich sein. Ich würde sehr großmütig sein. Ich fühlte mich großmütig. "Willst du mir versprechen, daß du nie zu mir kommst, wenn Barbara dich braucht? Willst du mir versprechen, daß du nie mit mir zusammensein wirst, wenn du es nicht wirklich willst?" Natürlich nicht, sagte Diana. Eines ihrer Kinder war auf der Toilette gestorben, während sie auf dem Spielfeld die Linien für ein Rollstuhl-Ballspiel zog. "Was hat das mit uns zu tun?" Alles. Wir haben alle unsere Arbeit. Wir haben alle auch andere Verpflichtungen.

"Aber muß nicht Barbara zuerst kommen?" Dianas Gesicht, aufmerksam und liebevoll, war müde. Ich wollte nicht mehr wütend und lächerlich sein. Ich wollte nicht einmal mehr versuchen zu verstehen. Ich wollte sie lieben, wie ich sie liebte.

Barbara kehrte zurück. Wie beneidete ich Bobo um ihren einfachen Freudenschrei, mit dem sie sich in Barbaras Arme warf. Ich stand im Hintergrund, immer noch eine Marionette an Drähten und jetzt nicht einmal mehr imstande, die Pantomime der alten Freundin aufzuführen. Ich mußte nach anderen Szenenanweisungen agieren: Schuldgefühle, und dann Eifersucht. Barbara, liebe, nachdenkliche Barbara, nach der ich meine Tochter genannt hatte, so weit ich es wagte - wie konnte ich auf sie eifersüchtig sein? Daß sie sich weigerte, auf mich eifersüchtig zu sein, machte es nur noch schlimmer.

Mein Bedürfnis, mit Diana zusammenzusein, war so heftig, daß ich Barbaras oft geäußerte Angebote annahm, sich um Bobo zu kümmern, obwohl ich mich ihr dabei zugleich zu Dank verpflichtet fühlte und es ihr übelnahm. Eines Abends, als die beiden einen besonders schönen Tag am Strand verbracht hatten, sagte Bobo, "Ich wollte, Babys könnten von zwei Müttern gemacht werden, dann könnte Big-Bo auch meine Mutter sein." Von diesem Augenblick an war ich überzeugt, daß mir Barbara, unter der Maske der Freundlichkeit, Bobo wegnahm, aus Rache. Ich konnte nicht einmal mit dieser Panik als Anlaß sofort damit aufhören, Diana zu sehen und so Barbara und Bobo trennen. Bobo hätte es nicht verstanden, und wenn ich mich auch davor fürchtete, sie an Barbara zu verlieren, fürchtete ich mich doch genauso davor, sie wegen Barbara zu verlieren. Gegen den Drang zur Liebe - meiner zu Diana, Bobos zu Barbara - mußte ich eine Abwehrstrategie entwickeln, einen langsamen und vorsichtigen Rückzug, den niemand bemerken würde, bis er gelungen war.

Nach einem Monat hatte ich die Zeit, die wir vier miteinander verbrachten, auf die Hälfte reduziert, ohne Bobo mit allzuvielen Enttäuschungen zu konfrontieren, ohne keine glaubhafte Ausrede gegenüber Diana und Barbara mehr zu haben, die beide wirklich leicht zu täuschen waren. Als Barbara wieder beruflich auf Reisen ging, konnte ich der Versuchung nicht widerstehen, Diana jeden Tag zu sehen und sagte mir dabei, wenn Barbara wieder zurückkäme, könnte ich ja die Ausrede benutzen, daß ich ihnen Zeit füreinander lassen wollte, um mich wieder zurückzuziehen. Aber Bobo wollte nicht so oft mit Diana zusammensein wie ich, und wenn wir zu dritt waren, quengelte sie, oder trotzte, war frech, wenn wir sie beachteten und wütend, wenn wir es nicht taten. Diana hatte mehr Geduld mit ihr als ich.

"Komm, wir machen ein Spiel, darüber wie es ist, wenn man Big-Bo vermißt," schlug Diana vor.

"Nein!" brüllte Bobo. "Das ist mir doch egal!"

"Bobo!" brüllte ich zurück.

Sie rannte in ihr Zimmer und knallte die Tür zu.

"Sie kann genauso herzlos sein wie ihr verdammter Vater!" sagte ich, und mein Hals zog sich vor aufsteigenden Tränen zusammen. "Sie ist einfach eifersüchtig."

"Dann müssen wir ihr beibringen, es nicht zu sein," sagte Diana leise. "Sie vermißt Barbara."

"D u vermißt Barbara."

"Natürlich . . ."

"Und erinnerst Bobo dauernd daran. 'Komm, wir machen ein Spiel darüber, wie es ist wenn man Big-Bo vermißt'!" Ich hörte und haßte das Gezierte in meiner Stimme, aber ich redete weiter. "So wirst du mit deinen Schuldgefühlen fertig, nicht? Gib Bobo an Barbara, und der Handel ist in Ordnung. Aber das läuft nicht. Bobo gehört m i r."

"Lee . . . Lee . . ." Sie rief mich eher zur Besinnung, als daß sie mich tadelte.

"Es ist abartig," sagte ich. "Die ganze Sache ist abartig. Das ist kein Dreiecksverhältnis, das ist ein Vierecksverhältnis . . . und das mit einem Kind. Und ich dachte immer, Frauentausch wäre was Widerliches."

In der Stille, nachdem Diana gegangen war, hörte ich Bobo weinen. Ich wollte zu ihr hineingehen, sie in den Armen halten, ihr sagen, jetzt wäre alles wieder gut. Ich würde nie wieder so etwas Verrücktes tun, ihr keine Angst mehr machen, sie nicht mehr eifersüchtig machen. Aber ich konnte nicht. Ihre Tränen galten nicht mir. Sie galten Big-Bo. Ich stand vor ihrer Tür, wollte Sachen schreien, die für eine Fünfjährige absolut wahnsinnig geklungen hätten, - Sachen wie, "Wenn ich Diana aufgebe, gibst du Big-Bo auf. Dann sind wir quitt, okay?" Stattdessen lehnte ich einfach den Kopf an ihre Tür und erinnerte mich daran, wie ich geschrien hatte, "Sie kann genauso herzlos sein wie ihr verdammter Vater!" Fing ich jetzt an, auch Bobo zu hassen? Ich brauchte niemand anders zu lieben, niemals. Ich wollte nicht. Ich wußte nicht, wie. "Du wirst sie vergessen, Bobo," wollte ich sagen, aber was war, wenn sie das wirklich tat? Als nächste käme vielleicht ihre Volksschullehrerin, und da gäbe es niemand zum Eintauschen, und ich wäre an der ganzen Geschichte überhaupt nicht beteiligt.

"Bobo?" Ich öffnete die Tür. Sie lag auf ihrem Bett, das Gesicht ins Kissen gedrückt. Ich durfte sie anfassen, aber sie hielt ihr Gesicht von mir abgewandt. Ich rieb ihr den Rücken, und allmählich verwandelte sich ihr Schluchzen in tiefe, zitternde Seufzer. "Möchtest du ein Glas Milch?" Sie nickte ins Kissen. Ich ging die Milch holen und hörte, wie sie ins Badezimmer ging und sich das Gesicht wusch. Sie kam sehr würdevoll wieder heraus, setzte sich neben mich auf die Couch und wollte etwas vorgelesen haben, ließ mich liebevoll mit ihr umgehen, während sie mit ihrem Kummer ohne mich fertig wurde. Wie mich Diana einmal, als sie die Augen schloß, um mir den Anblick ihres Schmerzes zu ersparen, an Bobo erinnert hatte, erinnerte Bobo mich jetzt an Diana, und der Schmerz war grausam.

Ich kann nicht einfach weiterschreien, "Das ist mir egal!" und Bobo beibringen, das sei der einzige Weg, mit Verletztheit umzugehen. Es ist Zeit, daß dieses groteske Marionettentheater ein Ende hat. Es ist Zeit, daß Big-Bo wieder nach Hause kommt. Sie versteht, und ich muß einfach verstehen, auch wenn es schmerzt, muß einfach die Augen einen Moment schließen. Es ist mein Körper; es ist mein Schmerz. Ich kann keinen Ausweg planen. Mein Leben hängt davon ab.

OUTLANDER

In dem Sanatorium, in das ihre Familie sie vor einem Jahr eingeliefert hatte, sagte man Ann Bacon, sie hätte eine Chance von fünfzig zu fünfzig, mit Glück und Unterstützung und Mut. Ihr Alter sprach dagegen. Sie war neunundvierzig. Aber ihr Zorn half ihr vielleicht. Sie wollte nicht nach Hause zurück, in die Atmosphäre selbstgerechter Entrüstung ihrer nüchternen Freunde und Angehörigen. Sie hatten das genommen, was von ihrem Erbteil noch übrig war und es in Treuhandfonds für ihre drei Kinder angelegt. Ihr eigenes Einkommen würde ihr überall zum Leben reichen, außer in dieser Stadt voller Clubs und Dienstboten und französischer Unterwäsche. Sie hatte nie genug Geld gehabt; verwitwet, als die Kinder kaum aus den Windeln heraus waren, abhängig von der strengen Wohltätigkeit ihres reichen Vaters bis die Kinder erwachsen waren und ihre Ausbildung beendet hatten und er starb und sie frei und allein zurückließ. Sie trank schon vorher, aber sie wurde behütet; zuerst von ihrer jüngsten Tochter, bis die aufs College ging, dann von Fran O'Connell, einer jungen Lehrerin, die zu ihr zog. Aber als ihr Vater tot war und das Geld ihr gehörte, pfiff sie darauf, behütet zu werden. Zuerst kamen die Kinder noch zu ihr und versuchten, sie mal mit Vernunft, mal mit Pressionen zur Abstinenz zu bringen, aber sie trank sich daraufhin immer nur in einen blinden Wutanfall hinein. Dann blieben ihr die Türen ihrer Freunde verschlossen, und schließlich drohte ihr ihr Schwager damit, sie einweisen zu lassen. Der einzige Mensch, der sie weder belehrte noch bedrohte, war Fran O'Connell; vielleicht dachte sie, das wäre nicht ihre Aufgabe, da sie ja nur Untermieterin im Haus war, und vielleicht verstand sie auch, warum Ann Bacon trank, da sie so oft mit anhörte, welche rasende Wut schon ein einziges Glas Gin in ihr freisetzen konnte. Ann Bacon hatte nie die abhängige Idiotin sein wollen, die der Tod aus ihr gemacht hatte. Um ihrer Kinder willen hatte sie es ertragen. Sie waren erwachsen und hatten ihren eigenen Hausstand. Der alte Tyrann war tot. Sie wollte Raum haben, Platz schaffen für ihren Zorn, der von ihrem Stolz einzig noch übrig geblieben war. Doch vor dem drohenden Einweisungsbeschluß hatte sie Angst. Sie trank die ganze Nacht und kaufte am Morgen ein Flugticket nach Südamerika. Sie fuhr in einem solchen Tempo zum Flughafen, daß die ganze Stadt sie verfolgte. Man fand sie auf einem Feld, herausgeschleudert aus ihrem Wagen, der sich mehrmals überschlagen hatte. Damals hatten ihre Chancen fünfzig zu fünfzig gestanden. Auch jetzt hatte sie so eine Chance, und sie wollte sie nutzen.

Fran O'Connell, die weder gegen den Einweisungsbeschluß noch gegen die Treuhandverwaltung des Erbes irgend etwas hatte unternehmen können, konnte doch Ann Bacon schreiben und tat das das ganze lange Jahr über, besuchte sie gelegentlich, war stolz auf ihre Fortschritte, ihren Kampfgeist. Selbst ein sanftes, sogar furchtsames Mädchen, sah sie in Ann Bacon keine selbstmitleidige Säuferin in den Wechseljahren, sondern eine tapfere Frau, die leidenschaftlich darum kämpfte, sich zu befreien. Sie bewunderte Ann und liebte sie, wie sie ihre Mutter gern geliebt hätte, wenn sie eine gehabt hätte. Aber Fran war kein Kind mehr, fast dreißig. Deshalb war sie Anns Freundin geworden , ihre Geliebte.

Es war Fran O'Connell, die auf Ann Bacon wartete, ihr die Hilfe anbot, die sie brauchen würde. Sie zogen nach Boston und verbrachten dort einen unsicheren Winter, denn Ann, tagsüber allein, hatte nicht genug zu tun. Sie las gern, und im Sanatorium, wo es selbstverständlich war, daß die Therapie für Frauen im Tischlern und für Männer in feinen Handarbeiten bestand, hatte sie gelernt, mit Holz zu arbeiten. Aber mehr als ein Buch am Tag brachte ihr nur ihr Hirn durcheinander, und nachdem sie einen schönen Spiegelrahmen in Einlegearbeit gemacht hatte, sah sie keinen Sinn mehr darin. Fran schlug ihr vor, irgendeinen Kursus zu belegen, aber Ann war befangen wegen ihrer Pensionatserziehung und dachte an die jahrelange Unterbrechung. Und die Stadt selbst bedrückte sie - voll von all dem, was sie an Henry James bewunderte und an der Welt, die er kannte, haßte. An den Wochenenden fuhren sie oft aus der Stadt hinaus, nach Osten, und dann nach Norden, nach New Hampshire und Vermont hinein. Immer wenn sie in diese Winterlandschaft von weißen Birken im Schnee hinausfuhren, war Ann glücklich. Immer wenn sie in Richtung Stadt zurückfuhren, fühlte sie die Anspannung alter Wut. Als sie das dritte Mal betrunken war, zerschlug sie den Spiegel und zertrennte sich die Sehne im linken Daumen.

"Was werden wir tun?" fragte Fran einfach.

"Hier abhauen," sagte Ann. "Das werden wir tun. Wir werden aufs Land ziehen."

In dieser Hoffnung blieb Ann die Woche über nüchtern – für den Ausflug, den sie am Wochenende machen würden, um den Ort zu suchen, an dem sie leben konnten. In diesem frühen Frühjahr fuhren sie durch Tauwetter und Schlamm über fast unpassierbare Nebenstraßen, bis sie an einem Maisonntag am Rande eines Dorfes in New Hampshire, das siebenhundertundfünfzig Seelen zählte, "The Fork" fanden, eine Farm mit acht Hektar Land, mit einem Vierzimmer-Farmhaus, das dort schon seit der Ankunft der ersten Siedler stand. Es hatte weder Wasserleitungen noch elektrischen Strom. Eine falsche Zimmerdecke verbarg die handbehauenen Balken, und Dutzende von Tapetenlagen verdeckten die Fichtenwände, aber sie waren noch da, unter dem Versandhausgeschmack von Generationen von Farmersfrauen. Auch die Schiebeläden zum Schutz gegen Indianerpfeile waren noch da; und die Zimmer selbst waren geräumig, mit großen Kaminen, die vom mittleren Schornstein ausgingen. Neben dem Haus war eine Scheune. Vor und hinter Haus und Scheune fiel das Land ab, auf der Rückseite zu Wäldern hin und vorn zu einer Wiese.

"Ich glaube nicht, daß wir im Winter drin wohnen können," sagte Fran.

"Nein . . . aber als Sommerhaus, und vielleicht können wir es später winterfest machen."

Ann Bacon rief ihren Schwager, den Bankier an und sprach zum ersten Mal wieder mit ihm, seit er sie hatte einweisen lassen, und er erklärte sich damit einverstanden, ihr das Geld im Voraus aus dem Fonds zu geben, damit sie die Farm kaufen konnte.

Im Juni zogen die beiden Frauen ein, und sie waren noch keine drei Wochen da, als schon Anns Kinder ankamen. Der Heuboden in der Scheune wurde zum Schlafsaal, voller Schlafsäcke und Kinderbettchen. Der einzige Brunnen lieferte nicht genug Wasser. Anns Sohn sprach mit dem Mann im Kolonialwarenladen, und der verriet ihm die dorfübliche Lösung des Problems: Brunnenwasser war zum Trinken da, nicht zum Sich-drin-Waschen. Bei jedem Problem, das auftauchte, gab es immer eine Menge solcher Ratschläge. Wenn sie irgend etwas nicht hatten, kamen sie auch ohne es aus. Ann, die das Kochen fast verlernt hatte, lernte es wieder, auf einem Herd mit Holzfeuerung. Fran arbeitete daran, noch einen späten Garten anzulegen. Anns Sohn und Schwiegersohn beschlossen, draußen an der Vorderseite des Hauses, unter den großen Bäumen, eine weitläufige Steinterrasse anzubauen. Anns Tochter kaufte auf einer Auktion ein Pferd. Irgend jemand war immer damit beschäftigt, Holz zu hacken oder Wasser zu schöpfen. Den ganzen Juli und August über ertrug "The Fork" diese 'Outlander', diese Fremden, diese flotten Städter, die harte, meistens alberne und sinnlose Arbeit als Ferienbeschäftigung betrieben.

Als das letzte ihrer Kinder, die Tochter, den Wagen belud und sich verabschiedete, sagte sie glücklich, "Es geht dir so gut, Mutter - bald wirst du nicht einmal mehr Fran brauchen."

"Was hat sie damit gemeint?" verlangte Ann zu wissen, am ersten Abend, an dem sie eigentlich friedlich vor ihrem Kamin hätten sitzen sollen.

Da Fran glaubte, man hätte Ann mehr gesagt, gab sie zu, daß Anns Schwager ihr Geld geboten hatte, eine Art Gehalt dafür, daß sie bei Ann blieb.

"Aber ich habe es abgelehnt," sagte Fran. "Ich habe ihm gesagt, daß das mit Geld nichts zu tun hat."

Ann stand auf und ging zur Tür.

"Ann, warte einen Moment," sagte Fran - nicht bittend, sehr leise. "Wenn du gehst, werde ich dich nicht zurückholen."

"Nicht mal, wenn du dafür bezahlt wirst?" fragte Ann sarkastisch.

"Wenn du gehst," sagte Fran noch einmal, "werde ich dich nicht zurückholen . . . niemals."

Ann stand da, gefangen in einem Zorn, der Stolz war. Dann ging sie zurück zu ihrem Stuhl und setzte sich. Lange Zeit sprach keine von beiden.

"Ich kann nicht wieder in die Stadt," sagte Ann schließlich. "Wirst du hier bei mir bleiben . . . den Winter über?"

"Wie können wir das?" fragte Fran.

"Früher konnten's die Leute auch," sagte Ann.

Sie war fünfzig, und Fran war dreißig. Sie wußten nichts über das Leben auf dem Land, über die Leute hier, abgesehen von dem, was sie den Sommer über herausgefunden, worüber sie miteinander gelacht hatten und mit Anns Kindern, die sie für den Winter mit einer Steinterrasse und einem Pferd versehen hatten.

"Ich glaube, ich könnte hier eine Stelle finden," sagte Fran.

"Ich kann besser Holz hacken als alle anderen," sagte Ann, und das stimmte.

"Aber wir brauchen Freunde, die uns helfen können . . "

"Freunde," wiederholte Ann, - ein Wort, das ihr seit ihrer Jungmädchenzeit fremd klang.

"Vor allem gehen wir erst einmal in die Kirche," sagte Fran.

"Ich bin Presbyterianerin," sagte Ann.

"Nicht mehr. Von jetzt an bist du Kongregationalistin. Und damit hast du keine Probleme. Du wählst doch gern. Dir würde es sogar gefallen, wenn Gott sich hie und da zur Wiederwahl stellen müßte."

Ann lächelte. Gott sah ihrem Vater sehr ähnlich, wenn sie mit ihm haderte. Ann sah ihm auch sehr ähnlich, wenn sie lächelte. Sie hatte ein hübsches Gesicht, in das sich früh Linien hineingegraben hatten, in denen sich nicht Ausschweifung abzeichnete, sondern Kampf, Willenskraft, Stolz. Sie war vom Sommer her noch braun, und ihre Augen glänzten klar und warm im Licht des Kaminfeuers, hoffnungsvoll. Ihr Körper war stark, klug im Gebrauch physischer Kraft, ihre Hände ausdrucksvoll. Und - ja, sie konnte Kongregationalistin werden, wenn sie mußte. Sie hatte das Gefühl, so ungefähr alles sein zu können, wenn sie mußte, um diesen Winter hier auf "The Fork" zu überleben, zu Hause.

Fran, die weder stark war, noch einen klugen Körper hatte, die weder das Bedürfnis, noch die Willenskraft hatte, sich unmöglichen Überlebenstests auszusetzen, hatte nur eins, das sie stützte, ihr Kraft gab: ihren Glauben an Anns Willenskraft, die zugleich Liebe war. Das mußte genügen.

Als Fran im Kolonialwarenladen verkündete, daß sie die Absicht hätten, den Winter über zu bleiben, begegnete ihr nur skeptisches Schweigen. Zwei verrückte Frauen und ihre Angehörigen, die den Sommer über auf "The Fork" Ferien machten - das war eine Sache. Zwei verrückte Frauen im Winter war eine andere. Es würde genauso eine Plage werden, wie wenn der Ort eine weitere Caw-Indianerfamilie aufnahm, die immer viele Mitglieder hatten und zu nichts zu gebrauchen waren außer sich zu betrinken oder krank zu werden, oder beides; und die Gemeinde mußte schon jetzt alle Mittel aufbieten, um die Jungen vor dem Verhungern oder dem Zuchthaus zu bewahren und die Alten vor dem Erfrieren. Aber den offensten Widerspruch hörte Ann von dem Farmer, der ihnen gegenüberwohnte und der nur sagte, "Wird hier im Winter ganz schön kalt." Was hätte ein Mann sonst zu so einer Schnapsidee sagen können? Der Doktor beruhigte ihn später, indem er sagte, "Beim ersten Schnee sind die weg. Da mach dir mal keine Sorgen."

In der zweiklassigen Schule gab es keinen Job für Fran, bis Mitte Oktober eine der Lehrerinnen starb. "Na, wenn sie wenigstens eine von uns brauchen können . . ." sagte Ann, die schon nicht mehr daran glaubte, daß sie sich mit irgend jemand anfreunden würden, weder in der Kirche, noch außerhalb. Jedesmal wenn sie versuchte, mit einem der Männer eine Unterhaltung über irgend etwas Praktisches anzuknüpfen, wurde er so verschlossen wie die Bank am Sonntag. Sie folgerte daraus, daß sie alle Angst hatten, machte also beim nächsten Mal lieber ein paar freundliche politische Bemerkungen, nur um zu entdecken, daß sie und Fran und der Pfarrer die einzigen Anhänger der Demokraten in zehn Meilen Umkreis waren. Sie hätte sich gern mit dem Pfarrer zusammengesetzt und geredet, aber sie war immer noch schüchtern in der Kirche und hatte Angst, ihr presbyterianischer Unterrock könnte vorgucken.

"Keine Singstunden, keine Zeichenstunden oder ähnliche Müßiggängereien," berichtete Fran. "Sie wollen einzig und allein lernen, wie man einen Versandhauskatalog liest und wie man jeden Pfennig zählt."

Während Fran in der Schule war, hatte Ann nie das Gefühl, nicht genug zu tun zu haben. Sie fällte ein paar ihrer eigenen Bäume, benutzte das Pferd dazu, die Stämme zur Scheune hinaufzuziehen, hackte Holz, bis der Stapel so hoch war wie das Haus, und trotzdem würde er für den Winter nicht ausreichen, wenn sie den Verbrauch so kalkulierte. Wenn die Kälte einsetzte, würden sie sich in der Küche und im Schlafzimmer aufhalten. Aber sogar dann würden sie wahrscheinlich noch erfrieren, mitten vorm Kaminfeuer, wenn sie nicht etwas unternahm, um die Räume besser zu isolieren. Jetzt wo Fran unterrichtete, machten sie sich nicht mehr so viele Sorgen ums Eingeschneitwerden. Die Gemeinde würde den Weg zu "The Fork" freipflügen, damit ihre Lehrerin zur Schule kommen konnte. Trotzdem mußten im Keller Vorräte angelegt werden - Nahrungsmittel, Öl für die Lampen. Und wie kamen sie an Wasser heran?

Als der erste Schnee kam, zeigte es sich, daß die Prophezeiung des Doktors falsch war. Der Kolonialwarenladen wurde mit einem Besuch von Mrs. Bacon und Miss O'Connell beehrt; sie kamen in ihrem Pferdeschlitten und sahen so fröhlich aus wie eine Weihnachtskarte.

Aber nach dem zweiten, dem dritten Schnee, als der Weg zwischen Haus und Scheune schulterhoch zugeschneit war, wurden sie mit den wahren Plagen eines urwüchsigen Winters konfrontiert.

"Hier frieren Sachen ein, von denen ich nie geglaubt hätte, daß sie überhaupt einfrieren können," sagte Ann zum Kolonialwarenhändler. "Wenn man zum Beispiel feststellt, daß die eigene Haustür zugefroren ist . . ."

Aber sie baten nicht um Hilfe, bis zwei Tage vor Weihnachten ein Teil des Daches unter der Schnee- und Eislast zusammenbrach. In Wahrheit war es eine Erleichterung für die Männer im Ort, ihnen jetzt zu Hilfe zu kommen - einmal, weil sie jetzt endlich einen Grund für ihr ganzes vorangegangenes Gemurre hatten, und zum anderen, weil man ja mit niemand richtig nachbarschaftlich umgehen konnte, bevor er einem nicht etwas schuldig war.

Aber bei allen Schrecken des Winters war es schließlich die Schlammsaison, die sie vorher nur als Wochenendtouristinnen gekannt hatten, die ihre Entscheidung jetzt fast ins Wanken brachte. Es gab Tage, da konnte man weder mit dem Auto noch mit dem Pferd bis zur Straße hinunter kommen, und man konnte nichts tun als warten, ohne jedes Zutrauen, daß dieser Dreckschlamm je wieder hart genug werden könnte, um eine befahrbare Oberfläche zu bilden.

"Mein Gott, ich hab' tatsächlich gelernt, den Frühling zu hassen," seufzte Ann.

Aber kaum zwei Wochen später füllte sie ihre Lungen mit dem ersten Duft wachsender Pflanzen und sagte, "Gottes süße, himmlische Luft."

Wenn sie, wie sie es oft tat, auf diesen Winter zurückblickte, sagte Ann immer, "Hilfe haben wir gekriegt, oh ja - wann immer wir sie brauchten. Aber was wir nicht bekommen haben, war Ermutigung, nicht ein Wort der Ermutigung."

Als der Sommer kam, war Schluß mit solchem Quatsch wie Steinterrassen.

"Wir müssen einen Heizkessel haben und ihn richtig isolieren, und elektrische Leitungen verlegen, und das Wasserproblem lösen," verkündete Ann ihren Kindern. "Letzten Winter wußten wir's noch nicht besser, aber diesen Winter wären wir verrückt, wenn wir's nicht täten."

Eines Tages brachte einer der Jungen eine Kuh mit nach Hause. Alle standen darum herum, fanden sie sehr interessant - obwohl die Jungs eigentlich eher daran gewöhnt waren, Gegenständen von dieser Größe gegen die Reifen zu treten, um ihre Anerkennung auszudrücken.

"Weiß irgend jemand, wie man sie melkt?" fragte Fran, die immer Furchtsame und Praktische.

"Man . . . melkt sie einfach," sagte Ann mit einer unangebrachten, aber zuversichtlichen Geste.

Aber niemand konnte es, und das arme Geschöpf litt unter den Händen von ständig nervöser werdenden Amateuren offensichtlich Schmerzen.

"Ihr Kinder bringt mich nochmal ins Grab," verkündete Ann, als sie die Straße hinunter zum alten Mister Jordan ging, der mit seiner Frau in einem kleinen Bauernhaus an der Biegung wohnte.

"Und kein Mensch weiß nich, wie man 'ne Kuh melkt," wiederholte er noch immer, als er ankam, um den nötigen Unterricht zu erteilen. Aber dann besah er sich die Kuh, befühlte ihr Euter und sagte, "Diese Kuh hier wird für 'ne ganze Weile ihre Milch für niemand nich hergeben."

Es stellte sich heraus, daß sie die am schwersten zu melkende Kuh im Umkreis von hundert Meilen war, aber Ann lernte es trotzdem. Das Geheimnis offenbarte sie nur ihrer Familie: "Presbyterianische Choräle. Kühe sind offenbar Presbyterianerinnen."

Etwas Sanftes und Belustigtes mischte sich in das Altern dieses hübschen Gesichts.

Elektrizität und Heizung waren teuer, aber machbar. Fließendes Wasser war es nicht. Sie mußten noch ein Jahr warten, um das Haus des alten Jordan zu kaufen, nachdem seine Frau gestorben war und er zu seiner Tochter zog. Auf seinem Grundstück entsprang die Quelle, die übergenug Wasser hatte für alles, was sie brauchten. Sie würden sogar ein Badezimmer bekommen.

"Ich glaube, ich weiß gar nicht mehr, was man in einem Badezimmer tut," sagte Fran. Aber so ganz war sie denn doch noch nicht zu einem Bauernmädchen geworden: als die Kuh zum ersten Mal den Bullen brauchte, dachte sie, die beiden müßten die Nacht zusammen verbringen.

Sogar hier, ganz von der Welt abgeschnitten, beunruhigten die Nachrichten vom Krieg alle mehr und mehr. Keiner von diesen guten isolationistischen Republikanern glaubte auch nur eine Sekunde daran, daß die Vereinigten Staaten sich an diesem Krieg beteiligen würden, genausowenig wie daran, daß England jemals besiegt werden könnte. Trotzdem machte man sich Sorgen, wie bei einem entfernten Gewitter.

Als Anns Sohn kam und ihr sagte, er werde nach Kanada gehen und in die Royal Canadian Airforce eintreten, konnte sie ihm das nicht ausreden. Patriotismus war nicht nur die Liebe zu einer Landschaft, einem Land, sondern auch zu seinen Traditionen und Prinzipien, die dort in Europa bedroht und herausgefordert wurden. Oh, und das gefährliche Heldentum gefiel ihr, - das Leben zu opfern für etwas, an das man glaubte. Ein Teil von Anns Schmerz war das Gefängnis der Passivität, in das ihr Frausein sie eingesperrt hatte, die Ungehörigkeit, die es bedeutet hätte, für etwas mit all der wütenden Energie und physischen Kraft zu kämpfen, die sie besaß.

Sie beneidete ihren Sohn und gab ihm ihren Segen. Seine Frau und sein Sohn würden auf "The Fork" wohnen.

Diese Notwendigkeit lieferte Ann die Argumente, die sie brauchte, um genug Geld zu bekommen, damit sie im Dachgeschoß der Farm zwei Schlafzimmer und ein Bad einbauen lassen konnte. Ihr Schwager, der Bankier, konnte das nicht ablehnen. Ann wußte nicht genau, wieviel Geld sie eigentlich zur Verfügung hatte. Sie wußte, daß ein Teil des Einkommens "für Notfälle" einbehalten wurde, also gab es immer eine Reserve. Nach dem Gesetz hatte sie eine Einwilligung unterschrieben, niemals ohne die Erlaubnis ihres Schwagers etwas davon abzuheben. Manchmal mußten außerdem noch ihr Kinder ihre Zustimmung geben. Ann war zu tief gedemütigt davon, um Fran in nüchternem Zustand anzuschreien. Stattdessen trank sie drei Tage lang, und dann war sie imstande, alles herauszuschreien, was ihr in den Sinn kam - ein Held, in ihrem Geschlecht gefangen, des Rechtes beraubt, Deutsche oder ihren Schwager umzubringen, verbannt auf diese steinige Farm in Neuengland, in einem republikanischen Gefängnis mit einer furchtsamen, moralpredigenden, gezierten kleinen Gefängniswärterin, die, soweit sie wußte, für diesen Job bezahlt wurde. - In der dritten Nacht kam Fran nicht nach Hause.

Ann, betrunken, wütend wie ein Stier und voller Angst, stolperte in den Ort, um sie zu finden und brüllte den stillen, weißen Häusern, die um den Dorfplatz herumstanden, wahnwitzige Drohungen zu. Die Frau des Pfarrers kam und holte sie herein.

"Was weiß man in Ihrem Haus schon von der presbyterianischen Hölle?" wollte Ann wissen, aber sie ging, taumelnd und fluchend, mit in den Raum, der immerhin ein demokratisches Arbeitszimmer war, in dem Fran mit dem Pfarrer saß. "Ich will nicht geläutert werde!"

Der Mann, den sie so gern zum Freund gehabt hätte, lachte.

"Bloß ausgenüchtert," sagte er. "Mehr tut nicht nötig."

"Will auch nicht, daß man mir gut zuredet, oder für mich betet."

"Das müssen Sie schon selber tun," sagte der Pfarrer.

"Und sowas nennt sich nun einen auserwählten Vermittler des Seelenheils," sagte Ann. Sie ließ sich schwerfällig auf einem Stuhl nieder. "Ah, ich bin eine alte Idiotin, Fran. Komm mit nach Hause und hilf mir beim Aufräumen."

Am nächsten Morgen rief sie ihren Schwager an, der keine Einwände hatte. Er deutete sogar an, daß er und ihre Schwester eines Tages gern einmal auf "The Fork" eingeladen sein wollten. "Okay, wenn in der Hölle mal ein kalter Tag ist," hätte Ann gern geantwortet, doch ihr Zorn war vorübergehend erschöpft, und sie hatte erreicht, was sie wollte.

In der Umgegend gab es keine professionellen Bauhandwerker. Bei jedem Projekt, das die Kraft eines Einzelnen überstieg, arbeiteten andere in den Stunden mit, in denen sie von ihrer Farm abkömmlich waren. Der Kolonialwarenhändler war der beste Elektriker und konnte nur abends kommen, es sei denn, jemand anders hatte einen Tag Zeit und vertrat ihn im Laden. Manchmal bezahlte man für die Arbeit, aber meistens bestand das Entgelt in einer Ladung Stallmist, dem Leihen eines Traktors für einen Tag, oder in einem Tag Arbeit während der Erntezeit. Bei dieser Art Handel hatte Ann noch immer nicht viel zu bieten, Fran dagegen überraschender Weise schon. Das kleine Mädchen des Zimmermanns wollte gern Klavierstunden haben, und der Sohn des Kolonialwarenhändlers hatte auf der High School Schwierigkeiten in Mathematik. Ann war stolz darauf, daß sie nicht bezahlen mußten wie die Städter, aber sie hätte gern selbst mehr an Tauschwert zu bieten gehabt. Es war unwahrscheinlich, daß jemand eine Frau über fünfzig darum bat, beim Hochziehen der Dachbalken für eine Scheune zu helfen, obwohl Ann in solchen Dingen so geschickt war wie die Männer. Aber da es um ihr eigenes Haus ging, konnten die Männer sie bestimmt nicht davon abhalten, einen Teil der Arbeit selbst zu machen. Nach und nach wurde Mrs. Bacons Umgang mit Hobel und Wasserwaage an vielen Abendbrottischen zu dem Gesprächsthema. Und wenn es auch ein bißchen verschroben war, daß sie mit dem Holz redete und ihm vorsang, wenn sie daran arbeitete, verstand das Holz doch jedenfalls, was sie von ihm wollte. Das konnten sie sehen. Wenn diese Bauern auch eine Menge engstirniger Vorurteile hatte, so glaubten sie doch an das, was sie sehen konnten. Schließlich war das ja kein Bauernhof, den die beiden Frauen da bewirtschafteten - nicht mit diesem Reitpferd mit Senkrücken und einer Kuh mit zugeschnürten Titten; die Felder waren an John Gange von gegenüber verpachtet, als Weide für sein Jungvieh, im Tausch gegen Stalldung für ihren Garten im Frühjahr. Trotzdem, sie hielten ihre Zäune in Ordnung und baten nur um soviel, wie sie selbst auch zu geben bereit waren. Und Mrs. Bacon machte beim Erntedankfest den besten Kartoffelsalat und den zweitbesten Brombeerkuchen. Und im Gegensatz zu ihren anfänglichen Befürchtungen über Miss O'Connell setzte die den Kindern keine Flausen in den Kopf, - aber sie hätten sie sowieso nicht angenommen. Die Bauern wollten zwar keine zwei Badezimmer in einem Haus, in dem nur vier Leute wohnten, aber schließlich hatte jeder so seine Marotten. Schon wenn man sich nur die eigene Familie ansah, brauchte man nicht lange in der Vergangenheit zu kramen, um das zu wissen. Und manche machten unter ihrem eigenen Dach schwere Zeiten durch, weil sie's nicht merkten.

So war am Ende des Sommers das Haus bereit für eine Schwiegertochter und einen Enkel. Ann war davon überzeugt, daß das Land einen Jungen fast alles lehren konnte, was ein Vater ihn hätte lehren können. Und schließlich hatte sie selbst einen Sohn aufgezogen, - einen, auf den man stolz sein konnte. Aber ihre Schwiegertochter, ein Mädchen aus der Stadt, würde sich einsam fühlen. Wo sie sich nicht dazu hatte bringen können, für sich selbst oder für Fran Freunde zu gewinnen, tat sie es jetzt für ihre Schwiegertochter. Der Pfarrer und seine Frau kamen zum Abendessen und sprachen mit derselben Herzhaftigkeit und Urteilskraft über Politik, wie Ann sie schon an den Tischgesprächen ihres Vaters geliebt hatte, denn wie sehr er persönlich auch ein sturer Hund gewesen war, besaß er doch im allgemeinen einen gesunden Menschenverstand. - Auch ihre Gäste waren durch diese neue Art des Umgangs wie erleichtert. Fran brachte die andere Schullehrerin mit, ein zimperliches altes Mädchen, das mehr Bücher gelesen hatte als Ann auch nur vom Hörensagen kannte, und sie versprach, ihr welche zu leihen. Das junge Ehepaar, das das Haus des alten Jordan gemietet hatte, kam jetzt und verbrachte ein paar Stunden bei ihnen. Er schrieb an einer Doktorarbeit über Wiederaufforstung, aber wirklich gern redete er darüber, wie man eine Farm wie ihre wieder in Gang bringen könnte, und da er kein Bauer war, war er bereit, Ann mit Fakten zu versorgen, die ihre Landwirtschaft betreibenden Nachbarn als Betriebsgeheimnis betrachteten. Es war kein großer, aber ein herzlicher und lebhafter Freundeskreis, als sie im Frühherbst Joyce und Timmy willkommen hießen.

In diesem Dezember traten die Vereinigten Staaten in den Krieg ein, und noch vor Ablauf der nächsten sechs Monate gab es im Ort und in der ganzen Umgebung keinen einzigen körperlich tauglichen jungen Mann mehr.

"So, wie sie redeten, hätte man glauben können, die Republikaner würden warten, bis man sie zwangsweise einzieht," sagte Ann zum Pfarrer, und sie lächelten beide, aber eher stolz als belustigt.

Welche Vorbehalte auch immer bestanden haben mochten, Mrs. Bacon und Miss O'Connell als vollgültige Mitglieder in die Dorfgemeinschaft aufzunehmen, mit dem Recht auf einen Platz am Tisch, oder am Krankenbett, oder in der Scheune, oder auf dem Feld - sie entfielen jetzt, weil der Ort jede verfügbare Person brauchte. Abgesehen von ein oder zwei Caws, die entweder auf die Zwangseinziehung warteten, oder daran dachten, sich kleine Verstümmelungen beizubringen, um ihr zu entgehen, gab es keine jungen Männer mehr, die die Jungmännerarbeit machen konnten. Die älteren Männer übernahmen sie jetzt und überließen einige ihrer traditionellen Pflichten den Frauen. Wenn Mrs. Bacon eine Tür geraderichten konnte, laßt sie das doch tun. Wenn Miss O'Connell eine widerspenstige Pumpe geradesogut erziehen konnte wie ein widerspenstiges Kind - laßt sie machen, laßt sie erziehen. Die junge Mrs. Bacon ging als Sprechstundenhilfe in die Praxis des Doktors, so daß die Frau des Doktors, die ausgebildete Krankenschwester war, bei den Hausbesuchen mithelfen konnte. Obwohl Joyce am Anfang ein paar Fehler machte in Dingen wie zum Beispiel: war ein Schwein eine angemessene Gegenleistung für eine Gallenblasenoperation?, bekam sie das Wesentliche doch bald mit. Die Leute halfen ihr, weil es unter dem Druck eines nationalen Notstands nicht mehr so wichtig schien, diese Art von Geheimnissen vor den Stadtleuten zu verbergen. Es gab realere, fremdere Feinde, um die man sich kümmern mußte.

Ann beging etwas, das zunächst wie ein böser Fehler aussah, indem sie einen dieser Feinde in den Ort holte. Nachdem sie ihre Mieter im alten Jordan-Haus verloren hatte und keine großen Chancen sah, es in diesen Zeiten neu zu vermieten, entschloß sie sich, da sie darüber gelesen hatte, wieviele Vertriebene ins Land kamen, das Haus einer solchen Flüchtlingsfamilie anzubieten. Sie bat darum, daß man ihr Bauern schickte. Eines Abends kamen sie an - ein tuberkulosekranker, gebrochener Mann mit seiner riesigen, kühnen und starken Frau. Sie sprachen kein Wort Englisch; sie waren Polen und konnten etwas Deutsch. Noch ehe sie achtundvierzig Stunden da waren ging das Gerücht um, Mrs. Bacon beherbergte Spione.

Der Pfarrer tat sein Bestes. Er hielt eine Predigt über die Notlage dieser Leute und ermutigte andere, es Mrs. Bacon und Miss O'Connell an christlicher Nächstenliebe und gesundem Menschenverstand gleichzutun. Diese Leute wollten arbeiten, und die Gemeinde brauchte sie. Aber sie sprachen eine Sprache, die in den Ohren der Farmer genauso klang wie Hitlers schwadronierendes Gegeifer. In der ersten Woche legte jemand Feuer in ihrem Schuppen. Dann wurde ihnen die Wasserleitung gekappt. Ann glaubte nicht daran, daß diese Akte des Vandalismus das Werk eines ihrer Nachbarn war. Sie war davon überzeugt, daß der eine oder andere Caw diese Leute als Vorwand benutzte, um Unruhe zu stiften. Eines Tages erwischte sie den jungen Jay Caw, wie er bei ihrer eigenen Scheune herumlungerte und verjagte ihn mit ihrer Eichhörnchenflinte vom Grundstück. Aber statt Mitgefühl zu wecken schienen diese Vorgänge das Mißtrauen noch zu verstärken. Jedesmal, wenn jetzt irgend etwas passierte, sei es ein kleiner Diebstahl oder eine auffällige Zunahme von Euterentzündungen unter den Kühen, machte man ihre Flüchtlinge dafür verantwortlich. Die Caws, die man immer schon als Diebe bezeichnet, denen man aber noch nie den Status von Hexen zugesprochen hatte, wußten nicht, ob sie sich über die neue Unschuld, die ihnen da zugebilligt wurde, nun ärgern oder freuen sollten. Ann und Fran hatten, ganz abgesehen von den Ressentiments im Dorf, ihren eigenen Ärger mit ihrer nicht sehr wohlüberlegten Barmherzigkeit. Erstens konnten sie weder mit dem Mann noch mit der Frau vernünftig reden. Zweitens hatten sie nicht genau durchdacht, was die beiden eigentlich genau tun sollten. Ann hatte beschlossen, es wäre an der Zeit, ihr Land zu bearbeiten, eine kleine Kuhherde anzuschaffen, ein paar Hühner, vielleicht sogar ein paar Schweine, obwohl Fran und Joyce unerbittlich g e g e n die Schweinehaltung waren. Sie waren nicht begeistert von der Verantwortung für noch mehr Tiere. Das Haus wimmelte schon von den unzähligen Würfen der Scheunenkatzen, von denen eine blind war und ständig gegen die Möbel rannte. Aber Ann war der Meinung, daß ein vertriebener Bauer sie alles lehren konnte, was sie wissen mußten und eine Menge Verantwortung selbst übernehmen konnte. Vor Ablauf eines Monats jedoch war es bereits offensichtlich, daß der Bauer weder bereit noch fähig dazu war. Welche Arbeit ihnen auch immer als ihre Aufgabe klargemacht werden konnte, - seine Frau erklärte sich einverstanden und tat sie. Aber er saß einfach am Herd und wartete aufs Sterben.

"Trotzdem," verkündete Ann am Abendbrottisch, "das ist ein nationaler Notstand, und diese Farm muß funktionieren, muß produzieren. Du hast deinen Unterricht, Fran, und Joyce hat in der Praxis zu tun, aber ich habe Zeit, und ich kann die beiden bestimmt nicht wieder ans Arbeiten gewöhnen, wenn keine richtige Arbeit da ist."

Ihre eigene Scheune, halb Lagerraum und halb Garage, war nicht groß genug, um mehr als zwei Kühe darin unterzubringen, aber man konnte ja den Speicher heizen und da

Hühner halten, und die Scheune vom alten Jordan konnte, nach ein paar Umbauten, für die Kühe verwendet werden.

"Aber was ist, wenn du krank wirst?" fragte Fran.

"Ich helfe dir, Omi," sagte Timmy.

"Oh ja, beim Hühnerscheuchen!" antwortete Joyce.

"Ja, scheuchen könnte ich sie," stimmte er zu.

Innerhalb von drei Monaten hatten sie eine Herde von acht Kühen, weil Ann die zusammenkaufte, die sich schwer melken ließen, und die sie zu verstehen gelernt hatte.

Inzwischen holten die anderen Farmer nicht den Tierarzt, sondern sie, wenn eine Kuh ihre Milch zu widerwillig hergab. Und wenn sie sang, störte sich niemand daran. Dann kamen die Hühner, und als die eintrafen, stand der Mann neben dem Herd endlich auf und ging sich um sie kümmern. Mit ihnen konnte er in seiner Muttersprache reden und trotzdem ebensogut verstanden werden wie von seinen Kühen und Hühnern daheim. Seine Frau lernte nach und nach genug Englisch, um bei der Planung eines neuen, viel größeren Gemüsegartens zu helfen, eines "Siegesgartens".

"Wir werden kämpfen mit Gemüse," verkündete sie und freute sich, daß sie die Sache verstanden hatte.

Er lernte die Sprache nie. Das Äußerste, was er fertigbrachte war, sich mühsam zum Haus hinaufzuquälen und zu rufen, "Bacon, Bacon, Kuh krrank!" und dabei umklammerte er die Stelle, wo sein Euter gewesen wäre, wenn er eins gehabt hätte, und solche Anstrengungen waren ausschließlich extremen Notfällen vorbehalten.

Aber dennoch: er wollte wieder leben. Deswegen war Ann zufrieden mit ihm, und wenn auch der Rest der Gemeinde ihre Polen nicht akzeptierte, lernte man doch nach und nach, sie zu ignorieren.

Die Krise dieses Jahres erwuchs nicht aus den ehrgeizigen Unternehmungen der Farm, sondern aus dem Wunsch von Anns jüngster Tochter, einen jungen Offizier zu heiraten, der kurz vor seiner Einschiffung nach Europa stand. Sie wollte eine kleine Hochzeit, daheim, und Anns Schwester und Schwager sollten auch kommen.

"Wenn du sie nicht hierhaben willst, dann sag ihr das," meinte Fran.

"Es ist ihre Hochzeit," antwortete Ann mit abgewandtem Gesicht.

"Es ist u n s e r Haus."

Ann nahm ein Päckchen Zigaretten aus ihrer Hemdentasche und strich ein Küchenstreichholz am Hosenboden ihrer Jeans an. Dann ging sie durch die rückwärtige Tür hinaus und die Straße hinunter; dabei betrachtete sie ihre geflickten Zäune mit Vergnügen, atmete Gottes süße, himmlische Luft ein, die jetzt kräftiger war von den Tiergerüchen der wieder funktionierenden Farm.

"Aber es ist ihr Zuhause," sagte Ann laut. Sie wußte, wenn sie ablehnte, würde diese jüngste Tochter das tun, was ihr wahrscheinlich ohnehin lieber war: mit Freunden im Haus ihrer Tante und ihres Onkels Hochzeit feiern, vor denen sie ihre Mutter oft wütend in Schutz genommen hatte, bei denen sie aber auch eine Sicherheit gefunden hatte, die Ann ihr nie geben konnte.

"Sie sind sehr gut zu ihr gewesen," sagte Ann nach ihrem Spaziergang; sie wußte, daß Frans Widerstand nicht auf ihrem eigenen Zorn beruhte, sondern auf dem Zorn, den sie in Ann fürchtete. Deshalb fügte sie auch nicht hinzu, was sie schrecklich und heftig fühlte: daß dies endlich jener kalte Tag in der Hölle war, den sie ihrer Schwester und ihrem Schwager versprochen hatte.

Wie konnte sie erwarten, daß ihre Städteraugen den Balken und dem warm getönten Holz im Wohnzimmer die monatelange Arbeit ansahen, die dabei draufgegangen waren, die Schichten und Aberschichten alter Tapeten abzulösen. - Wie konnten sie die Winterabende nachfühlen, an denen sie die Lehnen der Stühle mit Sandpapier geglättet und dann geölt hatte, auf denen sie jetzt saßen, - ländliche Antiquitäten, die sie auf Auktionen gekauft hatte, mit einem guten Auge für Formen und Linien? Was wußten sie von den Kostbarkeiten, die Wärme, fließendes Wasser, Gläser mit eingemachtem Gemüse aus dem eigenen Garten, auf Regalen, die sie selbst gebaut hatte, bedeuteten? Sie würden nichts weiter sehen als das kuriose, unbequeme Farmhaus, wo man den Katzen nicht immer über den Weg trauen konnte, weil sie manchmal in die Kaminasche machten, wo die Hühner gelegentlich in die Küche streunten, wo ein kleiner Junge mit Grind auf den Knien und Ellenbogen und einem Topfhaarschnitt mit der Sprache und den Manieren eines Bauernjungen aufwuchs und mehr über die Sexual- und Ausscheidungspraktiken der Tiere wußte, als seiner Großtante bis heute über den menschlichen Körper bekannt war, und der durchaus willens war, ihr das auch mitzuteilen? Und was würde sie in Anns Gesicht sehen, das jetzt, im strengen Wetter Neuenglands, um Jahre gealtert war, außer dem Alkoholruin, den sie sehen wollte? Sie sah immer noch schick aus, wenn sie zur Kirche ging, aber was sollte sie zur Hochzeit ihrer Tochter anziehen? Seide würden ihre verhornten Hände zerreißen, noch ehe sie das Kleid über den Kopf ziehen konnte, und der alte Diamantring auf einem Finger, dessen blauer Nagel erst in zwei Monaten abfallen würde? Eine Landfrau mit nackten Armen, braun wie eine Bäuerin, das weiße Haar kurzgeschoren zum Heu wenden und Dung schaufeln. Oh, sie würden natürlich schon etwas von der harten Arbeit mitkriegen, und sie würden sie als ihre, Anns, Sühnestrafe auf dem Weg zur Erlösung ansehen. Verflucht! Gott verfluche sie alle beide!

Doch Ann schrieb ihrer Tochter und willigte ein, und die Pläne für die Hochzeit wurden geschmiedet.

Anns hitziges Temperament, ihr Fluch und ihre Stärke, war an den Wochenenden, wenn Fran und Joyce und Timmy ihr ständig vor den Füßen herumliefen, am schlimmsten, besonders im Winter und an den stürmischen Frühlingstagen, wenn Timmy nichts nach draußen zog, um seine kindliche Energie abzuarbeiten. Trotzdem schimpfte sie selten direkt mit ihm. Sie brummte dann gewöhnlich etwas von einer blockierten Pumpe - Fran gegenüber - und Joyce gegenüber etwas von einer leeren Ölkanne, die jemand auf dem Kaminsims hatte stehen lassen. Die jungen Frauen ertrugen das aus Zuneigung, bis eine von ihnen, gewöhnlich Joyce, mit echter Ungeduld zu Timmy sagte, "Oh, geh raus spielen. Ein bißchen schlechtes Wetter hat noch niemand geschadet." Er wartete dann auf einen Gnadenerlaß seiner Großmutter, denn oft ließ sie sich erweichen; aber an einem regnerischen Frühlingssamstag mußte er, in Gummistiefeln und Regenzeug, schmollend nach draußen in die Nässe. Das Haus verfiel in eine nervöse Ruhe; so etwas gab es. Er blieb drei Stunden lang verschwunden und mußte schließlich zum Abendessen hereingerufen werden. Joyce sah sich seine Augen an und überlegte, ob er vielleicht Fieber hätte, aber er schien bester Laune zu sein und hatte völlig vergessen, daß sein Nachmittag eine Art Bestrafung gewesen war. Als Ann hinausging, um die Eier von ein paar hundert Hühnern einzusammeln, fand sie nur drei Sück. Verdutzt ging sie um die Scheune herum - und fand die dem Haus abgekehrte Wand völlig gelb von Eidotter. Sie glänzte unter einer durchsichtigen Glasur, hie und da unterbrochen von den scharfen Splittern von Eierschalen.

"Timmy!" brüllte sie und lief ins Haus. "Timmy!!"

Er stand starr da in seinem Pyjama.

"Warum hast du das gemacht?" fragte Ann, immer noch eher erschrocken als wütend über das , was sie gesehen hatte.

"Weil's schön war," antwortete er.

Ann sah ihn an, ihren eigenen Enkel mit diesen familieneigenen warmen und trotzigen Augen, und das Gelächter in ihr brach über ihm aus wie ein Frühlingsregen.

"Aber er muß bestraft werden," protestierte Joyce. "Das müssen doch mindestens zweihundert Eier gewesen sein!"

"Stell dir das bloß mal vor!" sagte Ann und schüttelte staunend den Kopf. "Was das für drei Stunden gewesen sein müssen!"

Sie selbst hatte der Versuchung nie nachgegeben, außer wenn sie ein verlegtes Ei fand, dessen Alter sie nicht bestimmen konnte. Dann machte sie sich den Spaß, es an den nächsten Baum zu werfen, stolz auf ihre Treffsicherheit, aber noch glücklicher einfach über das Zerschmettern. Zweihundert Stück! Von dieser Erleichterung aus zweiter Hand zehrte sie eine ganze Woche lang, egal wie groß die Schweinerei war und wieviele Erklärungen sie auf ihrer Eierverkaufstour abgeben mußte.

Dennoch, die Anspannung im Haus wuchs, als der Tag der Hochzeit näherrückte. Man mußte nach Hanover fahren, um für alle die richtigen Kleider zu finden, für die sie - Ann bestand darauf - ordentlich Geld ausgeben mußten. Kompromisse in Geschmacksfragen lehnte sie ab. Bei Joyce gab es da keine Probleme. Sie hatte diese Größe 38, für die jedes Kleid entworfen zu sein schien. Obwohl sie Wut in sich aufsteigen fühlte, als ihr ihr Gesicht im Spiegel über zartbedruckten Stoffen entgegentrat, fand Ann am Ende doch ein Kleid, auf das sie stolz war. Bei Fran, die gebaut war wie eine schmale Winterbirne, konnte das Problem nicht so ganz zur Zufriedenheit gelöst werden, aber sie ertrug Anns Geziehe und Gezupfe an jedem Kleid, das sie anprobierte, als ob eher das Kleid schuld wäre als die Figur, und traf schließlich eine eigenmächtige Wahl.

Fran und Joyce hatten beide die Hoffnung, daß Ann über

den Tag hinwegkommen würde, ohne zu trinken. Joyce zählte auf die beiden nüchternen Jahre, die dem Umbau des Hauses gefolgt waren. Joyce wußte, daß Timmys Anwesenheit Anns Bedürfnis nach Alkohol mehr als einmal unterdrückt hatte. Ann selbst schien entschlossen, den Tag genau so zu verbringen, wie ihre Tochter ihn sich wünschte.

Das Haus war voller Blütenzweige. Der Pfarrer kam früh, mehr als Freund denn als Amtswalter, und half, die wenigen Nachbarn und Gäste von außerhalb zu begrüßen, die ankamen und die Vordertür benutzten, die sonst während eines ganzen Jahres kaum mehr als ein halbes Dutzen mal geöffnet wurde. Ann plauderte mit den Eltern und der Schwester des Bräutigams, die sie alle sofort mochte, weil sie vom Haus entzückt waren, von seinem Charme, seiner Wärme, von der Arbeit, die hineingesteckt worden sein mußte, um es bei alledem auch noch so bequem zu machen. Dann drehte sie sich um und sah ihre Schwester in einem teuren Tweedkostüm und Schrecken und Bestürzung in den Augen, die sie schnell zu verbergen suchte.

"Sarah!" sagte Ann, ging sofort mit offenen Armen und unerklärlicherweise auch mit offenem Herzen auf diese Schwester zu, die sie seit zehn Jahren nicht gesehen hatte.

Sie fand es nicht einmal schwierig, ihrem Schwager die Hand hinzustrecken, der noch weniger Haare hatte, schwerer geworden war und noch mehr gekünsteltes Gehabe an sich hatte als früher. Gemessen an dem Ungeheuer, das sie in all den Jahren aus ihm gemacht hatte, schien er fast unterlebensgroß - beide hatten nichts an sich, wovor man sich fürchten mußte, nicht an diesem Tag, an dem ihre jüngste und am härtesten geprüfte Tochter heimgekommen war, um einen gutaussehenden Jungen in Uniform, mit einem schönen starken Gesicht und sanften Augen zu heiraten.

Fran spielte den Hochzeitsmarsch auf dem Klavier im Bücherzimmer, das im ersten Winter, außer der Küche, ihr einziger bewohnbarer Raum gewesen war. Die Zeremonie war kurz und fröhlich; Sekt und Kuchen warteten schon im Wohnzimmer. Ann trank nichts, obwohl sie das Gefühl hatte, es an diesem Tag gefahrlos tun zu können. Sie wollte einfach nicht, daß sich Fran oder ihre Tochter auch nur einen Augenblick ihretwegen Sorgen machten.

Während sie die steife Befangenheit ihrer Schwester beobachtete, die zum Zerreißen angespannten Nerven ihres Schwagers, - beide fühlten sich unbehaglich neben Anns ländlichen Nachbarn, mit der neuen Familie ihrer Tochter - erinnerte sie sich mit einem neuen Mitleid an die rivalisierenden Kämpfe um gesellschaftliche Errungenschaften, auf die hin man sie erzogen hatte, wo ein Kleidungsfehler einen entweder in Schande stürzte oder eine Beleidigung anderer darstellte, wo niemand jemand etwas schuldig war außer einer Einladung zu einer Cocktailparty oder einer Beteiligung an einem Aktienpaket. Sie schuldete John Gange, der da in seinem Sonntagsanzug resigniert und schweigend herumstand, ein festes Dach über dem Kopf im tiefsten Winter, eine Wagenladung Stallmist in jedem Frühjahr, und er schuldete ihr die Kocherei für seine ganze Familie, als seine Frau bettlägerig war, zwei Kälberentbindungen, als sie den Tierarzt nicht erreichen konnten, Weiden für sein Jungvieh; diese Liste war auf beiden Seiten unendlich und würde es bleiben, auch wenn ihre politischen Ansichten weit auseinandergingen. Die meisten Leute in diesem Raum waren untereinander so tief verschuldet, wie es sich dieser nervöse Bankmensch nie würde vorstellen können. Und jede Frau hier betrachtete Sarahs Kostüm mit Bewunderung. Sogar Ann, die so wütend versucht hatte, sich für ihre Schwester gut anzuziehen, begriff, daß ihre Schwester versucht hatte, sich für s i e gut anzuziehen, für eine einfache ländliche Hochzeit. Wenn dieses Zusammentreffen vielleicht auch nicht jene Versöhnung hervorbrachte, auf die, wie Ann wußte, ihre Tochter hoffte, würde es doch endlich jenem alten Neid ein Ende setzen, der an Ann genagt hatte wegen des Geldes ihrer Schwester, ihrer Sicherheit und gesellschaftlichen Position. Ann dachte plötzlich darüber nach, ob sie im Besitz all dieser Dinge womöglich noch zorniger geworden wäre, als sie es ohne sie gewesen war, ob die harte Demütigung, die sie unter der Wohltätigkeit ihres Vaters empfand, ihr nicht vielleicht einen Weg eröffnet hatte, sich freizukämpfen - bis hin zu diesem menschlichen Bei-jemand-in-der-Schuld-stehen, in dem sie jetzt lebte. Fran lehnte an der gegenüberliegenden Wand des Zimmers und lächelte sie an. Anns Dankbarkeit war viel tiefer als ihr Wissen von all dem, was Fran getan hatte, um sie am Leben zu halten, um ihr Hoffnung zu geben. Fran liebte sie.

Nachdem Braut und Bräutigam abgefahren waren, wurden die beiden auswärtigen Gäste zum Abendessen ins Pfarrhaus eingeladen. In diesem Haus wurde niemals Alkohol getrunken, und Ann merkte, daß das für ihre Schwester und ihren Schwager die beiden letzten Stunden schwierig machen würde, denn sie waren beide Gewohnheitstrinker von der Art, die sich selbst damit betäubt. Was in ihr alle Bitterkeit ihres Lebens hervorbrachte, besänftigte die beiden zu geselliger Stumpfheit im Umgang mit sich und anderen. Ann hatte im Wohnzimmer ihrer Schwester trinken gelernt, zu einer Zeit, als sie noch nicht im Traum daran denken konnte, sich selbst Schnaps zu kaufen. Damals glaubte sie, ihr aufsteigender Zorn richtete sich gegen die spießige Selbstgefälligkeit der beiden. Jetzt beobachtete sie die wachsende Anspannung auf dem Gesicht ihrer Schwester, den scharfen, weißen Zug um ihre Nase, als wäre dieses reichhaltige ländliche Mahl im Scheunenduft des großen, alten Pfarrhauses eine letzte und äußerste Beleidigung ihres Geschmacks.

"Ach, wirklich?" oder "Ja, reizend." war alles, was sie zu irgend jemand über irgend etwas zu sagen imstande war.

"Arme Sarah," sagte Ann mit aufrichtigem Mitgefühl zu ihr. "Das hier ist nicht gerade dein Traum von einer Party."

"Reizend," sagte Sarah.

Ann hatte den guten Einfall, sich nach ihren Neffen zu erkundigen, die sich im Krieg tummelten und dabei die Kinder aller anderen Leute ausstachen. Dieses Wettbewerbsdenken war Ann inzwischen so fremd, daß sie nichts zu erwidern wußte.

"Wir waren überrascht, als dein Tim zu den Kanadiern ging."

"Ja? Ich nicht."

"Na ja, wahrscheinlich hat er etwas von einem Rebellen an sich, und das ist ja auch nur natürlich."

Ann dachte an Timmy und die Eier, aber als sie diese Geschichte erzählen wollte, geriet ihre gute Laune ins Wanken.

"Kommst du uns denn irgendwann einmal besuchen?" fragte Sarah.

"Man kann nur schwer hier weg, wenn man an die Kühe und die Hühner denken muß, und wir haben kein Auto mehr, nur den Traktor und den Laster."

"Keinen Wagen?"

"Nein," sagte Ann. "Wir brauchen eigentlich keinen. In die Kirche und nach Hanover kommen wir mit dem Lastwagen, wenn es sein muß."

Sie fühlte einen leichten Trotz in sich aufsteigen. Warum? Was lag schon daran? Aber sie mußte sich in die Freundschaft um sichherum zurückziehen. Als sie das nächste Mal in Sarahs Nähe kam, ging die Party dem Ende zu; die Leute waren schon im Aufbruch. Sarah sprach in der Halle mit Fran.

". . . ein eigenes Zuhause?"

"Ich habe ein eigenes Zuhause," antwortete Fran.

"Aber, meine Liebe - mit einer alten Frau! Und da wird ja auch noch der Klatsch sein, mit dem Sie zu kämpfen haben, um das Mindeste zu sagen."

"Klatsch?" unterbrach Ann.

Sarah antwortete nicht.

"Wir müssen gehen," sagte ihr Gatte jetzt. "Ann, wenn die Rechnung für den Sekt kommt oder dergleichen . . . ruf mich einfach an."

Anstelle von Eiern zerschmetterte Ann Flaschen, schleuderte sie auf die Terrasse, die in jenem ersten Sommer so fröhlich und unsinnigerweise gebaut worden war, bis sie sie in ein Meer von zerbrochenem Glas verwandelt hatte, und sie wäre mitten hineingegangen, wenn ihr auserwählter Priester sie nicht ins Haus gezogen und mit ihr gerungen hätte wie der biblische Engel mit Jakob, bis sie ruhig wurde. Joyce hatte Timmy zu einer Freundin gebracht; Fran saß vor dem Kamin und trank Tee.

"Ich glaube, sie wird es jetzt ausschlafen," sagte der Pfarrer. "Wenn sie morgen früh wieder anfängt, rufen Sie mich."

Fran nickte.

"Fran, geben Sie jetzt nicht auf, wo sie gerade dabei ist, zu gewinnen, ja?"

"Sie haben einmal gesagt, es gäbe Dinge, die sie selbst tun müßte."

"Ja."

"Niemand dürfte die Macht haben, sie zu solchem Haß zu treiben,-.Sie haßt alles, sogar das, was an ihrem Leben gut ist."

"Das ist nicht wahr, Fran. Der Alkohol hat seine eigene Stimme."

"Klatsch," sagte Fran.

"Es gibt keinen Klatsch, und sie weiß es. Das einzig Skandalöse an Ann Bacon ist, daß sie ihren Kühen presbyterianische Hymnen vorsingt."

"Und an mir?"

"Daß ein schmächtiges Ding von einer Frau Hundertpfundsäcke Hühnerfutter auf den Speicher schleppt, wo sie doch einen prima nichtsnutzigen ausländischen Spion hat, der das für sie machen könnte."

"Ich räume besser die Terrasse auf," sagte Fran.

Die Frau des Pfarrers war gerade dabei, dem Pfarrhaus ebenfalls einen ausländischen Spion zu verschaffen, einen Vetter aus Europa, der Künstler war und keinen Job finden konnte, solange sein Englisch noch nicht besser war. Obwohl sie das Pfarrhaus schon fast mit ihrer Familie, ihren unordentlichen, gescheiten, strahlenden Kindern überfüllt hatten, war doch immer noch Platz für einen mehr. Um sich bei Laune zu halten und etwas zu seinem Unterhalt beizutragen, schlug der Mann vor, den Leuten im Ort Malunterricht zu geben. Kein Farmer war bereit, seiner Frau oder seinen Kindern einen solchen zeitvergeudenden Unsinn zu bezahlen, aber die Frau des Pfarrers versuchte alles, um die wenigen Leute zu überreden, die den Wunsch ihres Vetters vielleicht verstanden.

"Ich habe zwar noch nie daran gedacht," sagte Ann, "aber eigentlich könnten wir doch alle hingehen."

"Alle?" fragte Fran.

"Warum nicht?"

Also verfügten sich Timmy und Joyce und Fran und Ann ins Pfarrhaus und stellten fest, wer ihre Mitschüler waren: die zweite Schullehrerin, ein Junge, der so debil war, daß er nicht zur Schule gehen konnte, die Pfarrersfrau und zwei ihrer schmollenden Kinder.

Als sich Ann mit einem Stück dicker Pappe konfrontiert sah, warf sie ihre Schüchternheit über Bord und fing an, heldenhaft und mit Feuereifer zu malen.

"Mrs. Bacon," sagte ihr Lehrer, als er das Ergebnis ihrer ersten halben Arbeitsstunde begutachtete, "Diese Karton ist nicht Scheune. So nicht Bild malen," und machte die Anstreichergesten nach, die Ann genau für solche Zwecke wie das Streichen von Scheunenwänden erlernt hatte. Ann war empört, aber Fran warf ihr einen warnenden Blick zu.

"Ich verstehe," sagte sie. "Also, wie soll ich es machen?"

"Bei ihrer Geschicklichkeit und Neugier stellte Ann bald fest, daß sie das Malen nicht nur während der wöchentlichen Unterrichtsstunden vollkommen in seinem Bann hielt, sondern immer, jeden Tag. Wenn sie sich nicht gerade eine Stunde von ihren Pflichten wegstahl, um zu malen, lehrten ihre Augen sie die verschiedenen Beschaffenheiten des Lichts erkennen, das ihr so heilig war wie die Luft, die sie atmete. "Schau dir das an!" und "Sieh mal!" ermunterte sie die anderen ständig, die mit Freude hinsahen, aber ohne das Staunen, das Ann erfüllte. Also mußte sie es ihnen nicht nur zeigen, sondern es auch für sie malen, damit sie sehen konnten, was sie sah: ihre Bäume, ihre Felder, ihre Gebäude, die Gesichter der Menschen, die sie liebte, in Gottes süßem, himmlischen Licht.

"Grandma Moses von 'The Fork'"sagte Joyce und bewunderte ein Portrait von Timmy, wie er seine Großmutter umarmte.

Dann wurde Tim getötet, aus einem fremden Himmel herausgeschossen wie ein Vogel. Wochenlang gab Ann ihrem eigenen Schmerz keinen Raum. Sie verstand Joyces Schmerz zu gut. Sie merkte nicht einmal, daß Fran und der Pfarrer sorgfältig über sie wachten, weil sie auf die unausweichliche selbstmörderische Rebellion warteten. Sie blieb aus.

Eines Morgens, als Fran und Timmy schon zur Schule gegangen waren und Joyce in die Arztpraxis, kam der Pfarrer auf einen Kaffee vorbei, wie er es in letzter Zeit oft tat. Er traf Ann dabei, wie sie einen dunklen, winterlichen Wald malte. Mitten im Sommer.

"Ich will sie nicht stören," sagte er. "Ich komme ein andermal wieder."

"Nein," sagte sie. "Eigentlich interessiert es mich im Moment nicht besonders, aber es gibt mir wenigstens etwas zu tun."

"Ich komme gerade von John Gange. Sein ältester Sohn . ."

"Ich kann keinen Stolz empfinden," sagte Ann nach längerem Schweigen. "Ihre Namen auf einer Gedenktafel. Warum überläßt man es nicht uns, die Kriege auszufechten, den Alten mit der alten Wut, die die Kriege anzetteln? Warum sind es immer die Leben unserer Kinder, die wir opfern und nicht unsere eigenen?"

"Gott liebte die Welt so sehr . . ." begann der Pfarrer, aber es lag nicht viel Zuversicht in seiner Stimme.

"Daß Er Seinen Sohn hingab für das Böse darin.'

"Für das Gute."

"Ein hoher Preis - als Wiedergutmachung."

Er antwortete nicht. Sie goß für sie beide noch einen Kaffee ein, der beim Warmhalten auf dem Herd schwarz und stark geworden war und bot ihm dicken Rahm von der Milch ihrer eigenen Kühe an.

"Der Junge meiner Schwester auch, letzte Woche," sagte Ann, und plötzlich barg sie ihr Gesicht in den Händen und weinte - etwas, das sie in nüchternem Zustand nicht mehr getan hatte, seit ihr eigener junger Ehemann gestorben war.

Ihr auserwählter Priester stand neben ihr, einen Arm um ihre Schultern gelegt; mit dem andern drückte er ihren Kopf an seine Rippen. Auch seine Augen standen voller Tränen, die sich nicht aus den Augen lösten und zwischen ihm und dem was er sah glitzerten.

"Danke," sagte Ann schließlich. "Ich muß zu John gehen."

Gemessen an ihrer Größe zahlte die Gemeinde, nahezu schweigend, dem Krieg einen riesigen Tribut. Auf dem Platz in der Mitte des Ortes gab es ein Kriegerdenkmal, die ersten Namen aus dem Unabhängigkeitskrieg,und jeder weitere Krieg hatte die Liste einfach nur verlängert.

Ann kaufte sechs weitere Kühe und fing an, Truthähne fürs Erntedankfest zu mästen, zu dem dieses Jahr, in einigen Häusern, Söhne erwartet wurden. Im August war der Krieg zu Ende.

Jetzt, wo der Krieg vorüber war, sprach Joyce davon, mit Timmy wieder in die Stadt zurückzukehren, wo sie einen gut bezahlten Job bekommen und Timmy in eine bessere Schule gehen konnte. Fran bestärkte sie in diesen Plänen, weil es ihr Sorgen machte, daß Timmy so ausschließlich in der Welt dreier Frauen aufwuchs, und einer davon konnte er nicht einmal in der Schule entgehen; sie machte sich auch Sorgen um Joyce, die mehr und andere Gesellschaft brauchte. Bei dem Gedanken, die beiden zu verlieren, wollte Ann protestieren, aber sie verstand Joyces Bedürfnis nach Unabhängigkeit. Und was das Kind betraf - man bekam sie ja immer nur, um sie wieder herzugeben.

Ihre Polen gingen auch weg, in den Süden, wo sie bessere Chancen hatten. Die Jungen, die wieder nach Hause kamen, hatten zumeist kein Interesse mehr an dem harten Leben in ihrer kleinen Gemeinde. Stattdessen gingen sie wieder zur

Schule oder aufs College, und ihre Entscheidungen beeinflußten die Jüngeren, die ebenfalls ruhelos und ehrgeizig wurden. Ann fand niemanden, der ihr auf ihrer jetzt voll produzierenden Farm half. Aber sie dachte gar nicht daran, ihre Kühe abzuschaffen. Sie hatte gerade den Ersten Preis im Bundesstaat gewonnen, für den höchsten Milchfettanteil. Und die Position der Eierlieferantin im Umkreis wollte sie auch nicht aufgeben. Viel Arbeit hielte sie davon ab, sich einsam zu fühlen, behauptete sie. Aber nachts, nach der Arbeit, die bei Tagesanbruch oder noch früher begann, konnte sie sich nie mit dem Gefühl hinlegen, daß alle Pflichten erfüllt waren, und ihre Nerven zuckten vor Erschöpfung und hielten sie oft vom Schlafen ab. Fran stand morgens immer mit ihr auf, arbeitete neben ihr her, bis es Zeit war, zur Schule zu gehen, kam nach Hause so früh sie konnte, um weiter zu helfen, und saß, nachdem Ann zu Bett gegangen war, noch auf, um ihre Stunden für den nächsten Tag vorzubereiten.

"Ann," sagte der Doktor, "mit fünfundsechzig können Sie einfach nicht weiter arbeiten wie drei starke Männer. Und was Fran angeht: die werden Sie nächstes Jahr begraben, wenn Sie sie weiter so schuften lassen wie jetzt. Sie ist sowieso nicht sehr kräftig."

Sie verkauften die Hühner. Sie verkleinerten den Garten. Sie vermieteten das Haus unten an der Straße an eine Witwe und ihren zwölfjährigen Sohn mit der Bedingung, daß der Junge auf dem Hof half. Trotzdem war die Arbeit noch schwer, und irgendwie hatten sie nicht mehr, wie früher, die Zeit, in die Herbstfarben hinauszufahren oder unten am Fluß ein Picknick zu machen, Abende gemütlich mit Freunden zu verbringen. Sogar den Besuchen von Anns Töchtern sahen sie mit Grauen entgegen, denn dann war das Haus voll mit anspruchsvollen Gästen, und dabei mußten doch tausend andere Dinge getan werden.

"Warum verkaufst du die Kühe nicht, Mutter?"

Um die Wahrheit zu sagen: sie hätte lieber ihre Kinder verkauft.

Es war schwer zu sagen, ob der Sommer mit dem Haus voller Gäste schwieriger zu bewältigen war, oder der Winter, wenn das Jungvieh durch die Zäune brach und auf der Landstraße herumstreunte, - wenn die Wasserleitungen einfroren und die Heizung zusammenbrach.

"Warum sind wir bloß jemals auf diese gottverlassene Farm gezogen?" pflegte Ann dann zu fragen.

Um sie herum gaben andere Leute, alternd, ohne Söhne, die die Schwerstarbeit machen konnten, auf. Höfe wurden an Leute aus der Großstadt verkauft, teils als Sommerhäuser, teils als Alterssitze. Sogar ein paar junge Geschäftsleute aus Hanover sahen sich hier, so weit draußen, nach Grundstükken um, wo sie ihre Kinder aufziehen konnten. Ann brummte und schimpfte darüber mit ihrem alten Freund John Gange genauso, wie er damals über ihre Ankunft gebrummt und geschimpft hatte.

"Beim ersten Schnee sind die wieder weg," sagte sie gewöhnlich.

Er nickte dann, doch in seinen, jetzt vom grauen Star bedrohten Augen, stand die eigene Furcht vor dem nächsten Winter. Wenn sein Dach einbrach, konnte er nicht hinaufklettern und es reparieren, und wer sonst konnte es tun? Wer war übrig? Trotzdem weigerte er sich, wie Ann, seine Kühe zu verkaufen.

Dann zögerte Fran eines Abends auf der ersten Treppenstufe und brach zusammen. Ann stürzte zu ihr hin, kniete neben ihr auf dem Boden, richtete sie auf und wiegte sie in ihren Armen. "Fran! Liebste. Geliebtes Kind." Die alte Frau rief diese Namen in das erschöpfte, abgezehrte Gesicht ihrer jüngeren, aber gleichfalls alternden Gefährtin all dieser Jahre.

"Das Herz," sagte der Doktor, als sie auf den Krankenwagen warteten. "Und wenn die Kühe nicht weg sind, bevor sie wieder nach Hause kommt, schicke ich sie heim zu jemand anders, der sie verdient."

Ann saß da, zum ersten Mal allein im Haus, entsetzt über sich selbst, darüber, daß sie Frans Leben benutzt hatte wie unverwüstliche Arbeitsstiefel - durch alle Jahreszeiten Gottes hindurch und zuviele von ihren eigenen. Der Geschmack von Scham und Furcht in ihrem Mund wurde sauer, verwandelte sich in Durst, und niemand war da, der sie zurückhielt, niemand wußte es, niemand machte sich etwas daraus. Noch immer klang in ihrem Gedächtnis eine viel jüngere, leise Stimme, die sagte, "Wenn du gehst, werde ich dich nicht zurückholen . . . niemals." Und Fran hatte sie wirklich nie zurückgeholt. Ann mußte selbst nach Hause finden, und oft mußte sie sich dann noch auf die Suche nach Fran machen.

Ah, überhaupt nicht oft . . . ein dutzend Mal in wievielen Jahren? Ann dachte nicht einmal mehr in Begriffen wie 'fünfzig zu fünfzig-Chance'. Sie brauchte Fran nicht, um nüchtern zu bleiben. Und ihre Kühe brauchte sie auch nicht. Sie brauchte nur ihre eigene Kraft, um alles aufzubringen, was Fran jetzt brauchte, was das einfache Land brauchte, was immer die Caws oder John Gange vielleicht morgen oder übermorgen brauchen würden. Das war der Handel, tief in Schulden und Darlehen verstrickt, und das Soll und Haben war nur im Herzen niedergeschrieben.

"Grow old along with me. The best is yet to be," schnitzte Ann Bacon in den Balken über ihrem Kamin, mit der sicheren Hand, die die feine Arbeit erforderte, und als sie damit fertig war, verkaufte sie ihre Kühe, jede einzelne.

"Ich gebe den Traktor und den Laster in Zahlung gegen einen Wagen," erzählte sie Fran im Krankenhaus. "Wir holen dich richtig stilvoll ab, wenn du nach Hause kommst."

Wenn es Fran wieder gut genug ging, würden sie eine Reise machen, vielleicht sogar runter zu Anns Schwester, die jetzt sehr alt war, einsam - der Mann gestorben, ein Sohn, nur noch ein Sohn, am Leben. Anns Töchter besuchten sie oft. Ann war froh darüber. Und dann, wenn sie und Fran wieder nach Hause kamen, würden sie vielleicht unter diesen Outlanders, diesen zugezogenen Fremden ein paar neue Freunde finden. Schließlich waren sie selbst ja auch einmal Fremde gewesen.

Ann Bacon ging hinaus auf ihre steinerne Terrasse, die ein Sohn für sie gebaut hatte, der jetzt tot war, auf der einmal wadenhoch zerbrochene Sektflaschen gelegen hatten, - eine weißhaarige Frau mit einem uralten Gesicht, die Augen noch immer warm und trotzig, die Gottes süße, himmlische Luft atmete, in Seinem heiligen Licht und froh war bei dem Gedanken, daß sie jetzt auch wieder Zeit zum Malen haben würde.

MISS WISTANS VERSPRECHEN

In der feuchten Hitze des Frühsommers verstaute Belle ihre Wintersachen, Bettbezüge, Handtücher, Bücher und Papiere in einer großen Kiste, die sie in den letzten fünf Jahren fast jedes Jahr so ähnlich gepackt hatte. Es ging ihr automatisch leicht von der Hand. Sie hatte so wenige Sachen, daß es nicht nötig war, sie beim Packen zu inspizieren, und sie wollte sich auch nicht mit wehmütigen Gefühlen aufhalten, wenn sie etwas einpackte, was einmal ein liebes Geschenk gewesen war. Sie versuchte nicht einmal, sich vorzustellen, wo und wann sie die Kiste wieder auspacken würde. Das würde sie ja rechtzeitig sehen, wenn es soweit war. Bis dahin gab ihr der Gedanke Sicherheit genug, daß sie auf jeden Fall ihre Zelte woanders aufschlagen konnte, vielleicht sogar gern. Sie war noch nicht fünfundzwanzig, und obwohl ihr dieses Weggehen endgültiger schien als frühere Abschiede, wußte sie doch gleichzeitig, daß sie weniger am Ende war als sonst. Sie lief nicht davon, egal, wie das für Andere aussehen mochte.

Eine Woche lang hatte sich Belle verabschiedet, zuerst von ihren Arbeitskollegen, dann von den Nachbarn und den Ladenbesitzern, bei denen sie immer einkaufte, und schließlich, letzte Nacht, von Berta. Es war ein sehr schöner Abend gewesen: zuerst das Essen in ihrem Lieblingsrestaurant, dann die langen, fast gemächlichen Liebesstunden in diesem Zimmer, in dem Belle dann allein geschlafen hatte und in dem sie nun allein packte. Sie hatten einander nicht vorgemacht, daß es nicht ihre letzte Nacht sein würde. Im Gegenteil, sie waren großherzig darum bemüht gewesen, sie besonders gut zu machen. Sie würden einander schreiben. Wahrscheinlich würden sie einander wiedersehen, in einem Jahr, oder so. Belle hatte sich nicht gescheut zu sagen, "Ich liebe dich." - als das Letzte, was es zu sagen gab. Es war die Wahrheit, und sie sprach es auch so einfach aus.

Belle hatte nicht erwartet, an diesem letzten Tag glücklich zu sein. Sie hatte freilich gehofft, daß es nicht unerträglich weh tun würde. Sie hatte sogar darauf vertraut, weil sie -

vielleicht zum ersten Mal in ihrem Leben - eine Entscheidung traf, deren Gründe sie respektieren konnte. Sie ging weg, nicht aus Mangel an Alternativen, nicht aus Angst oder Wut, sondern aus Liebe - einer Liebe, der sie nur dadurch Genüge tun konnte, daß sie ging. Sie hatte nicht erwartet, daß Berta die Situation genauso sehen würde wie sie; Bertas Verständnis war alles, was nötig war. Es tat weh, aber es war auszuhalten, und es würde vorübergehen. Später, fern vom Ort ihrer Liebe, würde Belle vielleicht nur noch die Verwunderung darüber empfinden, daß sie tatsächlich so lieben konnte, so geliebt hatte.

Die Kiste war fertig gepackt. In zwei Stunden würde die Spedition kommen, um sie abzuholen. Es war jetzt an der Zeit, hinunterzugehen und ihre Wohnungsschlüssel bei der Hauswirtin abzugeben.

Miss Wistan erwartete Belle; sie hatte ihr Eistee hingestellt wie an so vielen anderen Nachmittagen. Sonst war das allerdings eher um drei als um zwei Uhr gewesen. Sie war eine außergewöhnliche kleine alte Dame, eine Junggesellin, die ihr Leben damit zugebracht hatte, kleinen Mädchen beizubringen, daß Intelligenz etwas Manierliches ist. Die anregenden Gespräche über zeitgenössische Architektur, Musik, Literatur und Theologie, die sie Belle geboten hatte, konnten sich mit dem Niveau von Belles Universität messen. Als Vermieterin war Miss Wistan ebenso diskret wie liebenswürdig gewesen. Niemals hatte es irgendeine Anspielung auf das gegeben, was Miss Wistan "Privatsphäre" nennen würde. Für sie war es eben genau das. Daß Belle jemandem wie Miss Wistan nicht noch einmal begegnen würde, war fast so sicher wie die Tatsache, daß niemand ihr Berta würde ersetzen können.

Nachdem sie die üblichen Themen besprochen hatten, spürte Belle das "zum letzten Mal" ebenso deutlich wie in der vergangenen Nacht. Es sollte ein gutes Gespräch werden, das auf all denen aufbauen würde, die sie schon geführt hatten.

"Wenn man nur die allerbeste Ausprägung jeder Stilrichtung schätzt, anstatt fast das ganze breite Spektrum zu lieben, in dem sich ein bestimmtes Genre darstellen kann, kommt mir das zu katholisch und engherzig vor," sagte Miss Wistan gerade.

Belle lächelte belustigt, weil sie wußte, daß Miss Wistan

immerhin eine Leidenschaft für die Werke von Bach, T.S. Eliot und Gropius hatte. Sie war jedoch darauf vorbereitet, zu widersprechen.

"Nein," fiel ihr Miss Wistan ins Wort, "Sie sind zu anspruchsvoll, im Leben wie in der Kunst."

"Im Leben?"

"Man kann sich doch arrangieren. Natürlich ist es dann nicht vollkommen, aber brauchbar, wenn man sich genügend Mühe gibt."

Belle gab nicht vor, Miss Wistan falsch zu verstehen, aber sie war überrascht und verwirrt.

"Es gibt schließlich Häuser mit zwei separaten Wohnungen."

"Nein," sagte Belle.

"Wenn Sie in diesem Fall auf dem Besten bestehen wollen, haben Sie am Ende überhaupt nichts."

"Das stimmt nur in einem gewissen Sinn," gab Belle zur Antwort. "Wenn ich gehe, ehe die Spannungen zu schlimm werden, ehe wir anfangen, uns zu zerreißen, ehe kaputtgeht, was wunderschön war - dann wird das Gute alles gerettet . . . bewahrt."

"Für sie."

"Für uns," sagte Belle.

"Sie braucht Sie mehr als Sie wissen, vielleicht mehr als sie selbst weiß."

"Sie kann sich nicht von ihm trennen."

"Warum sollten Sie darauf bestehen?"

Belle sah die alte Dame mit der spröden Miene an und sagte, "Ich tue es ja nicht. Ich gehe fort."

"Das ist ein Fehler, ein ganz schlimmer Fehler. Sie wird Ihnen aber folgen," sagte Miss Wistan und wurde wieder heiter. "Es bleibt ihr keine andere Wahl."

Belle schüttelte den Kopf. "Sie hat das nie erwogen."

"Bis jetzt nicht."

"Sie schätzen sie falsch ein, wenn Sie glauben, sie wäre selbstsüchtig gewesen."

"Selbstsüchtig? Oh nein, gar nicht. Verliebt."

Belle war versucht, ihre Worte zum Anlaß eines Streitgesprächs zu machen, aber nur, um eine Unterscheidung zu bekräftigen, die ihr persönlich wichtig war. Sie hatte das Gefühl, daß sie Berta liebte, nicht, daß sie in sie verliebt war. Das bedeutete für sie, daß Berta als Geliebte nicht mehr so wichtig war wie Berta als ganze Person, mit allem, was ihr Leben ausmachte. Belle zweifelte nicht daran, daß sie ihr Leben in Bertas Hände gelegt hätte, als fast beiläufiges Geschenk - wenn da nicht der Konflikt gewesen wäre zwischen Bertas Liebe zu ihr und Bertas Lebensumständen. Belles Leben war dadurch eher eine Bedrohung als ein Geschenk für Berta. Verliebt zu sein bedeutete, alle Bedrohungen zu ignorieren, jedes unerfüllbare Versprechen zu machen. Liebe hieß, die realen Gegebenheiten zu akzeptieren, sogar bis zum Extrem eines Verzichts.

"Ich liebe sie," sagte Belle. "Deswegen gehe ich weg."

"Wenn Sie doch in diesem einen Punkt so alt wären wie ich," sagte Miss Wistan. "Liebe bedeutet Kompromiß, nicht Aufopferung."

"Kompromisse liegen uns beiden überhaupt nicht," sagte Belle, "das haben wir immerhin über ein Jahr lang ausprobiert."

"Das ist auf keinen Fall lang genug," sagte Miss Wistan. "Es reicht vielleicht, um Süchte zu entwickeln, aber nicht, um Gewohnheiten auszubilden."

"Sie sind eine bemerkenswerte Frau."

"Aber in diesem Fall werde ich unbemerkt übergangen," sagte Miss Wistan, doch sie hatte verstanden, daß Belle sie darum bat, nichts weiter dazu zu sagen.

Belle ging zurück in ihre Wohnung, um auf die Spedition zu warten. - "Sie wird Ihnen folgen." - Das durchschaute sie als einen Tagtraum, mindestens so klar wie sie wußte, daß Berta ihr nicht folgen würde.

Früher konnte sie sich in solche Unmöglichkeiten verlieben, sogar in Maximen wie "Liebe ist Kompromiß, nicht Aufopferung." Ihr erstes Liebeserlebnis, auch mit einer verheirateten Frau, basierte darauf. Aber damals war sie sechzehn und hatte nicht einmal eine Vorstellung davon, daß sie Rechte geltend machen könnte. Der Ehemann damals war sehr nachsichtig gewesen, vielleicht weil Belle so jung war. Sie lebte noch in der Phantasie, daß sie ein Einzelkind wäre, von der Mutter ersehnt. Daß ihr überhaupt Sexualität gestattet wurde, war wie ein Wunder, das jeden Kompromiß zur Bagatelle werden ließ. Sie war damals ohne Eifersucht. Selbst als das erste Kind geboren wurde, konnte Belles Phantasie sich noch verschieben und ihr das Gefühl geben, daß sie bei der Empfängnis irgendwie beteiligt gewesen sei. All die Emotionen, die sich dann zusammenballten, um sie auszustoßen, hatte sie nicht vorausgesehen, und sie konnte nicht mit ihnen umgehen, weil sie zu jedem Kompromiß bereit war, den man von ihr verlangt hätte - außer dem, daß sie überhaupt nicht mehr lieben sollte. Als der Ehemann dann, aus Mitleid, selbst mit ihr schlief, verstand sie endlich, daß sie das Opfer war. "Kompromiß i s t Aufopferung, Miss Wistan." Was jenen anderen Tagtraum anging: "Sie wird Ihnen folgen . . ." - auch hier wußte Belle aus Erfahrung, wie es ausgehen würde. Sie war damals neunzehn gewesen, die Verführerin, nicht die Verführte, und als sie sich verliebte, meinte sie, eine Chance zu haben. Aber Mann und Kind sind nicht die einzigen Realitäten, mit denen man rechnen muß. In dieser Beziehung spielten die Eltern und die Kirche eine Rolle. Da sie nun wußte, daß nachzugeben sinnlos war, kämpfte Belle stattdessen mit unerfüllbaren Versprechungen, um die Eltern und das Königreich des Himmels zu ersetzen. Alles.

Sie ist alle Reiche, alle Prinzen, ich.
Nichts sonst ist.

Aber sie war nicht, konnte nicht der Inhalt und die Grundlage des Lebens sein; sie ging, indem sie flehte "Folge mir", kehrte dann zurück, unfähig, sich mit dem abzufinden, was vorüber war; am Ende mußte sie fast wahnsinnig werden vor Kummer, um über das hinwegzukommen, was sie gelernt hatte, ohne es zulassen, ohne hassen zu können. Es dauerte vier Jahre.

Belle hatte sich niemals in Berta verlieben wollen. Berta hatte Mann und Welt. Sie wurden gute Freundinnen am Rande dieser Gegebenheiten, gute Freundinnen, die es akzeptierten, daß sie unterschiedliche Bedürfnisse und Verpflichtungen hatten, sechs Monate lang. Jede respektierte die Privatsphäre der anderen, so wie Miss Wistan es bis heute nachmittag getan hatte. Keine von beiden wäre freilich überrascht gewesen von dem intuitiven Wissen, das die andere davon hatte; tatsächlich verließen sie sich auf solche unausgesprochenen Einsichten, wie Freunde es tun die unterschiedliche Loyalitäten zu beachten haben. Was ihre Zurückhaltung durchbrach, war vielleicht das, was auch die von Miss Wistan heute nachmittag durchbrochen hatte: Belles plötzliche Eingebung, die sie eines Abends hatte, mit welcher schrecklichen Ergebenheit Berta ihre Ehe und ihre Welt hinnahm.

Ihr Mann war zwei Wochen lang fort gewesen, ohne jede Erklärung. Jeden Abend war Berta nach Hause gegangen, für den Fall, daß er da wäre.

"Geh heute abend mit mir essen," schlug Belle vor.

"Lieber nicht. Vielleicht kommt er . . ."

"Du kannst doch nicht dein Leben drangeben . . ." begann Belle, ehe sie ihren Zorn unterdrücken konnte.

"Ich gebe es dran," antwortete Berta ruhig, doch sie konnte nicht verhindern, daß ihr Gesicht bebte.

Danach schliefen sie miteinander, wann immer sie konnten. Aber Berta ging immer nach Hause, wenn er vielleicht da war, und Belle protestierte nie dagegen. Sie konnte es nicht. Es waren ihr keine Versprechungen geblieben, die sie noch hätte machen können.

"Es tut mir leid," sagte Berta einmal.

"Das soll es nicht. Wenn ich es nicht ertragen kann, werde ich gehen. Bis dahin braucht es dir nicht leid zu tun."

"Gut."

Es klingelte. Zwei Männer trugen die Kiste aus der Wohnung die Treppe hinunter.

Liebste, nicht im Überdruss
Scheide ich von dir.
Nicht in der Hoffnung, daß die Welt
Zeigt bessre Liebe mir.

Wie ging der Schluß?

Denke stets, daß wir
Einander abgewandt sind
Nur im Schlaf. Denn die eins das andre
Lebendig ganz bewahren,
Trennt kein Abschied je.

Um sie lebendig zu bewahren, heil, in einer heilen Welt. Sie war nie in Berta verliebt gewesen. Sie hatte sie geliebt, ohne falsche Versprechungen, ohne Kompromiß. Wenn sie Berta nie wiedersah, mußte sie an kein Opfer zurückdenken, keinen Wahnsinn des Kummers. Wenn sie einander wiederbegegnen würden . . . Belle weigerte sich, es sich vorzustellen. Sie würde frei bleiben, um in einer Welt zu leben, welcher auch immer. Wenn Miss Wistan, in der Leidenschaftlichkeit ihres hohen Alters, Tagträumen nachhängen wollte, sollte sie das tun.

Einen Monat später blickte Belle fassungslos auf dieses poetische Abschiednehmen zurück. Warum hatte sie nicht gewußt, wie wütend sie sein würde, wie sehr sie sich beraubt, ja betrogen fühlen würde, sobald sie der Tatsache ihres Getrenntseins von Berta ins Auge sehen mußte? Ihre Beziehung war nicht anders gewesen als die beiden früheren. Nur ihr Scheitern war zivilisierter gewesen. Wie konnte auch eine Beziehung zu einer Frau jemals etwas anderes sein als ein Fehlschlag, wenn es feststand, daß alles andere und jeder andere den Vorrang hatte? Berta war schlimmer als die beiden vorigen, wenn sie einem Mann gegenüber ein Gelübde hielt, der niemals da war - gegen die wirkliche Liebe, die sie für Belle empfand. Nur eine masochistische Idiotin würde sich das auf die Dauer antun. Und diesmal hatte Belle nicht einmal darüber diskutiert, sondern hatte still ihre Zelte abgebrochen und war davongeschlichen beim ersten Anzeichen dafür, daß sie Bertas Leben durcheinanderbrachte. Bertas Loyalität hatte nichts Respektables, aber ein Teil von Belle respektierte sie trotzdem. Warum?

Ein halbes dutzend Mal hatte Belle Briefe an Berta angefangen, die die Illusion des Verstehens hätten zerstören können, die sie aufgebaut hatten. Sie vernichtete diese Briefe wieder, manchmal, weil sie die Wahrheit nicht ertragen konnte, manchmal, weil ihr Stolz es nicht zuließ. Stattdessen schrieb sie Berta von ihrem neuen Job, von der Stadt, in der sie jetzt lebte, von den Freunden, die sie kennenlernte - als ob das, was sie getan hatte und tat, einen Sinn hätte.

"Ich habe beschlossen," schrieb sie an Berta, "etwas über das soziale Leben herauszufinden."

Zwei Wochen nachdem sie Timothy begegnet war, schrieb sie ihr wieder und teilte ihr mit, "Ich bin glücklich." Berta antwortete, "Ich bin glücklich, weil du es bist."

Belle entschloß sich, mit Timothy zusammenzuleben, der, wie er sagte, selbst bisexuell genug war, um sich nichts daraus zu machen, daß sie sich von Frauen angezogen gefühlt hatte. Er war ein gutaussehender, fröhlicher Mann mit einem legeren Selbstbewußtsein.

"Natürlich würde ich nie mit einem Mann zusammenleben wollen," sagte er.

"Da sei dir nicht so sicher,"sagte Belle. "Bis vor ein paar Monaten habe ich das auch gesagt."

Daß es im Bett mit ihm sehr erfreulich war, überraschte Belle nicht so sehr wie die Tatsache, daß es gesellschaftlich so unglaublich einfach war, sich mit Timothy in der Öffentlichkeit zu bewegen. Sie mußte sich nicht mehr so rigide gegen andere Männer behaupten; sie brauchte anderen Frauen nichts mehr zu beweisen. Sie befand sich innerhalb einer Solidarität, von deren Existenz sie bisher nichts gewußt hatte. Belle erschien das als bemerkenswerter Pluspunkt in einem zweifelhaften Experiment.

"Es ist, wie wenn man ohne Zollkontrolle und Einwanderungsformalitäten eine Grenze passieren kann," schrieb sie an Berta.

"Es ist das Land, in dem wir alle zu leben haben," antwortete Berta.

Eines Abends, als sie zum Essen ausgehen wollten, sagte Timothy, "Dieses Kleid mag ich nicht. Zieh es nicht an."

Belle war überrascht, aber absolut bereit, es ihm recht zu machen.

Eine Woche später, als sie mit Freunden zu Hause aßen, sagte er, "Belle ist nicht gerade eine begnadete Köchin."

Als sie ihm diese Unfreundlichkeit vorhielt, sagte er, "Denk dran: was du tust, fällt auf mich zurück."

"Und umgekehrt gilt das nicht?"

"Doch, natürlich. Du hättest immer das Recht, dich zu beklagen, wenn ich die Miete nicht pünktlich zahle."

"Ich zahle die Hälfte davon."

"Und?"

"Vielleicht hättest du dann das halbe Essen kochen sollen."

"Du hättest mich nur zu fragen brauchen."

"Du hast zur Hausarbeit dieselbe Einstellung wie ein braves Kind, nicht wie ein Erwachsener."

"Nein, wie ein Mann."

"Das kommt aufs gleiche heraus."

Am nächsten Abend kam er nicht zum Essen nach Hause. Seine nachträgliche Erklärung bestand in einem freundlichen "Ein bißchen Distanz reinigt die Atmosphäre."

"Nicht, wenn sie einem aufgenötigt wird," sagte Belle.

Am nächsten Abend kam er überhaupt nicht nach Hause. Belle rief nirgendwo an, um herauszufinden, wo er war oder um sich zu beklagen. Sie entdeckte langsam, wie sehr sein Benehmen tatsächlich auf sie zurückfiel. Sie wollte sich nicht in Verlegenheit bringen lassen.

Solange man Timothy nicht widersprach, war er Kavalier. Sobald er auch nur im mindesten kritisiert wurde, verschwand er. Wenn er wieder zurückkam, war er immer bester Dinge und erwartete ganz deutlich ebensolche Fröhlichkeit als Gegenleistung. Belle empfand das als eine höchst unfaire und wirksame Taktik. Sie gab nach, aber sie verübelte sie ihm. Jedesmal, wenn er sie nun korrigierte oder kritisierte, versuchte sie, sich eine Antwort auszudenken, die ihn genauso treffen würde, aber sie war da nicht sehr einfallsreich, und es kam ihr überhaupt kindisch vor. Stattdessen versuchte sie, seiner Mißbilligung zuvorzukommen und die möglichen Gründe auszuschalten - ob es sich nun darum handelte, wie sie sich kämmte, oder darum, wie lange sie brauchte, bis sie am Telefon eine Antwort gab, aber jede Woche, dann jeden zweiten oder dritten Tag gab es irgendetwas.

"Sei nicht so pingelig!" hätte sie gern geschrien.

Mit Frauen gab es wenigstens Streit über wirkliche Anlässe über Liebe und über die Unmöglichkeit zu lieben. Mit Berta hatte sie überhaupt nie gestritten. Jetzt wechselten sie auch keine Briefe mehr miteinander.

Oh ja, Timothy war oft großzügig, und sie verbrachten schöne Stunden mit seinen Freunden, doch Belle begann, an ihrer Zugehörigkeit zu diesem Kreis zu zweifeln. Jedesmal wenn ein Paar auseinanderging, war es der Mann, der mit einer neuen Freundin wiederkam, nie umgekehrt die Frau mit einem neuen Freund. Wo war das Land, das man ohne Passierschein betreten konnte? fragte sich Belle. Sie erschrak bei dem Gedanken, daß Frauen miteinander allein sein könnten - nicht, weil sie es so wollten, sondern weil sie nirgends sonst hingehen konnten.

Sie und Timothy hörten auf, miteinander Sex zu machen, wie Timothy das nannte. "Ich habe eine Sauna-Phase," sagte er.

"Für Frauen gibt es keine Sauna-Treffs," sagte Belle.

"Schade," sagte Timothy geziert.

Warum blieb sie immer noch? Es war klar, daß Timothy sie überhaupt nicht mehr wollte und nur aus Höflichkeit vermied, es auszusprechen, um das zu schonen, was er "ihre zarteren Gefühle" nannte. Sie hatte keine zarteren Gefühle. Sie blieb, weil sie gleichzeitig Schuldgefühle und Angst hatte. Sie liebte Timothy nicht, sonst, so überlegte sie, wäre es ihr leicht gefallen, ihm alles recht zu machen.

Seine jetzige Reizbarkeit und Gleichgültigkeit waren in Wirklichkeit ihr Fehler, weil sie nicht großzügig darüber hinweggehen konnte. Aber wenn sie ihn verließe, würde sie zu einem Leben zurückkehren müssen, das auch keine vernünftige Alternative mehr schien - in der unsicheren Randzone anderer Beziehungen, die genauso stumpfsinnig und erniedrigend waren wie diese hier.

Timothy kam mit einer Hepatitis nach Hause.

"Oh Gott," sagte er, "es mag ja langweilig sein, so zu leben, aber alles andere ist tödlich. Sag bitte niemand, was ich habe."

Belle hatte Angst um ihn, und später, als es ihm besser ging, tat er ihr auch leid.

Er wollte niemand sehen, bis seine verräterische Gesichtsfarbe wieder verblaßt war.

"Wissen deine Freunde denn nicht, daß du in die Sauna gehst?"

"Willst du mich auf den Arm nehmen? Wir präsentieren uns doch nicht gerade öffentlich als warmer Bruder und Lesbe - ein geringer Vorzug, aber immerhin etwas."

"Du hast Angst vor diesen Leuten," sagte Belle. "Deshalb leben wir zusammen."

"Was glaubst du denn, warum irgend jemand mit irgendwem zusammenlebt?"

"Ich weiß es nicht," sagte Belle.

"Du wirst mich nicht verlassen," sagte er, und das war ein Befehl.

Belle war zu überrascht, um irritiert oder eingeschüchtert zu sein. So wenig verlockend er es auch formulierte - Timothy gab zu, daß er sie brauchte. Diese Enthüllung war für sie nicht so erstaunlich wie ihre Reaktion darauf. Sie empfand eine riesige, verblüffende und verblüffte Erleichterung. Er hatte ihr, ganz aus Versehen, ihre Selbstachtung wiedergegeben.

"Berta?"

"Belle, wo bist du?"

"In einer Telefonzelle vor einem Supermarkt."

"Geht es dir gut?"

"Nein. Seit ich fortgegangen bin, nicht."

"Aber was ist mit Timothy und dir? Ich dachte . . ."

"Und du warst erleichtert."
"Ach, Belle, zwing mich nicht, dich anzulügen."
"Ich will, daß du mir die Wahrheit sagst. Ich will, daß du mir sagst, es ist verrückt, mit einem Mann zusammenzuleben, der mich nicht liebt und den ich nicht liebe."
Schweigen.
"Berta?"
"Es ist verrückt," sagte Berta sanft.
"Ich bin deinem Beispiel gefolgt. Du bist ein ganz miserables Beispiel."
"Das gebe ich zu."
"Miss Wistan sagte, du würdest kommen und mich holen."
Wieder Schweigen.
"Ich hätte es beinah getan."
"Aber dann schrieb ich dir über Timothy."
"Nein, es war danach."
"Oh."
"Verläßt du ihn?"
"Ja."
"Ich komme und hole dich."
"Jetzt gleich?"
"Ich fahre in einer Stunde los."
Belle ging zu Timothys Wohnung zurück. Er lag auf der Couch und las.
"Berta kommt," sagte sie zu ihm.
"Wann?"
"Heute abend."
"Deine Antwort auf die Sauna?"
"Ich habe keine Antwort auf die Sauna."
"Bleibt sie hier?"
"Nein."
"Und du?"
"Nein."
"Lesben geben keine guten Krankenschwestern ab."
Sie hätte ihm im Guten antworten und sagen können, daß warme Brüder dagegen sehr gut Krankenschwestern abgäben. Sie hätte ihm den Rat geben können, er sollte versuchen, mit jemand zu leben, den er liebte und der ihn liebte – aber sie konnte sich das nicht wirklich vorstellen. Sie wandte sich einfach ab.
"Ich dachte, du hättest gesagt, sie würde ihren Mann nicht verlassen. Ich dachte, du hättest gesagt . . ."

Belle machte die Tür hinter sich zu und ging in den Keller, um die Kiste zu holen, die sie nicht ausgepackt hatte, seit sie hier eingezogen war. Allein in dem Kellerverschlag antwortete sie ihm, so gut sie konnte. "Heute hat sie gesagt, es ist verrückt. Und sie hat gesagt: ich komme und hole dich."

Als Belle in die Wohnung zurückkam, war Timothy weg. Es ging ihm wieder gut genug, daß er dieses Manöver anwenden konnte, mit dem er seinen Ärger in Szene setzte und das monatelang so wirkungsvoll gewesen war. Jetzt allerdings war es eine hohle Pose, die nur noch seine Eitelkeit ausdrückte. Weil sie ihn nun verließ, war Belle froh über sein Verhalten. Und auch Bertas Mann würde das Haus fast im Handumdrehen wieder verlassen, wenn er heimkam und niemand vorfand. Was Berta so viele Jahre lang gefürchtet hatte, würde endlich auch für sie eine Erleichterung sein, nun, wo sie zu Belle fuhr, getreu Miss Wistans Versprechen.

BILDER

Kate und Sarah kannte Mackie Benson nicht. Kate war vor sechs Wochen geschäftlich in Los Angeles gewesen und hatte im selben Raum wie sie etwas getrunken, aber sie konnte sich nicht recht erinnern, wie sie aussah. "Rotblond? Mollig? Ich bin mir nicht sicher," sagte Kate, als sie versuchte, sich Mackie ins Gedächtnis zurückzurufen. "Eine alte Freundin - oder eine gute Freundin - von Carol." Mit irgend so einer traurigen Geschichte im Hintergrund. Aber davon sagte Kate Sarah nichts; Carol hatte nämlich gerade geschrieben und angefragt, ob sie Mackie auf ihrer Reise nach Norden für eine Nacht unterbringen könnten. "Es spricht nichts dagegen, nehme ich an," sagte Sarah. Es war charakteristisch für sie, daß sie ohne jede Begeisterung auf die Aussicht reagierte, Fremde im Haus zu haben, aber im Lauf der Jahre hatte sie sich mit der beharrlichen Gastfreundschaft abgefunden, die Kate nicht nur Verwandten und Freunden, sondern auch Fremden wie Mackie entgegenbrachte.

"Es dürfte ja keine so großen Umstände machen," sagte Kate.

"Zeit kostet es auf jeden Fall," sagte Sarah.

Ihr letzter Gast, ein Freund von Kates Bruder, war für ein Wochenende gekommen und blieb dann vierzehn Tage, weil sich sein Marschbefehl verspätete. Er war ein ganz netter Junge, aber eben wirklich ein Junge, der daran gewöhnt war, Kind im Haus zu sein, und nicht Gast. Sarah wußte nicht, wie sie ihn ignorieren sollte, in Situationen, in denen er eigentlich von selbst hätte kapieren müssen, daß er im Weg war - wenn er in der Küche mit ihr redete, während sie versuchte, zu kochen, wenn er in ihrem Zimmer auf dem Fußboden herumlümmelte, während sie mit ihrer Arbeit weiterkommen wollte, wenn er sogar durch die geschlossene Badezimmertür mit ihr plauderte. Kate konnte ihn gut ablenken, aber sie hatte selbst genug zu tun und konnte sich nicht jeden Abend mit ihm beschäftigen. Er mußte einfach reden, nervös wie er war wegen seines bevorstehenden Einsatzes in Übersee, aber die zwei Wochen wurden lang, um so länger, als Sarah ein schlechtes Gewissen hatte, weil sie wünschte, daß sein Marschbefehl bald kommen möge.

"Ich bin wirklich ein Unmensch," sagte sie eines Nachts, als Kate ausnahmsweise einmal bereit gewesen war, ihn schon um zehn Uhr sich selbst zu überlassen. "Ich kann nicht einsehen, warum die Regierung sich nicht beeilt und diesen netten Jungen nach Übersee in den Tod schickt, damit wir endlich wieder zu einer vernünftigen Zeit ins Bett gehen können."

"Nein, du bist nicht unmenschlich," sagte Kate. "Für ihn wäre es auch besser. Wenn er so lange hier herumhängen muß, kriegt er nur das Flattern."

"Und wo es jetzt zu spät ist und du ihn nicht mehr zu einer Kriegsdienstverweigerung überreden kannst, sollte ich mich vermutlich nicht länger schuldig fühlen," sagte Sarah gähnend.

Mackie Benson war zu einem neuen Job in Seattle unterwegs, deshalb würde sie wohl keinen Anlaß haben, am nächsten Morgen nicht weiterzufahren - wenn man Autopannen, Grippe, oder plötzliche Mutlosigkeit ausschloß.

"Wenn ich mich bloß erinnern könnte, wie sie aussieht," sagte Kate. "Aber es macht ja nichts - vermutlich wird sie selbst bis zur Haustür finden."

"Wie ich unser Glück kenne, bitten wir bestimmt versehentlich eine Zeugin Jehovas herein."

"Oder die Avon-Beraterin," schlug Kate vor.

"Ein Lippenstift wäre mir lieber als der 'Wachtturm'."

Harmlose, unrealistische Alternativen. Kate beobachtete Sarah, die dabei war, das Abendessen vorzubereiten. Es schien ihr bemerkenswert, daß in den zehn Jahren, die sie nun zusammenlebten, ihr eigenes, gieriges Bedürfnis nach Menschen nicht geringer geworden war, und daß Sarah sich noch immer nur beiläufig für Menschen interessierte. Geändert hatte sich bloß,- und auch das nur sehr allmählich - daß sie aufgehört hatten, sich über Leute zu streiten. Ihre Verschiedenheit besaß kein so großes Gewicht mehr. Es war wie mit dem störenden Zählerkasten, der mitten in ihrer Küche hing: nachdem sie sich etliche Beulen daran gestoßen hatten, lernten sie, ihn mit Geschick und Respekt zu umgehen.

Mackie Benson - die Art von Name, die Sarah abstieß.

Und was war das mit der traurigen Geschichte? Irgendwas mit dem Armeedienst? Oder eine besonders schlimme Liebesgeschichte? Vermutlich beides. Es spielte auch keine Rolle. Sie würde nur eine Nacht bleiben. Kate wandte sich dem Wirtschaftsteil der Zeitung zu und griff nach einem Bleistift. Wenn sie ehrlich war, liebte sie ihren ungestörten Tagesablauf genauso wie Sarah. Aber dieser Glücksfall eines köstlichen Friedens mußte gelegentlich mit anderen geteilt werden, nicht so sehr, weil sie Lust auf Gesellschaft gehabt hätte, obwohl es manchmal wirklich so einfach zu begründen war, sondern weil sie spürte, daß die anderen es brauchten und verlangten - eine wahnwitzige, schuldbeladene Vorstellung von Gemeinsamkeit, die in Wahrheit öfter Mordgelüste als liebevolle Gefühle verständlich machte. Trotzdem - wenn genug zu essen im Haus war und es ein unbenutztes Bett gab, das jemand brauchte, brachte Kate immer noch ihr "Warum nicht?" gegen Sarahs "Warum?" vor, und Sarah war so zartfühlend, darauf nicht zu antworten.

Das Thema Mackie Benson besprachen sie erst wieder an dem Tag, bevor sie eintreffen sollte, als Sarah fragte, "Gilt Mackie Benson als 'Besuch'?", worauf Kate entschlossen antwortete, "Ja."

- Was bedeutete, daß Kate das Kochen übernehmen würde. Das war nicht etwa ein Zugeständnis, um Sarah zu besänftigen. Trotz all ihrer Vorbehalte gegen fremde Leute konnte Sarah in der Anfangsphase einfach besser mit ihnen umgehen; sie kam mit dem ersten Schock der Invasion immer so gut zurecht, daß es aussah, als ob sie sich liebend gerne um die Gäste kümmerte, während Kate, ein Tablett mit Gläsern vor sich, erst einmal die Situation prüfte.

Danach zog sie sich in die Küche zurück. Später, vor dem Kaminfeuer, wenn das Geplauder in Schweigen überging, oder Bekenntnisse, oder hitzige Debatten, schenkte Sarah den Kaffee nach, oder brachte Getränke; im übrigen pusselte sie in der Küche herum, und wenn die Gäste über Nacht blieben, verschwand sie oft allmählich ganz von der Bildfläche und kam erst am nächsten Morgen wieder zum Vorschein - nicht ganz so unberührt von den Kümmernissen der vergangenen Nacht, wie sie vorgab, um allen die Gewissheit zu geben, daß wirklich ein neuer Tag angebrochen war.

Zufällig kamen Sarah und Kate genau in dem Augenblick von der Arbeit heim, als auch Mackie Benson vor dem Haus anlangte. Eilig und unbeholfen stieg man aus den Autos aus; Kate stoppelte eine Vorstellung zusammen, Mackie und Sarah redeten beide dazwischen, und alle drei waren gleichzeitig mit ihren Sätzen zu Ende. Aber Sarah brachte sie alle dazu, ins Haus zu gehen, wo man dem gewohnten und angenehmen Ablauf der Dinge folgen konnte.

"Mollig!" stieß Sarah zwischen den Zähnen hervor, als sie auf dem Weg zur Küche im Flur an Kate vorbeiging, nachdem sie Mackie ins Gästezimmer im Erdgeschoß gebracht hatte.

Kate zuckte die Achseln, aber sie war verwirrt. Diese Figur hätte sie doch bestimmt in Erinnerung behalten, wenn sie sie vorher schon einmal gesehen hätte, denn sie war außergewöhnlich genug. Von hinten, so wie sie sie beim Aussteigen aus dem Auto zuerst gesehen hatten, war Mackie ziemlich breitschultrig, mit schmalen Hüften und schmalen, aber hübschen Beinen. Als sie sich umdrehte, war sie geradezu ein primitives Fruchtbarkeitssymbol, nur Brüste und Bauch. Aber ihr Haar war rotblond und weich; ihre blassen Augenwimpern verschwanden in ihrem Gesicht, das Kate auf eine vage Art bekannt vorkam - ein ernstes Gesicht, mit einem Zug um den Mund, wie Leute ihn haben, die lange eine Zahnspange getragen haben.

Seltsam. Kate blieb vor der offenen Kühlschranktür stehen und versuchte, sich darüber klarzuwerden, was sie jetzt zu tun hatte.

"Kann ich irgend etwas helfen?" fragte Mackie unter der Küchentür. "Äh, nein, danke. Ich bringe gleich was zu trinken. Was möchten Sie?"

"Ich habe etwas Gin mitgebracht," sagte Mackie und hielt ihr eine Tüte hin, in der nicht nur eine Flasche Gin, sondern überdies noch eine Flasche Whisky war.

Kate war zugleich ärgerlich und erfreut. Genau diese Art Fehler konnte ihr auch passieren, wenn sie irgendwo zu Gast war und aus Befangenheit mehr tat, als nötig war. Sie wußte, daß auch in ihrer eigenen Großzügigkeit die Angst steckte, jemand Dank schuldig zu sein, aber sie wäre dem lieber in einer anderen Gestalt begegnet als in der kopflosen Abhängigkeit, die sie erwartete und von der sie sich beansprucht fühlte.

Sarah war nun in der Unterhaltung bei liebenswürdigen Nichtigkeiten über Carol, Südkalifornien und Autobahnfahrten angelangt - Themen, von denen sich Kate nie vorstellen konnte, daß sie auch nur ein Wort darüber zu verlieren hätte, wenn sie nicht auch unangemessene persönliche Fragen oder politische Gesichtspunkte in ein Gespräch einbringen konnte, das als Wetterbericht gemeint war. Aber sie setzte sich mit ihrem Drink die zehn Minuten lang dazu, die sie für ein Erfordernis der Höflichkeit hielt und beobachtete dabei Sarah mit jener Mischung aus Staunen und Erleichterung, die sie immer für Sarahs Unbefangenheit und Freundlichkeit empfand. Gerade als Kate aufstehen und nach dem Essen auf dem Herd sehen wollte, stand Mackie auf, ging rasch zur Haustür und verließ das Haus, ohne ein Wort der Erklärung.

"Hat sie ihre Zigaretten im Auto gelassen?" fragte Sarah überrascht.

"Keine Ahnung."

Beide saßen sie einen Augenblick lang da und sahen einander an. Dann stand Kate auf und ging zum Fenster. Mackie stand auf dem Rasen im Vorgarten, mit dem Rücken zum Fenster.

"Was ist?" fragte Sarah.

"Sie steht nur so da."

"Habe ich was Verkehrtes gesagt?"

"Kann ich mir nicht vorstellen," sagte Kate und beobachtete Mackie. "Mach mal lieber den Grill an. Ich werde schauen, was los ist."

"Sie war doch ganz in Ordnung, oder?" fragte Sarah.

"Ja," bestätigte Kate und beobachtete weiter. Dann verließ sie das Fenster und ging zur Haustür. Mackie drehte sich nicht um, obwohl sie gehört haben mußte, daß Kate auf sie zukam. Als Kate ihr vorsichtig die Hand auf den Arm legte, zuckte sie leicht zusammen.

"Ist irgendwas nicht in Ordnung, Mackie?"

"Nein, nein - garnichts. Es ist eben so ein schöner Abend, so kühl," sagte Mackie, noch immer von Kate abgewandt.

"Wollen Sie hier draußen bleiben? Hinter dem Haus sind Gartenstühle."

"Ach nein, danke. Ich komme gleich wieder rein," antwortete Mackie mit einer lächerlich munteren Stimme. "Nur eine Minute."

Kate wartete noch etwas, dann drehte sie sich um und ging ins Haus zurück.

"Was ist los?" fragte Sarah.

"Ich weiß es nicht. Sie sagte, es wäre ein so schöner Abend. Ich habe sie gefragt, ob sie im Garten sitzen will, aber sie sagte, nein, sie würde in einer Minute wieder reinkommen."

"Was hat sie den bloß?" fragte Sarah, halb beunruhigt und halb ungeduldig.

"Hirngespinste," sagte Kate. "Ich glaube, sie fängt sich wieder, wenn man sie einen Moment in Ruhe läßt. Laß mal, ich mache hier jetzt weiter."

"Und was soll ich tun?"

"Geh wieder ins Wohnzimmer. Lies die Zeitung, und wenn sie reinkommt, gib ihr die Witzseite."

"Ist das dein Ernst?"

"Ja, ich glaube sie ist einfach nervös oder traurig. Gib ihr was, damit sie sich dahinter verstecken kann."

"Das kann ich nicht," sagte Sarah. "Geh du Zeitung lesen."

"Na, gut. Es tut mir leid, Liebes."

"Du kannst ja wohl kaum etwas dafür. Wenn ich mich ärgern will, werde ich mich über Carol ärgern."

Kate setzte sich in den Sessel und nahm den Wirtschaftsteil. Sie hatte die Versicherungsfonds halb durch, als sich die Haustür öffnete und schloß und Mackie ins Zimmer zurückkam.

"Witzseite?" fragte Kate. "Titelseite?"

"Ich lese immer gern die Bekanntschaftsanzeigen, wenn ich woanders bin."

Kate suchte ihr den Anzeigenteil heraus, und sie lasen beide, bis Kate aufstand, um sich einen Drink zu machen.

"Kocht Sarah?" fragte Mackie. "Ich dachte, Sie täten das."

"Hm, ja, wir kochen beide," sagte Sarah. "Je nachdem."

"Das ist gut," sagte Sarah, die Zeitungsseite eisern vor dem Gesicht. "Ich mag keine festgeschriebenen Rollen," und als Kate gerade aus dem Zimmer gehen wollte, setzte sie hinzu, "aber bevor ich Sie in der Küche sah, habe ich gedacht, Sarah machte die ganze Kocherei."

"Liest sie die Witzseite?" fragte Sarah.

"Nein, die Bekanntschaftsanzeigen."

"Ich weiß nicht mal, wie man diese Soße macht."

"Du brauchst nicht so viel Milch dazu. Trink dein Glas aus. Ich schenke dir dann nach."

Beim Essen fragte Sarah nach dem neuen Job, den sie antreten sollte.

"Ich glaube, er ist sehr gut," sagte Mackie, immer noch mit angestrengter Munterkeit. "Ich habe finanziell immer an der untersten Grenze gelebt, gräßlich, - seit ich von der Armee weg bin. Halbtagsjobs und solches Zeugs. Es war nicht so leicht, sich zum Wegziehen zu entschließen, aber in Los Angeles gibt es überhaupt nirgends sowas wie diesen Job für mich. Es war sowieso Zeit für mich, abzuhauen. Sie wissen ja, wie es ist: wenn man allein lebt, ruft einen nie jemand an, egal, ob man Freunde hat oder nicht. In Seattle wird es anders werden, ein ganz neues Leben. Ich werde Geld haben, so daß ich mir ein Apartment mieten kann, vielleicht sogar ein Haus. Keine Untermieterbuden mehr. Ich werde meinen Job sehr gerne machen. Und ich werde eine finden, mit der ich zusammenleben kann, und wenn ich dafür durch sämtliche Subkneipen ziehen muß. Die Kneipen in Seattle sollen ja nicht schlecht sein."

Mackie schaute von Kate zu Sarah, als ob sie darüber Bescheid wissen müßten.

"Das klingt ja wunderbar," sagte Sarah. Nun war ihre Stimme etwas angestrengt vor Höflichkeit.

"Ja, hm, ich hoffe, daß es das wird," sagte Mackie, und dabei verschwand die Energie aus ihrer Stimme.

"Bestimmt wird es das," sagte Kate.

"Ich frage mich, ob die Mieten dort wohl höher sind," sagte Mackie. "Was würde man zum Beispiel für ein Haus wie dieses hier zahlen müssen?"

"Ich weiß es gar nicht," sagte Kate.

"Ach, dieses Haus gehört Ihnen?" fragte Mackie. "Ja, das ist natürlich etwas anderes. Ich hab's nie so weit gebracht. In all den Jahren hab ich nie wirklich Geld verdient, und ich kann auch schlecht damit umgehen. Ich mache komische Sachen damit, zum Beispiel, daß ich es daheim überall verstreut aufbewahre, nicht bloß in Münzen oder so, sondern in Zwanzigdollarnoten. Deswegen kann ich auch nie genau sagen, wieviel ich eigentlich habe. Ich muß dann eben rumkramen und hoffen, daß genug zusammenkommt für die Miete oder was ich sonst gerade zahlen muß. Trotzdem, ich habe mir immerhin ein Auto gekauft, und wenn Sie wüßten, wie wenig ich verdient habe, würde Ihnen das imponieren. Vielleicht kann ich besser mit Geld umgehen, wenn ich wirklich welches habe? Glauben Sie, daß man sich so verändern kann? Ich kann mich nicht erinnern, daß es mir während meiner Armeezeit auch so schwergefallen wäre, aber damals war ich wirklich noch ein Kindskopf, und sie erledigen sowieso fast alles für einen . . ." und wieder erstarb die Kraft in ihrer Stimme.

"Ich glaube, daß man sich wirklich verändern kann," sagte Sarah.

"Es macht wirklich eine ganze Menge aus, wenn man genug Geld hat," sagte Kate.

Nach dieser Aufmunterung rappelte sich Mackie wieder auf, fiel dann wieder in sich zusammen, holte sich Kraft aus einer erneuten Aufmunterung, fuhr fort, beziehungsweise im Kreis herum, denn sie sagte im Grunde dieselben Dinge wieder und wieder: der neue Job würde ideal werden, sie würde eine finden, mit der sie zusammenleben konnte, es sei nicht gut, alleine zu leben, sie könnte schlecht mit Geld umgehen.

"Alleine leben macht was mit einem, und niemand will etwas davon hören. Man kann nicht eben mal eine Freundin anrufen und ihr sagen, daß man überschnappt, oder? Die Leute sagen dann, 'Warum gehst du denn nicht einfach mal aus?' Man kann nicht erklären, daß man so lange alleine war, daß man Angst vor Menschen hat. Das klingt ungereimt, aber das ist es nicht. Kurz nachdem ich hier angekommen war, habe ich zum Beispiel gedacht, 'Das bringt einfach nichts, Mackie. Du kannst dich nicht Leuten an den Hals werfen, die du nicht einmal kennst.' Inzwischen bin ich natürlich drüber weg. Ich fühle mich jetzt wirklich wohl. Aber wenn man allein ist, weiß man, daß man eine Belastung ist. Die Leute fürchten sich vorm Alleinsein. Es fällt ihnen immer schwerer, sich aufzuraffen und jemand zu besuchen, der alleine ist als jemand im Krankenhaus zu besuchen. Wissen Sie, ich war schon so weit, daß ich eine ganze Woche lang nicht wegging. Das bringt nichts. Carol hat öfter angerufen und gesagt, daß es da ein Mädchen gäbe, mit dem ich mich treffen sollte. Aber ich konnte nicht eben mal irgendwo hingehen und irgendein Mädchen treffen. Manche Leute können das, aber ich bin nicht der Typ, der so mal mit irgend jemand ins Bett gehen kann. Ich fühle mich nicht zu so vielen Leuten hingezogen."

"Wollen wir den Kaffee im Wohnzimmer trinken?" fragte Kate.

"Ich mach ihn," sagte Kate und war schon aufgestanden.
"Wollen Sie nicht erst abwaschen?" schlug Mackie vor. "Ich kann das machen."
"Wir stecken das Geschirr nur eben in die Spülmaschine," sagte Kate.
"Oh, eine Spülmaschine."
"Laßt uns auch ein bißchen Brandy trinken," sagte Kate und folgte Sarah in die Küche.
"Ist das nicht fürchterlich?" flüsterte Sarah. "Was machen wir bloß?"
"Du gehst jetzt in dein Arbeitszimmer und erledigst, was noch ansteht. Ich werd's schon packen," sagte Kate.
"Kannst du das aushalten?"
"Ja, Liebe," sagte Kate und lächelte ihr zu. 'Ich kann's aushalten."
Kate gönnte sich allerdings einen Augenblick Pause und starrte vor sich hin auf das Tablett mit dem Brandy. Sie wußte, daß sie sich friedlich und langsam würde betrinken müssen, um dieser fast unverzeihlich einsamen Frau noch ein paar Stunden zuhören zu können. In früheren Jahren hätte Sarah protestiert: "Was hat das für einen Sinn?" Kate wußte es auch nicht. Ihr war diese emotionale Erpressung genauso zuwider wie Sarah, dieses Selbstmitleid und der Neid, der darauf abzielte, anderen Schuldgefühle einzuflößen. Aber wenn man um Zuwendung gebeten wurde, mußte man seinen Widerwillen irgendwie unterdrücken, sich den Schuldgefühlen verweigern, den Schmerz verstehen und wenigstens ein vorübergehender Trost sein. In der Regel bewirkte es nichts wirklich Gutes; wie Sarah klarzustellen pflegte, konnte es sogar wirklichen Schaden anrichten. "Es ist nur so, daß ich das Gefühl habe: 'Allein aus Deiner Gnade wandle ich hier'," sagte Kate in Gedanken zu Sarah, und sie dachte auch Sarahs Antwort gleich mit: "Quatsch!'. Kate nahm das Tablett und ging ins Wohnzimmer, wo Sarah schon den Kaffee einschenkte.
"Carol hat im letzten halben Jahr zwanzig Pfund zugenommen," sagte Mackie gerade. "Das kommt von dem vielen Bier, das sie trinkt. Ich habe auch zugenommen, aber bei mir kommt's wirklich bloß daher, daß ich mir nicht die Mühe mache, die richtigen Sachen zu essen. Wenn man alleine lebt, achtet man nicht darauf. In Seattle werde ich

das ändern. Ich wette, Sie haben mich nicht wiedererkannt," sagte sie zu Kate gewandt, die mit einer vagen Geste abwehrte. "Carol sagt, ich sei zu wählerisch im Umgang mit Menschen. Carol ist nicht wählerisch genug. Ich könnte einfach nicht so leben wie sie - ein paar Monate mit der, dann ein paar Monate mit 'ner anderen, und sogar während dieser kurzen Zeit stürzt sie sich zusätzlich noch in Wochenendaffären. Sie sagt immer, sie gehe eben realistisch mit dem sexuellen Überdruß um; aber wenn ich jemand liebe, habe ich immer das Gefühl, das ist zu wichtig, als daß ich damit herumpfuschen könnte. Ich bin nicht so. Ich habe natürlich Affären gehabt, aber das bringt mir nichts. Es bedeutet mir überhaupt nichts. Sie und Carol waren zusammen auf dem College, oder?"

"Ja," sagte Kate.

"War sie damals auch schon so?"

"Ich weiß nicht recht," sagte Kate. "Bier mochte sie schon immer. Sarah, Liebe, solltest du nicht besser an deinem Schreibtisch sitzen?"

"Das muß ich wirklich," sagte Sarah. "Ich habe noch Sachen für morgen zu erledigen. Würdet ihr mich entschuldigen?"

"Hören Sie, keine von Ihnen beiden braucht hier mit mir herumzusitzen," sagte Mackie. "Ich bin es wirklich gewöhnt, mir selbst Gesellschaft zu leisten. Und morgen werde ich früh fahren. Sie brauchen sich also meinetwegen keine Umstände zu machen. Ich gehe morgen einfach aus dem Haus."

"Ich habe heute gar nichts mehr zu tun," sagte Kate. "Möchten Sie nicht, daß ich Ihnen auf ein oder zwei Brandy Gesellschaft leiste?"

"Nun ja, für eine kleine Weile," sagte Mackie. "Aber ich sollte früh ins Bett."

"Falls ich Sie morgen nicht mehr sehe," sagte Sarah und gab ihr die Hand, "gute Fahrt und viel Glück mit Ihrem neuen Job."

"Sie ist eine schöne Frau," sagte Mackie, als Sarah das Zimmer verlassen hatte. "So ruhig und freundlich. Wenn man sie so sieht, würde man meinen, sie wäre so hetero wie nur was, nicht? Ich sehe offenbar auch so aus. Die Männer wollen immer mit mir ins Bett. Das ist das Kreuz mit dem Alleineleben. Sie denken immer, sie könnten einfach reinkommen und einem einen Gefallen tun. Ich hasse das. Ich wette, Sarah macht sich auch nichts weiter draus, daß sie schwul ist?"

"Ich nehme an, sie macht sich nicht viele Gedanken darüber," antwortete Kate und unterdrückte gewaltsam einen kalten Ton in ihrer Stimme. Auch wenn sie diese Art zu reden anwiderte und sie dieses Verhalten peinlich und erniedrigend fand - hier war jemand in ihrem Wohnzimmer, der auf Höflichkeit und Aufmerksamkeit Anspruch hatte.

"Ich wollte nicht persönlich werden. Ich meine nur, Sie haben beide großes Glück, und Sie sind beide sehr nett, mehr nicht."

Sarah konnte in ihrem Arbeitszimmer nicht verstehen, was im Wohnzimmer gesprochen wurde, aber sie hörte das langanhaltende An- und Abschwellen von Mackies Stimme und gelegentlich kurze, vertraute Laute von Kate. Arme, liebe Kate.

Solange sie lebte, würde sie nie aufhören, sich die Lebensgeschichten anderer zu Herzen zu nehmen. Und Leute wie Mackie erkannten in Kate immer ihr Opfer. Genausogut hätte sie ein Schild um den Hals tragen können mit der Aufschrift, "Ich tue mein Allerbestes'. Mackie würde davongehen, unverändert, oder noch ein bißchen schlechter dran, weil Kate so freundlich gewesen war, und Kate würde Mackies Elend tagelang mit sich herumschleppen, ohne zu merken, daß es nicht ihr eigenes war. Nachträglich erschienen die zwei Wochen mit einem ruhelosen Jungen wie Ferien, gemessen an dieser Geschichte hier. Daß jemand sie durch die Badezimmertür hindurch anschrie, war eine Art des gewaltsamen Übergriffs auf ihre Privatsphäre. Daß jemand sie zum Objekt seiner sexuellen Neugierde machte, war eine andere, viel, viel schlimmere. Sarah machte sich wirklich Gedanken darüber, ob man auf diesen Jungen geschossen hatte. Aber sie war nicht sicher, ob sie nicht, wenn sie die Gelegenheit dazu hätte, auf Mackie selbst einen Schuß abgeben würde. Nun ja, sie war eben kein edles Gemüt. Und außerdem mußte sie wirklich arbeiten. Und sie mußte genug Schlaf kriegen, um morgen die Geduld für Kates Katzenjammer aufzubringen, für ihre verkaterte Verzweiflung. Außerdem mußte sie daran denken, neuen Brandy zu kaufen, denn am Freitag würden George und Ann zum Essen kommen, und George mochte Brandy genauso gern wie Kate.

"Ich habe durchgedreht," sagte Mackie gerade. "Ich erhielt die Entlassung aus gesundheitlichen Gründen. Ich war wirklich noch ein Kind. Ich war achtzehn, als ich in die Armee eintrat, und ich hatte keine Ahnung. Ich verliebte mich immer in andere Mädchen, aber die waren normal. Der stärkste Ausdruck, den ich kannte, war 'verschossen sein'. Was die Armee machte, war, daß sie alle in eine Kaserne zusammenlegten, die sie im Verdacht hatten, und dann setzten sie ein Paar als Spitzel auf uns an. Sechs Monate lang passierte nichts. Ich weiß, es klingt unglaubwürdig, aber ich merkte überhaupt nicht, daß da was im Gang war. Ich nehme an, ich wollte es nicht wissen. Ich mochte kesse Väter nicht; ich hatte Angst vor ihnen. Wir waren vierzig Mädchen dort. Plötzlich wurden wir alle unter Hausarrest gestellt, und dann wurden wir verhört. Eine nach der anderen. Ich ging in diese Befragung und wußte überhaupt nichts. Vier Männer verhörten mich sieben Stunden lang. Ich wußte nicht, wovon sie redeten. Einer von ihnen sagte immerzu, "Sie haben in der Kaserne mit ihrer Freundin Neunundsechzig gemacht." Als ich zu ihm sagte, ich wüßte nicht, was er meinte, malte er mir ein Bild davon auf. Da fing ich an zu weinen."

Für Mackie war das eine alte Geschichte, die sie schon oft erzählt hatte, mit vielen feststehenden Redewendungen, aber für Kate war sie neu, und sie erlitt die Gewalttätigkeit ganz von neuem.

"Sie hatten keine Beweise gegen mich. Es gab ja gar nichts. Eine Menge von den Mädchen kriegten eine Disziplinarstrafe. Es dauerte ein Jahr, bis ich durchdrehte. Wissen Sie, ich fühlte mich so schuldig, auch wenn ich gar nichts getan hatte. Es ist so übel, wenn man auf diese Weise herausfindet, was man wirklich gerne machen möchte. Die meisten Leute - sie begegnen jemand, den sie wenigstens gern haben. Ich kriegte nur Bilder, die mir ein paar widerliche, mittelalte Männer zeichneten. Wissen Sie, wie alt ich war, ehe ich wirklich mit jemand ins Bett ging? Vierundzwanzig."

Kate schenkte Brandy nach. Es fiel ihr nichts ein, was sie hätte sagen können, aber Mackie hatte schon genug getrunken und brauchte jetzt keine Aufmunterung mehr, um weiterzusprechen.

"Aber das ist jetzt vorbei. Es ist schon lange vorbei,"

sagte Mackie, und in ihre Stimme kam ein zäher Stolz. "Und die miesen Beziehungen sind auch vorbei, in die man wie zur Strafe hineingerät, weil man sich so schuldig fühlt und glaubt, man verdiente jede miese Behandlung. In den letzten vier Jahren habe ich mit einer Frau zusammengelebt . . . Sie würden nicht glauben, was . . ."

Während sie so zuhörte, wünschte Kate, sie könnte es tatsächlich nicht glauben, aber es war eine nur zu vertraute Geschichte. Warum wurden Menschen in solche Schuldgefühle hineingejagt, die sie häßlich machten, und grausam zu anderen? Und welche Frau, die einigermaßen bei Verstand und einigermaßen liebesfähig war, hätte die Geduld oder das Bedürfnis, etwas zu tun, das half?

"Ich brauche das jetzt nicht mehr," sagte Mackie. "Dieser neue Job . . . ich werde eine Wohnung, oder vielleicht sogar ein Haus haben, und ich werde jemand finden . . ."

Kate wollte sie anschreien, "Du kannst nicht einfach losziehen und jemand finden, als ob du ein Auto kaufen wolltest!", aber es brachte ja nichts, sie anzuschreien. Mackie versuchte doch nur, sich selbst Mut zu machen, in ihren eigenen Ohren so zu klingen, als ob ihr Leben nun endlich in Ordnung kommen würde.

"Ich werde zwanzig Pfund abnehmen."

Kate, mittlerweile selbst betrunken, schaute auf die schweren Brüste, den runden Bauch und hätte gern gesagt, "Du siehst wunderbar aus, so wie du jetzt bist, wie der Inbegriff des Begehrens", aber sie sagte es nicht. Sie saß sehr still da und hörte zu, wie Mackie die häßliche Vergangenheit wieder und wieder erzählte, sich dann hoffnungsfroh in die Zukunft aufschwang, um schließlich erneut in Zweifel zurückzusinken.

"Der Haken ist, daß mir bei den meisten Leuten Sex nichts bedeutet. Wirklich hingezogen gefühlt habe ich mich in meinem ganzen Leben nur zu zwei oder drei Leuten. Der Rest ist bloß Rollenspiel. Ich habe mal mit einem Mädchen zusammengelebt, das 'Daddy' zu mir sagen wollte. Ich war noch nie so peinlich berührt . . ."

Kate lachte. Sie konnte nicht anders, und Mackie lachte auch. Ihr Mund, der so ernst war mit den geradegerichteten Zähnen, war im Lachen sehr verführerisch.

"Das kann ich mir nicht vorstellen. Ich kann mir nicht

vorstellen, daß du . . ."

"Aber es ist wahr! Ist das nicht gräßlich?"

"Es ist zum Brüllen," sagte Kate. Sie lallte bei dem Wort.

"Aber ich mag auch keine kessen Väter."

"Und ich mag solche Ausdrücke nicht," sagte Kate, die sich sehr betrunken fühlte.

"Es ist ja wohl Kneipenslang. Normalerweise betrinke ich mich nicht im Wohnzimmer von anderen Leuten."

"Darum geht es nicht," sagte Kate. "Ich mag nur diese Ausdrücke nicht."

"Aber du bist nicht . . . du bist wunderschön - zum Ansehen, meine ich. Carol sagt, sie wäre im College immer hinter dir her gewesen, aber du wärst nie interessiert gewesen. Als ich dich in ihrer Wohnung sah, dachte ich: warum sind Menschen wie du immer schon vergeben? Und dann frage ich mich, ob es so eine gute Idee war, hierherzukommen . . ."

"Die Welt ist voll von hübschen Menschen," sagte Kate.

"Nein, nicht die Welt, die ich kenne, nicht Menschen wie du. Du hast keine Ahnung."

"Doch, ich weiß."

"Du weißt?"

Es begann als unbeholfene Umarmung, aber sie waren beide zu betrunken, um verlegen innezuhalten. Dann lagen sie zusammen auf der Couch, in einem langen Kuß; für Kate war es eine so süße Erleichterung, daß sie nichts anderes mehr wollte, als küssen und küssen, weiter in das aufsteigende Begehren hinein, das Verlangen der Körper nacheinander, auf das es endlich eine Antwort gab, kurz, aber unwiderruflich, gegen all die häßliche und kummervolle Einsamkeit. Aber Mackie wandte plötzlich ihr Gesicht ab.

"Es ist immer gleich, oder?" sagte sie. "Wenn ich nun Sarah wäre?"

"Dann lägst du schlafend im Bett," sagte Kate und spürte das Verlangen ebenso stark wie den Kummer.

"Und wäre sicher, daß ich dir nichts bedeute, so daß sie schlafen kann? Das hier bedeutet dir nichts."

"Es bedeutet mir sehr viel."

"Aber nicht dasselbe wie mir."

"Stimmt," sagte Kate und setzte sich langsam auf.

"Du bist nur ein bißchen gelangweilt, wie Carol das nennt."

"Es tut mir leid," sagte Kate.

"Du kannst nichts dafür. Ich habe hier nichts zu suchen. Singles machen immer nur Ärger. Ich habe damit angefangen, nicht du."

"Oh, halt den Mund, Liebe," sagte Kate und küßte Mackie auf die Wange wie ein Kind. "Halt doch den Mund."

"Du bist betrunken."

"Sehr," sagte Kate und lehnte sich über Mackie hinweg gegen die Rückenlehne der Couch, um ihren Kopf abzustützen.

"Nicht, daß ich dich nicht begehrenswert fände."

"Wir sind alle begehrenswert, Liebe, jede verdammte Einzelne von uns."

"Nicht für mich," sagte Mackie und streckte die Hand aus, um Kates Kehle zu berühren. "Sarah hat großes Glück."

Oh du glückliche, geliebte Sarah, wie zum Teufel gerate ich in solche Situationen? Und wie komme ich da wieder heraus?

"Du schläfst besser da ein, wo du hingehörst," sagte Mackie plötzlich geschäftsmäßig. "Ich bleibe hier noch eine Weile sitzen. Ich mache dann das Licht aus. Nein, sag nichts. Geh einfach. Mir geht's gut. Mach dir keine Sorgen."

"Kann ich . . ." begann Kate und versuchte, irgend etwas zu finden, das sie ihr anbieten konnte.

"Geh einfach."

Kate ging; sie konnte es nicht glauben, daß sie einfach so gehen durfte, aber als sie die Treppe hochstieg, wich die betrunkene Müdigkeit von ihr. Sie zog sich im Dunkeln aus, legte sich langsam ins Bett und lag still da, hellwach, erbittert, beschämt, verwirrt.

"Liebling?"

"Schlaf weiter," sagte Kate.

"War es schlimm?"

"Was kann man tun?" fragte Kate in die Dunkelheit hinein. "Was ist da zu machen?"

"Ist sie zu Bett gegangen?"

"Nein. Sie sitzt da unten. Was tue ich hier?"

"Möchtest du wieder runtergehen?"

"Ich weiß nicht," sagte Kate.

"Geh," sagte Sarah leise. "Mach dir keine Sorgen. Ich bin sozusagen ein Eskimo."

"Sie ist so einsam," sagte Kate.

"Und 'mollig'."

"Oh, Sarah!"

"Du brauchst nicht wütend zu werden. Geh."

Sarah stieg aus dem Bett, zog einen Morgenrock an und ging in den Flur. Die Lichter im Erdgeschoß waren gelöscht. Sie stand oben an der Treppe, wütend auf Sarah, wütend auf Mackie, wütend auf sich selbst. Mollig! Eine, mit der Mackie zusammengelebt hatte, hatte sie "Daddy" genannt. Kate mußte plötzlich mit dem Lachen kämpfen. Sarah würde das nicht einmal komisch finden. War es auch nicht. Aber Kate schüttelte sich vor Lachen, wie sie da im dunklen Flur stand.

"Liebling?" sagte Sarah leise. Sie stand in der Schlafzimmertür. "Um Himmels willen, komm ins Bett. Du bist zu betrunken, um noch die Treppe hinunterzukommen."

"Eine, mit der Mackie zusammengelebt hat . . ." begann Kate, aber sie konnte nicht weitersprechen. Sie mußte wieder lachen.

"Schsch," machte Sarah, "schsch."

Sarah hielt Kate fest und ließ sie weinen. Sie war irritiert von ihrer betrunkenen Albernheit, betroffen von dem aufrichtigen Kummer, der irgendwo darin verborgen lag , und sie fragte sich, warum Kate niemals begreifen würde, daß die Mackies dieser Welt sich selbst retten oder untergehen mußten. Sie fragte sich auch, warum Kate nie zugeben konnte, daß sie jemand einfach begehrte, sondern solche komplizierten und schmerzhaften Vorwände konstruieren mußte. Vielleicht aber war das ganz gut so. Gott mochte wissen, wieviele Frauen es erst wären, wenn Kate keine Vorwände mehr nötig hätte.

"Du bist ja dumm," sagte sie sanft und drehte Kate zu sich her. "Du wirst einen fürchterlichen Kater kriegen."

"Sie liest die Bekanntschaftsanzeigen," sagte Kate.

"Du auch . . . und jede willst du beantworten."

"Vielleicht tut es eine, die dazu in der Lage ist. Vielleicht eine, die einigermaßen vernünftig und einigermaßen liebevoll ist."

"Und einigermaßen gutaussehend und begehrenswert."

"Und einigermaßen ungebunden."

"Was du ja nun wirklich nicht bist," sagte Sarah und nahm Kate in die Arme. Einen Augenblick später sagte sie, "Langsam, Liebes, langsam."

Am Morgen fand Sarah eine Nachricht, die an sie beide

gerichtet war und einfach lautete: "Vielen Dank, und nichts zu danken. Liebe Grüße, Daddy."

Wieso "Daddy"? Warum "nichts zu danken"? Sarkasmus? Vielleicht auch nicht. Es fiel Sarah nicht leicht, zuzugeben, daß sie Mackie für irgend etwas zu danken hatte, aber jetzt, wo sie weg war, konnte sie es ja vielleicht versuchen. Ein Glas Orangensaft für Kate war im Augenblick wichtiger. Das war alles, was sie wirklich tun konnte - die Bruchstücke von anderen, die Kate in sich barg, zu lieben und zu pflegen.

"Ist sie weg?" fragte Kate, angezogen und arbeitsfertig und, gemessen an den Umständen, bemerkenswert frisch.

"Ja," antwortete Sarah und reichte ihr den Zettel. "Wieso 'Daddy'?"

"Eine Art Scherz," sagte Kate.

"Warum 'nichts zu danken'? Meint sie das sarkastisch?"

"Das nicht gerade," sagte Kate. "Immerhin hat sie der Versuchung widerstanden, uns ein Bild zu malen."

"Ein Bild?"

Kate unterdrückte die Versuchung, das Bild selbst zu malen: wie Demütigung auf Demütigung gefolgt war, bis Mackie die Kunst ebenso gut beherrschte wie ihre Peiniger. - zum Beispiel, Kate zu zeigen, wie selbstgefällig lieblos sie war, wie sie die Einsamkeit eines Menschen ausnutzte, als sie betrunken nach diesen schönen großen Brüsten grapschte . . .

"Kate?"

Kate zuckte die Achseln und nahm ihren Orangensaft. Sarah würde Kates Schuldgefühle nicht begreifen, genauso wenig, wie sie Mackies Schuldgefühle gegenüber diesen bildermalenden Offizieren begreifen würde. Was für eine feste, verläßliche Barriere das zwischen ihnen war. Kate lehnte sich über die Küchentheke.

"Hm, na gut, mal mir kein Bild," sagte Sarah.

"Nein, bestimmt nicht," sagte Kate und lächelte.

KILLER-KV UND LADY

Für einen Killer-KV wie mich, mit Lederdress und aggressiver Eindeutigkeit, braucht es schon eine ganze Menge Bewußtseinsschulung plus sozialem Gewissen, um so eine Frau mit schmaler Nase, im teuren Hosenanzug und mit Familienschmuck behangen, "Schwester" zu nennen, vor allem, wenn ihre Stimme genau so tief ist, wie die eigene, aber so wohlklingend und melodiös, daß sie überall, oder doch fast überall, als makellos angenehm empfunden wird. Ich schüttele Dr. Ellen Compton die Hand - ihr Händedruck ist so fest wie meiner, aber nicht so betont - und überlege, warum ihre Selbstsicherheit immer anziehend wirkt, ob es nun um Vergewaltigung geht, oder um sanftere Arten des Mißbrauchs, oder darum, mich in den Schatten zu stellen, mich, Fay McBride, ohne Titel außer Mac. Dennoch, wir sind gleichrangige Bundesgenossen und wollen beide vor dieser Versammlung von Heterosexisten sprechen, die ganz von sich überzeugt, aber wohlwollend sind. Denen wird es leichter fallen, zu mir tolerant zu sein, als zu ihr. Sie könnte hier leicht als eine der ihren durchgehen, wenn sie wollte, trotz ihrer tiefen Stimme und ihrer langen Glieder. Ich nicht. Oh, ich habe meine eigene Art von Selbstvertrauen, sogar Arroganz, aber es ist ausgeschlossen, daß ich diesem Haufen mit derselben Herablassung begegnen könnt, wie sie es schon durch ihre bloße Anwesenheit tut, eine Aristokratin mit makellosen akademischen Zeugnissen. Wenn schon ich dabei bösartig werde, weil ich mir vorstelle, daß nur ein Wolfsrachen den vielen Silberlöffeln Platz bietet, mit denen im Mund sie geboren sein muß, kann das diese Versammlung da noch viel bösartiger werden lassen. Aber während mein Ledergürtel um meinen Archie-Bunker-Bauch * herum knirscht, der auch immer fetter wird, frage ich mich, ob sie überhaupt irgendwelche Sympathien für mich hat. Die Frau, die uns

* Archie Bunker ist der erzchauvinistische Held einer beliebten amerikanischen Familienserie.

der Versammlung vorstellt, macht mehr Worte über meine wenigen Leistungen als über ihre vielen. Es gefällt mir nicht, daß wir gleich alt sind, und es tröstet mich nur wenig, zu wissen, daß sie älter aussieht als ich, weil die Haut an ihrem Hals, ihren feinen Kieferknochen entlang schlaff, das Fleisch darunter geschwunden ist - wahrscheinlich, weil ich auch das anziehend finde.

Ich werde auch mit sechzig noch "apfelbäckig" und "sonnig" aussehen. Mir altert nur das Mark in den Knochen, der Mumm. Im selben Moment als es still wird, damit ich zu sprechen anfangen kann, berührt ihr elegant behoster Oberschenkel meine strammen Blue Jeans, und endlich kann ich mit dieser ganzen aufsteigenden Energie etwas anfangen. Ich betrachte mir die milde Höflichkeit auf den hundert Gesichtern vor mir, und während meine tiefe Stimme ihnen Wahrheiten serviert, die sie gern ertragen wollen, lege ich meine Hand, so, daß alle es sehen können, über die ihre. Ihre Hand ist warm, voller feiner Knochen und zahm wie ein Haustier. Schwester.

"Das war ein schönes Gefühl," sage ich, als wir in der Hotelbar sitzen und vor dem Bankett einen Drink nehmen. Sie hat sich für die abendliche Geselligkeit umgezogen; sie trägt immer noch Hosen, doch jetzt bedecken herbstliche Blätter ihre Brüste, und ihre Arme unter den durchsichtigen Ärmeln sind schön. Sie hat jetzt noch mehr Ringe an den Fingern. Wenn ich nicht an diesem offiziellen Nachmittag die meiste Zeit über ihre Hand gehalten hätte, während meine Gutmütigkeit und ihr Charme einander die Waage hielten und ihr Sachverstand meine Behauptungen stützte, hätte ich gern eine Bemerkung über diese Ringe oder diese fallenden Blätter gemacht - Killer-KV bohrt feine Leute an.

"Ein sehr schönes," sagt sie und nippt - natürlich - an einem Martini.

Ich trinke Whisky, unverdünnt, statt dem Bier, das ich viel lieber hätte. Andere Konferenzteilnehmer bleiben an unserem Tisch stehen. Ein, zwei Männer halten es für nötig, mir die Hand auf die Schulter zu legen. Ihr zündet man die Zigarette an - feine Unterscheidungen, die sie zu amüsieren scheinen, und mich folglich auch. Man geht ja nicht auf solche Konferenzen, um sich feindselig zu zeigen. Aber ich weiß, wenn einer von denen ihr die Hand auf die Schulter legen würde, mal eben, mit so einem Blick, "Lady, alles, was Sie brauchen, ist . . .", dann würde ich ihm klarmachen, daß zwischen seiner Brüderlichkeit und meiner Schwesterlichkeit nicht viel Unterschied ist. Aber sie kann selbst auf sich aufpassen. Ihr Fingerschmuck ist ihr Schlagring. Mit einer winzigen Bewegung kann sie einem ein Auge rausschlagen. Ich bewundere diese Form von Brutalität nicht, aber, verdammt noch mal, sie steht ihr wirklich gut.

Als wir mit den anderen über die Straße zum Bankettsaal gehen, nimmt sie am Übergang meinen Arm, lächelt und sagt, "Meine erste Bifokalbrille. Die Bordsteine kommen mir immer entgegen."

Danach werden wir getrennt plaziert, aber sie sitzt oben an der Tafel, wo ich sie gut beobachten kann, wie sie dieses zweitklassige Essen mit ihren erstklassigen Manieren zu sich nimmt, und ich frage mich, wie ich auch nur einen Augenblick lang daran zweifeln konnte, daß sie bei unseren milden Feinden, diesen knieweichen Liberalen gut ankommen würde. Sie ist eine der ihren, und weil sie alle so aufstiegsorientiert sind wie ein Trupp Anfänger auf der Skipiste, ist sie beneidenswert, wie sie da auf dem höchsten Gipfel thront - doch sie wird nicht beneidet, sondern bewundert. Und ich bin genauso schlimm wie die anderen. Ich will ihr diese Ringe von den Fingern ziehen, ihr diese teure Bifokalbrille abnehmen von diesen Augen mit ihrer altererbten Intelligenz und diese kunstvoll ungestützten Brüste entblößen, und . . . und was? Ihr Fleisch essen? Liebes Jesulein, sanft und hold, wir wollen sie durch ein Nadelöhr pressen.

"Aber wenn eine Frau über ihre sexuellen Neigungen v e r s t ö r t ist, meinen Sie nicht, daß sie . . ."

"So wie die Amerikanische Psychiatrische Vereinigung?" unterbreche ich die nervöse heterosexistische Schwester zu meiner Rechten. "Nein, alles was sie braucht, ist, mal ordentlich umgelegt zu werden, von mir oder von Ihnen. Aber das reicht als Therapie nicht aus, um die politische Grundeinstellung dieser Frau zu ändern - noch Ihre."

"Ich bin mir nicht ganz sicher, ob ich von geschlechterpolitischen Angelegenheiten etwas verstehe, oder auch von Politik überhaupt, in einer . . ."

"Eine Frau braucht lange, ehe sie sich nicht mehr unterdrücken läßt, weder im Bett, noch sonstwo."

"Aber wenn sie stattdessen einfach selbst zum Unterdrükker wird? Ich mag diese Ausdrücke an einer Frau genauso wenig wie an einem Mann."

"Ein Gedicht würde Ihnen besser gefallen:

Daß du nicht widerstehst
Dem Übel
Schlaff zu fallen
In des Unterdrückers Arme.
Er wird nicht vernichtet
Von der Last deiner Rechtschaffenheit.
Er hat dich berührt. *

"Dem stimme ich zu," sagt der Mann zu meiner Linken mit Wärme. "Es war keine Antwort auf Hitler; und solange die Unterdrückten, seien es nun Juden, oder Frauen, oder Homosexuelle, oder Indianer, was weiß ich, nicht aufhören, an ihrer eigenen Unterdrückung mitzuarbeiten . . ."

Die Rede ist gut, Bruder, aber da sie aus deinem Munde kommt, gibt es da eine ganz offensichtliche Schwierigkeit: zufällig bist du der Unterdrücker. Du bringst mich nicht durcheinander und machst mich nicht wütend. Es ist meine Schwester, dort am anderen Ende des Raumes, gegen die all mein Begehren und all meine Rachegelüste anbranden. Auch Jakob und sein Engel hatten das gleiche Geschlecht. Für heute habe ich meine soziale Pflicht erfüllt. Süße Lady, Feindin des Volkes, hebe dein edles, alterndes Angesicht und sieh mich hier, die ich dein Fleisch essen will. Du bist die einzig wahre Speise in diesem Raum, und du weißt es.

Schließlich bin ich wieder neben ihr. "Hauen wir hier ab," sage ich. "Ich habe die gute Arbeit von heute nachmittag schon fast völlig wieder zunichte gemacht."

Ihre Augenbrauen heben sich fragend über den Brillenrand.

"Kommen Sie, wir ziehen durch die Subkneipen," schlage ich vor.

"Einen Brandy in unserem Hotel vielleicht," sagt sie." Viel mehr schaffe ich nicht."

Diesmal nimmt sie nicht meinen Arm. Ich lege ihr also eine Hand unter den Ellenbogen und helfe ihr über die Straße, aber wenn ich sie nicht begehrte, würde ich gar nicht bemerken, daß sie mir ausweicht. Dieser Kaste sitzt

* Ein Gedicht von Phyllis Webb

die Höflichkeit tief in den Knochen.

"Sie gehen nie in den Sub," sage ich. Diesmal trinke ich mein Bier.

"Nein," sagt sie.

"Einfach, weil es Ihnen nicht liegt, oder weil man's Ihnen nicht erlaubt?"

"Erlaubt?"

"Irgendjemand . . ."

"Leben Sie nicht mit jemand zusammen?" fragt sie.

"Wäre es dann etwas anderes für Sie?"

"Was?"

Ich muß lachen. Im Fragenstellen sind wir beide gut, aber keine will Antworten geben. Auch die Sozialarbeiter um uns herum trinken und wehren sich gegen etwas, so wie sie sich dagegen sträubt, sich in eine andere, lärmendere Umgebung zurückzuziehen. Daß wir in ihrer Nähe sitzen, ist schon riskant genug für sie - als ob sie sich mit ihren "Klienten" einließen, auch wenn sie uns als "Referentinnen" bezeichnen.

"Meinen Sie nicht, die da würden sich alle wohler fühlen, wenn wir gingen? Meinen Sie nicht, wir würden uns woanders auch wohler fühlen?" frage ich.

"Ich bin noch auf die Torontozeit eingestellt, und deshalb werde ich mich heute nacht nur im Bett wohlfühlen, aber lassen Sie sich von mir nicht aufhalten . . ." sagt sie, ganz gütige Herablassung.

"Sie halten mich nicht auf. Schließlich ist das hier meine Stadt. Ich dachte, Sie wären vielleicht neugierig auf die Sehenswürdigkeiten, das ist alles."

"Das war ja ein toller Nachmittag, Mac," sagt eine vertraute, betrunkene Stimme dicht an meinem Ohr. "Die haben sich das schon gedacht, daß der toll würde, und deswegen seid Ihr vor der Diskussion über geschlagene Frauen drangekommen. Ihr hättet 'ne zu gute Lösung des Problems geboten."

Inzwischen hängt sie auf meiner Schulter und wirft Dr. Ellen Compton einen lüstern schielenden Blick zu.

"Betty Hall, Dr. Compton."

"Wie formell," sagt Betty, reißt sich mühsam zusammen und macht einen dümmlichen Knicks. "Und S i e schlagen Ihre Frau ja wahrscheinlich nicht, Dr. Compton, aber bei Mac bin ich mir da nicht so sicher. Du machst mir nicht weis, daß dein Gürtel nur dazu da ist, deine Jeans oben zu halten."

"Betty ist die Referentin für die Diskussion über geschlagene Frauen," erkläre ich. "Sie demonstriert uns hier gerade, wie eine Frau aussieht, die Prügel haben w i l l."

"Seeehr witzig," sagt Betty und droht, sich in den freien Stuhl an unserem Tisch plumpsen zu lassen. "Wissen Sie, Dr. Compton, auch wenn Mac aussieht wie der härteste Lesbenbulle im ganzen Viertel - in Wirklichkeit ist sie bloß ein butterweiches Sahnetoffee, stimmt's, Mac?"

"Genau. Ein Sahnetoffee," sage ich, weil ich weiß, daß man sie jetzt allenfalls durch Zustimmung wieder los wird. In dem Stadium kann sie nur noch ein Streit bei der Stange halten.

"Aber mal ernsthaft," sagt Betty, "Gewalt hat was mit der sozialen Schicht zu tun, nicht mit dem Geschlecht, meinen Sie nicht auch? Mein Mann prügelt mir nur deswegen nicht die Scheiße aus dem Leib, weil er das 'ungezogen' findet; und wenn Mac mir die Scheiße aus dem Leib prügeln wollte, würde sie das tun. Aber alle hier, Mac eingeschlossen, haben einen solchen Bammel davor, daß sie rassistisch, sexistisch oder klassenverhaftet sein könnten, daß niemand zugibt, was wirklich läuft. Es war ja niedlich, daß Sie Mac heute nachmittag mit dem Schenkel auf die Pelle gerückt sind, Dr. Compton, und die Sache mit dem Händchenhalten war echt süß, aber ins Bett gehen würden Sie mit Mac nicht, oder? Noch nicht mal in 'ne Lesbenbar, da wette ich. Sie haben's nicht nötig, von Ihrem hohen Bewußtseinsstand runterzukommen. Schon, daß Sie überhaupt hier sind, ist für Sie so'n bißchen was wie sich im Slum rumtreiben, nicht? Und vielleicht hat Mac den Geschmack von Ihren abgeleckten Stiefeln auch nicht gern im Mund, aber ich habe sie schon sagen hören, 'Man geht nicht auf solche Veranstaltungen, um sich anzugiften', stimmt's, Mac?"

"Da sehen Sie mal, wie erfolgreich ich als Lehrerin bin," sage ich zu Dr. Ellen Compton. Mit Betty ist es, als hätte man eine betrunkene Bauchrednerpuppe auf dem Schoß, die alle Fürze und Rülpser von sich gibt, von denen man dachte, man könnte sie unterdrücken.

"Warum sind Sie denn dann hier?" fragt die Lady die Bauchrednerpuppe.

"Zum Lernen, zum Lernen," sagt Betty, "und Sie haben sehr erzieherisch gewirkt, vielen Dank . . ." Sie lächelt zum

Nachbartisch hinüber. Da scheint ein noch interessanteres Opfer zu sitzen.

Ellen Compton stellt keine Fragen, nicht mal mit den Augenbrauen.

"Ich kenne sie schon ewig," versuche ich trotzdem zu erklären. "Wir sind zusammen zur Schule gegangen . . . im falschen Viertel, hinter dem Güterbahnhof.'

"Würden Sie sie schlagen?" fragt sie lächelnd.

"Würden S i e?"

Einen Augenblick lang spielen wir ein Spiel miteinander und haben Spaß daran.

Dann winkt sie nach der Rechnung, und als der Kellner sie bringt, schenkt sie mir ein Lächeln, auf das jeder Zahnarzt stolz wäre und sagt, "Darf ich?"

"Wenn Sie sicher sind, daß Sie dafür nicht Ihre Diamanten versetzen müssen," antworte ich.

Da sie genauso schlagfertig ist wie ich, weiß ich, daß sie jetzt absichtlich nichts zurückgibt, wodurch ich unfair ins Hintertreffen gerate.

"Es wäre höflich, wenn Sie jetzt grob würden," sage ich, "es sei denn, Sie wollen, daß ich mir wie ein Trampel vorkomme."

"Ich mag keine doppelten Verneinungen," sagt sie unverblümt. "Sie schützen sich auf ihre Art, und ich mich auf meine."

"Richtig," sage ich und stehe auf, weil sie aufsteht. "Sie fliegen morgen?"

"Ja, morgen früh. Deshalb möchte ich gern im Zeitrhythmus von Toronto bleiben, wenn es sich machen läßt."

Wir gehen in entgegengesetzte Richtungen, ich zum Barausgang, der auf die Straße führt, sie zur Hotelhalle. In der Drehtür sehe ich noch, daß sie an einem Tisch stehengeblieben ist, um die Leute, die da sitzen, mit ihrem Aussehen und ihren guten Manieren zu erfreuen. Warum sollte mir daran liegen, so eine Frau in eine Lesbenbar mitzunehmen? Um mit ihr vor meinen jüngeren, radikaleren Freundinnen anzugeben? Um ihr Vertrauen in jene Minderheit zu erschüttern, für deren Repräsentantin sie sich hält? – Um noch eine Weile das besondere Aroma zu genießen, mit einer Frau meines Alters zusammenzusein? Die älteste Lesbe, die ich hier kenne, ist zehn Jahre jünger als ich. Noch keinen halben Block vom Hotel entfernt wird mir klar, daß ich selbst keine Lust auf die Bar habe, aber ich bin auch noch nicht so weit, nach Hause zu gehen. Ob es albern wirkt, wenn ich zurückgehe? Es ist mir auch eigentlich egal, solange ich dort jemand finde, mit dem ich noch ein, zwei Bier trinken kann. Als ich auf dem Rückweg an der Fußgängerampel warte, sehe ich sie auf der anderen Straßenseite stehen; sie wartet darauf, zu mir herüberzukönnen.

"Ich brauchte frische Luft," sagt sie nur.

Ich frage nicht, ob ich sie begleiten darf. Ich drehe mich einfach um und nehme ihren Arm. Nachdem wir schweigend ein paar Blocks weit gegangen sind, fragt sie, "Bin ich hier nicht sicher?"

"Mit mir?"

"Allein," sagt sie.

"Einigermaßen schon, aber Sie wirken . . . zu teuer."

Und ich wünschte, ich hätte so etwas wie "zu verletzlich" gesagt, denn genau das meine ich. Wieder zieht sie es vor, nicht zu antworten. Ich möchte ihr sagen: "Wie es scheint, will ich heute abend nicht bloß jemand ordentlich umlegen; ich will dich." Als wir kehrtmachen und zum Hotel zurückgehen, fürchte ich mich davor, wieder weggeschickt zu werden, zartfühlend, höflich, aber ich habe keine Ahnung, wie ich das verhindern könnte. Am Eingang zögere ich nicht; ich gehe mit ihr hinein und zur Rezeption, wo sie um ihren Zimmerschlüssel bittet. Es hat keinen Zweck, ihr damit zu kommen, daß ich ihr noch einen Drink schulde. Sie will keinen mehr, und ich auch nicht. Ich stehe neben ihr vor dem Lift, ein stummes Tier; ich weigere mich, sie anzusehen, ich weigere mich, ihr die Gelegenheit zu einem "Nein" zu geben. Als sie den Lift betritt, folge ich ihr. Läßt sie das zu, weil sie sich zu einer volksnahen Geste verpflichtet fühlt? Ich weiß es nicht. Ich selbst bin jenseits aller Vergewaltigungsphantasien. Ich erinnere mich, wie ihr Schenkel an meinem lag, ihre Hand still im Käfig der meinen, an ihre nackten Arme unter den durchsichtigen Ärmeln. Ich will mit ihr Liebe machen.

Sie liegt mir in den Armen, sobald sich die Tür hinter uns geschlossen hat. Wir küssen uns, langsam, neugierig. Ich nehme ihr die Brille ab, sie greift nach meinem Gürtel.

"Und nun, meine Damen und Herren, zeigen Ihnen Ausstellungsstück A und Ausstellungsstück B, was Lesbierinnen im Bett wirklich tun," sagt sie und zieht meinen Gürtel aus den Schlaufen. "Zuerst jedenfalls müssen sie ihre Rüstungen ablegen. Es gibt da zwei Stilrichtungen," erklärt sie, während sie ihre Ringe von den Fingern streift "Killer-KV und Lady. Aber schauen Sie genau hin, meine Damen und Herren, denn in kürzester Zeit werden Sie sie womöglich nicht mehr voneinander unterscheiden können."

Sie ist zornig, sehr zornig, aber nicht auf mich, sondern auf sie, die anderen, und das Entkleiden ist alles andere als verführerisch; es ist ein feindseliger Akt gegen das Publikum dieses ganzen Tages. Erst als wir wirklich nackt voreinander stehen, wie Kreaturen, die für die Gaskammer bestimmt sind, da sagt sie leise, fast furchtsam, "Verstehst du?"

Ihr Körper ist jünger als ihr Gesicht. Ich decke ihn mit meinem, erschrocken über ihre Verletzlichkeit.

"Sie zählen nicht, die anderen," sage ich leise in ihr Haar. "Sie zählen überhaupt nicht."

"Sie zählen. Deshalb waren wir dort."

"So schon," sage ich, "aber dir können sie nicht wehtun."

Ich bin dafür bekannt, daß ich im Bett viel rede. Ich merke es selbst oft gar nicht, weil Worte dann genau solche Handlungen sind wie jedes Berühren, Saugen, Eindringen. Ich kann meine Stimme an ihrem Brustkorb hören, kann einen zarten Klang in meinem Mund schmecken. Als wir schließlich still daliegen, kann ich mir nicht mehr vorstellen, warum ich nicht gleich gewußt habe, daß der Tag so enden würde - schon, als ihr Schenkel den meinen berührte. Sie schläft schon, nach Toronto-Zeit. Morgen wird sie dort sein.

LILIAN

Wie die Seiten eines aufstellbaren Klappbilderbuchs bleiben die Szenen der Liebe bestehen, dreidimensional; die Einrichtung zieht mehr Aufmerksamkeit auf sich, als die flache Puppe, die eher der Tapete ähnelt, einem Bettüberwurf, eher ein Detail als der Brennpunkt der Erinnerung. Es hätte eine Form sein können, mit dem Schmerz umzugehen, aber stattdessen ist es die Quelle des Schmerzes, flacher Verlust in so vielen wirklichen Räumen. Wie ein Buch kann auch das zugeklappt und in ein Regal gestellt werden, wo nur der Buchrücken noch zu sehen ist - **Lilian**, ohne Autor und Verlag, aber mit einer auffälligen Jahreszahl, 1952.

Das Stechen des Schmerzes ist wie das eines vor fünfundzwanzig Jahren gebrochenen Knochens: man neigt eher dazu, ans gegenwärtige Wetter zu denken, als an den alten Unfall. Bis jemand fragt, "Wie ist es passiert? Warum tut es immer noch weh?". Die Frage einer Geliebten. Dann ist da wieder die Einrichtung und die flache Gestalt, und du, wie ein riesiges altes Kind, bohrst einen Finger von der Größe deines einstigen Selbst durch die dünne Klapptür eines sehr alten Anfangs.

"Da," sagst du, "sind die beiden zusammengeschobenen Betten. Am Fußende steht mein Schreibtisch. Die kannst unter der Glasscheibe die Fotografien erkennen, die Liste mit meinen Briefschulden, ein paar Handschuhe mit abgeschnittenen Fingerspitzen. Es war sehr kalt. Der kleine Gaskamin dort funktionierte nicht sehr gut, und er war teuer. Wir hatten überhaupt kein Geld. Das ist die Tür zur Küche, und die hier ging auf den Flur."

"Aber wo ist sie?"

"Nicht zu Hause, wahrscheinlich . . . nein, sie ist in der Küche. Sie ist gerade von der Arbeit nach Hause gekommen und setzt den Kessel auf, für Tee."

"Ich möchte sie sehen."

Da ist sie, einfach eine Frau, die neben einem kleinen Gasherd steht, abgewandt.

"Ihr Gesicht!" verlangt sie.

Doch keines ihrer Gesichter ist richtig ausgefüllt. Eins hat nur die Linie eines Wangenknochens, ein anderes einfach eine Brille, und das Haar ist nicht wirklichkeitsgetreu, achtlos mit einem Stift in der falschen Farbe aufgemalt. Ihre Kleidungsstücke sind wichtiger, wie bei einer Anziehpuppe. Eine Wildlederjacke, ein grauer Rock, der fast bis zu den Knöcheln reicht, mit zwei Falten vorn, ein lavendelfarbener Twinset. Man kann sie ausziehen. Wie lange ist es her, daß jemand diese Art BH getragen hat? Die aprikosenfarbene Unterwäsche hattest du ganz vergessen. Der Körper selbst ist eine Übertreibung von Brüsten und Schamhaar, schwarz-weiß gezeichnet.

"Sie sieht sehr . . . englisch aus," sagt sie, bezaubernd eingeschüchtert.

Du lachst, berührst das sehr wirklichkeitsgetreue rotgoldene Haar, drehst ein Gesicht zu dir, bei dem du nicht darum kämpfen mußt, es zu erinnern oder zu vergessen - du weißt nie, was von beidem es wirklich ist - und küßt einen Mund, der nie nach Tee schmecken wird. Ihre Brüste sind dir jederzeit erreichbar unter dem blaßgrünen Hemd. Die Hosen in der gleichen Farbe haben einen Gummizug in der Taille. Du hast oft genug mit ihr Liebe gemacht, um zu wissen, daß sie gern zuerst kommt, schnell, in einem Durcheinander, eine entblößte Brust an deinem Mund, deine Hand in der Hose, die nur eben weit genug heruntergezogen ist, um den Hügel krausen rotgoldenen Haars zu entblößen. Sich kompromittiert zu fühlen, reizt ihre Angriffslust, und du hast gelernt, von der Raschheit ihrer Vergeltung nicht mehr überrascht zu sein, tust so, als kämst du bei ihrem Überfall, so daß ihr beide schließlich nackt daliegen könnt, in langer, geniesserischer Lust, wo sie keine Vergleiche anstellen kann, weil ihr Mann das nie macht, - weil du und Lilian nie auch nur davon gehört hattet. Als es dir in einem Roman begegnete, der von einem Mann geschrieben war, war sie schon lange fortgegangen, doch dein Bedürfnis, sie zu schmecken, war so schneidend scharf wie dein einfacheres Begehren an jenen dunklen englischen Nachmittagen es gewesen war, wenn sie hereinkam, ihr Haar nach der Untergrundbahn roch, ihr Gesicht und ihre Hände kalt waren, sie erst ein Bad wollte, ihren Tee wollte vor den zehn Minuten Berührungen, die alles waren, was euch je zu tun einfiel.

"War sie sehr gut?" fragt ihre Stimme, Atem an deinem Schenkel.

Deine Zunge lügt in sie hinein, was keine Lüge ist. Die erste Frau ist immer vollkommen, weil sie eine Frau ist, sogar, wenn jede danach viel, viel besser ist, was gewiß der Fall war. Fast ohne Ausnahme.

"Sieh mich an."

Du tust es. Sie ist so alt wie Lilian war, dreißig. Fast alle waren sie dreißig, obwohl du fünfundzwanzig Jahre älter geworden bist, in ein paar Tagen fünfundvierzig sein wirst. Ihr Mund ist vom vielen Liebemachen dunkel und geschwollen, ihr Kinn wund, wie von Winterkälte. Du bist froh, daß es draußen sehr kalt ist; das liefert ihr eine Entschuldigung, falls sie eine braucht.

"Sie ist die einzige, mit der du je zusammengelebt hast?"

Du nickst.

"Warum?"

"Sie war frei."

Sie fängt an zu weinen, Tränen, wie du sie bis nach Lilians Zeit nie gesehen hattest. Du denkst darüber nach, ob das eine der Methoden ist, mit denen du Lilian von den anderen getrennt gehalten hast - imstande sein, sich zu erinnern, daß sie nie so geweint hat, weder um sich selbst, noch um dich. Es sind Tränen, die du seither auf einem Dutzend Gesichter gesehen hast. Du möchtest eigentlich nicht, daß sie jetzt anfängt, von ihren Kindern zu reden, aber du unterbrichst sie nicht, wie du es tust, wenn sie ihren Mann erwähnt, auch wenn sie ihn beschimpft. Du hast sie nicht darum gebeten, Mann und Kinder zu verlassen. Es ist sie, nicht du, die unglücklich darüber ist, daß sie nur selten eine Nacht in deinem Bett verbringen kann. Die meisten Treffen müssen zeitlich so abgestimmt werden, als ginge sie zu den Versammlungen des Stadtelternbeirats. Sie versucht, ihre Schuldgefühle darüber, daß sie die Lehrer ihrer Kinder vernachlässigt, nicht auf dich zu übertragen. Ihr Schuldgefühl darüber, daß sie dich vernachlässigt, gerät durcheinander durch die Tatsache, daß sie dich in ihren Gedanken niemals vernachlässigt. Du bist ihre private Obsession. Sie hinterläßt eine Zahnbürste, einen Kamm, ein Hemd, um in dir dieselben Gefühle wachzurufen.

"Ich muß gehen. Es ist Zeit, daß ich gehe," sagt sie und trocknet sich die Augen mit den Kleidungsstücken, die sie aufsammelt.

Du bewunderst ihren vollkommen wirklichen Körper, während sie durchs Zimmer geht. Sie hält inne und dreht sich zu dir um.

"Warum hat sie dich verlassen?"

"Weil ich kein Mann bin," antwortest du, wie du dieselbe Frage schon ein dutzendmal beantwortet hast.

"Sie hat also geheiratet?"

"Nein, sie fand schließlich eine Frau, mit der sie zusammenleben konnte."

Verwirrt wendet sie sich wieder ab. Du hättest nicht versucht, es weiter zu erklären, selbst wenn sie noch gefragt hätte. Einmal hast du es versucht. Der Zorn, der Lilians Gesicht ausgelöscht hatte und ihren Körper roh entblößte in schwarz und weiß wie ein billiges Polaroidfoto, löschte die Fragerin aus und entkleidete sie, die damals hätte erkennen müssen, daß sie vergewaltigt wurde und es nicht tat, geschmeichelt von der Heftigkeit darin.

Jetzt rauscht das Wasser in der Dusche. Sie muß nach Hause, und sie muß so riechen, als wäre sie auf der Stadtelternbeiratsversammlung gewesen. An einem besseren Abend duschst du immer mit ihr, zeichnest sie mit schnellen Lüsten. Manchmal machst du sogar Witze wie, daß du ihr ein bißchen Kreidestaub übers Haar streuen willst. Heute abend ziehst du einen Kimono an, räumst deine eigenen Kleidungsstücke auf, öffnest die Tür zu deinem Arbeitszimmer und machst das Licht über deinem Schreibtisch an. Du ordnest Papiere, als sie in der Tür erscheint, angezogen und bereit, zu gehen.

"Bist du zornig auf mich?"

"Natürlich nicht."

Du bist inzwischen nie mehr zornig. Du gehst zu ihr, küßt ihren Hals, lächelst.

"Mein Gott, wie muß sie das bereuen. Jedesmal, wenn sie etwas über dich liest . . ."

Du schüttelst den Kopf, nimmst deinen Ausdruck duldsamer Nachsicht an gegenüber ihrer Bewunderung deiner Arbeit, deines Erfolgs. Diese Phantasie, die sie da beschwört, ist eben jene, die du selbst jahrelang zu nähren versucht hast, aber auch die exotischste Phantasie braucht irgendwann ein winziges Beweisstück, um sich am Leben zu halten. Du hast keins. Lilian glaubte immer an deine Arbeit. Der Erfolg konnte das nicht steigern oder vermindern, und er würde sie nie zurückbringen.

"Schüttele nicht den Kopf. Du bist zu bescheiden . . . na gut, was deine Arbeit betrifft, jedenfalls." Aber jetzt hast du sie zum Lachen gebracht über deine Unbescheidenheiten, die sie so genießt. "Du bist so schön überhaupt nicht wie ein Mann."

Gewöhnlich hilfst du ihr, zu gehen aber jetzt kannst du es nicht, weil du so sehr wünschst, daß sie geht.

"Ich will an deinem Geburtstag mit dir zusammen sein. Warum muß er auf einen Sonntag fallen?"

"Muß er ja nicht. Er ist an jedem Abend, an dem du dich freimachen kannst."

"Du läßt es einfach nicht zu, daß dir irgend etwas was ausmacht, nicht? Ich wollte, ich könnte auch so sein. Ich werde den ganzen Abend ekelhaft sein zu ihm und den Kindern, weil ich weiß, daß du allein bist, und weil ich bei dir sein will. Wirst du allein sein?"

"Eigentlich bin ich an meinem Geburtstag gern allein. Es ist der eine antisoziale Tag im Jahr, den ich habe. Nun ja, und Silvester."

"Trotzdem, vermisse mich ein bißchen."

Du versprichst es. Du weißt, daß du sie vermissen wirst – ein bißchen. Ein wenig Schmerz zu bereiten, ist ihr notwendig als eine Art, ihn zu teilen. Wenn sie das nicht kann, wird sie nicht wiederkommen, und du hast es jetzt nicht mehr so eilig, den Bruch herbeizuführen, obwohl du weißt: wenn die Anstrengung für sie zu lange dauert, wird sie immer seltener wiederkommen. Es hat nichts damit zu tun, daß du Schwierigkeiten hättest, sie zu ersetzen. Gerade jetzt wartet eine Zweitbesetzung in den Kulissen, die an deinem Geburtstag Zeit hat, aber du wirst dich nicht mit ihr treffen. Sie wirkt jung, obwohl sie dreißig ist. Lilian hatte in diesem Alter keine jener Überreste des Kindischen, die dir jetzt zunehmend auffallen. Sie hatte natürlich keine Kinder aufgezogen und war nicht, wie alle die anderen, absorbiert von den Eigenarten der Kinder, neigte deshalb nicht dazu, in Babysprache zu verfallen oder an kleinen Überraschungen Spaß zu finden. Sie war in ihre Arbeit so versunken gewesen wie du in deine.

"Du bist müde," sagt sie.

"Ich werde alt."

Wieder lacht sie; das wolltest du erreichen, und jetzt

mußt du ihr helfen, zu gehen, obwohl du willst, daß sie geht. Es bedarf dazu nur einer Geste, eines raschen Griffs in ihre noch immer nasse Mitte.

"Oh, tu das nicht, Liebe, tu das nicht. Ich muß gehen."

"Dann geh . . . schnell."

So schön überhaupt nicht wie ein Mann? So unschön sehr wie einer, und du bist darin inzwischen schon so gut, daß du mit solchen Dingen wunderbar fertig wirst. Dann, als du sie hinausgebracht hast und dich wieder umdrehst, da, wieder vor dir, anstelle deines sorgfältig aufgeräumten Wohnzimmers, ist diese Ausklappbilderbucheinrichtung, der Schreibtisch mit seinen komischen Handschuhen am Fußende der zusammengeschobenen Betten. Du versuchst, so groß zu bleiben, wie die Jahre dich gemacht haben, so unverletzlich durch jenen Zorn und Schmerz, an dem eine Frau vor fünfundzwanzig Jahren litt, nicht größer als dein Vögelfinger, aber deine Hand liegt auf dem Schreibtischstuhl. Du ziehst ihn hervor und setzt dich. Die Handschuhe passen. Die Notizen, die du machst, sind für ein Buch, das vor so langer Zeit geschrieben wurde, daß du es fast vergessen hast. Die Küchentür öffnet sich, und da steht Lilian, keine Pappkarikatur, sondern Lilian selbst. Du arbeitest weiter. Du willst nicht, daß sie spricht.

"Sieh mich an," sagt sie, und du tust es, überrascht von der Klarheit ihres Gesichts, ängstlich.

"Du willst keine Geliebte und Freundin, du willst eine Ehefrau oder eine Mätresse."

"Was ist der Unterschied?" fragst du.

"Du bist kein Mann. Du mußt erwachsen werden, um eine Frau zu sein und meine Arbeit ebenso ernstzunehmen wie ich deine."

"Das kann ich nicht."

Während sie sich zu verändern beginnt, zu welken, flach wird wie die Pappfigur, die du nun schon so gut kennst, wirst du wieder zu jenem riesigen alten Kind, wieder allein, wie du es seither bei jedem Anfang gewesen bist, - sei es Geburtstag, Silvester, oder Liebesaffäre, und schließt das eine Buch, das du niemals schreiben wirst, **LILIAN.**

IN DER MANSARDE

Alice hatte sich der Frauenbewegung nicht angeschlossen, sie hatte ihr nur die erste Etage ihres Hauses vermietet. Vielleicht war das ja die Alternative dazu, es niederzubrennen, was sie im nüchternen Zustand schon zu tun gedroht, und was sie betrunken schon fast fertiggebracht hatte. Da keine der vier jungen Frauen, die einzogen, trank oder rauchte, konnten sie Alice vielleicht vor Unachtsamkeiten bewahren. Das war alles. Und das Geld konnte sie brauchen. Alice hatte sich nie vorgestellt, daß sie mal fünfundsechzig werden könnte und sich deswegen Sorgen machen müßte. Die Jahre, die jetzt noch übrig waren, konnte sie an den Fingern einer Hand abzählen. Sie würde eine von denen sein, die zu gemein sind, um zu sterben.

"Ich bin 'ne Lebenslängliche," sagte sie in der Bierkneipe und lachte, bis es in ihren Lungen zu brodeln anfing.

"Klingt aber gar nicht so, Al. Wenn dich das Kraut nicht umbringt, tut's der Straßenverkehr."

"Nee," sagte Alice. "'S einzig Gefährliche auf der Straße sind die Amateursäufer, die nicht mal fahren können, wenn sie nüchtern sind. Ich komm immer nach Hause."

Die Regeln waren ganz einfach: bleib in deiner eigenen Spur und drück nicht auf die Hupe. Alice war so klein, daß sie eher durchs Lenkrad durch als drüber weg guckte und hätte eher als von zu Hause ausgerissenes Kind denn als Betrunkene aufgegriffen werden können. Aber es hatte ihr noch nie jemand die Hölle heiß gemacht, außer Harriet, Friede ihrer gottverdammten Seele. Bis diese Frauen da einzogen.

"Komm und trink eine Tasse Tee mit," sagte gewöhnlich eine, wenn Alice gerade ernsthaft die Treppenstufen nach oben in Angriff nehmen wollte.

Dann mußte sie da in diesem Raum sitzen, der dreißig Jahre lang ihre eigene Küche gewesen war, ein Gast, der 'Red Zinger' oder irgendein anderes grünliches Spülwasser trank, das sie Tee nannten, und sie schielte sie durch den Dampf hindurch an: Bett, die riesenhafte Postbotin, Trudy und Jill, die in der Frauen-Kfz-Werkstatt arbeiteten und nie auch nur das winzigste bißchen Ölschmiere unter den Fingernägeln hatten, und Angel, die arbeitslos war, - alle jung, unglaublich jung; und sie brachten sie um mit ihrer Freundlichkeit. Wenn sie nüchtern war konnte sie Einladungen ablehnen, indem sie sagte, "Ich habe nie gelernt, ganze rote Rüben mit Stäbchen zu essen." oder, "Brauner Reis klebt an meinem Gebiß.", aber wenn sie erst einmal betrunken war und würdevoll, mußte sie das auch unbedingt beweisen und versagte, wie immer, bloß, daß da jetzt erneut die Prüfung durch die Treppenstufen kam.

"Macht es dir was aus, daß du in deinem eigenen Haus in der Mansarde wohnen mußt?" fragte Bett und bot ihr ihre stützende Hand.

"Ob's mir was ausmacht? Ganz oben wohnen ist besser als es in der Mitte je war. Und für's Parterre bin ich, glaub ich, nicht geschaffen," bekannte Alice und preßte ihren dröhnenden Kopf an Betts enormen Busen, bis sie oben ankamen.

"Alles klar jetzt? Kommst du zurecht?"

"Ich werd schlafen wie'n Säugling. Tu ich immer."

Alice bekam nach und nach infantile Träume über diese Brüste, obwohl sie sie wach und nüchtern eher auf eine komische Art beängstigend fand als erotisch, wenn sie sie so vor sich sah, genau in ihrer Augenhöhe. Alice mochte Bett und war, obwohl sie nicht viel davon hielt, wenn Frauen alles an sich rissen, froh, daß Bett die Post austrug. Bett hatte nicht nur gelbes Haar, sondern auch gelbe Augenbrauen, eine Art sonniges Gesicht, um die Last der Rechnungen ebenso zu tragen wie das Versprechen von Liebesbriefen und überraschenden Erbschaften. Und jeder sah auf den ersten Blick, daß dieser Briefträger eine Frau war.

Angel war wahrscheinlich Betts Mädel, obwohl Alice nicht ganz sicher war. Manchmal stellte sich Alice vor, daß sich da unten Orgien zwischen allen vieren abspielten, aber es konnte genauso gut eine Karatelektion sein. Es war offensichtlich, daß sich keine von ihnen für Männer interessierte.

"Wir hassen die Männer nicht, weil wir sie gar nicht brauchen," sagte Trudy, die immer Slogans auswendig lernte. Sobald sie imstande war, einen Wagen zu reparieren, konnte sie sich überhaupt nicht mehr vorstellen, wozu Männer jemals nutze gewesen waren.

Männer zu hassen wäre für diese Truppe dasselbe gewesen wie Astronauten zu hassen - eine zu entlegene Tätigkeit, um sinnvoll zu sein. Alice kannte eine Menge Männer, fühlte sich mit ihnen in der Bierkneipe oder im Personalraum bei Safeways, wo sie arbeitete, viel wohler als mit Frauen. Mit Männern zu arbeiten und zu trinken war immer ihr Stolz gewesen.

"Schämt ihr euch nicht, an einem Samstagabend zu Hause zu sitzen?" fragte Alice.

"Wir trinken nicht, und die Subkneipen sind nichts für uns."

Alice konnte sie sich in ihrer Bierkneipe wirklich nicht vorstellen; sie sahen so jung aus, daß man sie vielleicht ins Kittchen gesteckt hätte, wenn sie dort aufgetaucht wären, und sie waren so schlecht angezogen, daß die Männer, die sich die Zeit genommen hatten, sich zu rasieren und umzuziehen, bestimmt beleidigt gewesen wären. Sogar Alice, mit ihrem kurzgeschorenen Haar, zog eine hübsche Bluse und die gute Hose an, manchmal sogar einen Rock, und sie vergaß auch nie, Lippenstift zu benutzen.

"Kauft ihr all eure Sachen bei der Heilsarmee?" fragte Alice und studierte eine bemerkenswert löchrige und verblichene Panzerfahrerjacke, die Jill trug.

"Die hat mir jemand geschenkt," gab Jill gereizt zurück. "Was kümmert dich das? Du bist der einzige Mensch mit so einem Haarschnitt, egal ob Mann oder Frau."

"Gefällt er dir nicht?" fragte Alice.

"Er ist irgendwie chauvi," warf Trudy ein, "so, als wolltest du ganz mächtig aufdrehen."

"Ich dreh nicht auf," sagte Alice. "Ich hab den Schalter abgebrochen."

In der Bierkneipe hätte jetzt jemand gesagt, "Dann schraub ich dir einen rein," oder sonst was Liebenswürdiges, aber diese Trudy war plötzlich voller Mitgefühl und Belehrungen darüber, wie frau mit ihrem Körper umgehen sollte - als wäre sie gerade dabei, den Sex zu erfinden, nicht für Alice, nur mal so, zum Beispiel.

"Wißt ihr überhaupt, wie alt ich bin?"

"Wir sind hier keine Altenhasser," sagte Jill.

"Ich könnte eure Großmutter sein.

"Nicht wenn du noch im Safeways arbeitest. Meine Oma ist schon auf Rente."

"Als ich jung war, hatten wir noch Respekt vor alten Leuten."

"Jeder sollte jeden respektieren."

"Ich habe allen Respekt vor euch," sagte Alice mit Würde. "Sogar was Sex betrifft."

"Weißt du, was du tun solltest?" fragte Angel. "Es ist nicht zu spät . . . mach dein Coming out."

"Coming out?" wollte Alice wissen. "Aus was soll ich rauskommen. Das hier ist schließlich mein Haus. Ihr habt nur die erste Etage gemietet. Coming out? Wem gegenüber? Alle, die ich gekannt habe, sind tot."

Harriet, Friede ihrer gottverdammten Seele. Meistens tat Alice so, als spräche sie Harriets Namen niemals aus. Aber in Wirklichkeit wartete sie fast immer nur darauf, betrunken genug zu sein, um es zu tun, damit sie nachher vergessen konnte, was sie gesagt hatte, so daß sie es wieder und wieder sagen konnte: "Bringt sich in meiner Badewanne um. Ist das vielleicht eine Art, einen Streit zu gewinnen? Was?"

"Welchen Streit?" fragte Trudy dann.

"In dieser Badewanne hier?" versuchte sich Jill zu vergewissern.

"Wie?" wollte Angel wissen.

Später, auf ihrem schwankenden Weg nach oben, fand Alice es immer am schlimmsten, wenn Bett sie fragte, "Hast du Harriet geliebt?"

"Geliebt?" fragte Alice heftig. "Mein Gott! Ich habe dreißig Jahre mit ihr zusammengelebt."

Niemals in diesen dreißig Jahren hatte Alice je so offen mit Harriet gesprochen, wie diese jungen Frauen es jetzt von ihr erwarteten. Niemals in den letzten zwanzig Jahren hatten sich Alice und Harriet auch nur berührt, obwohl sie im selben Bett schliefen. Zuerst war Alice betrunken und flehend nach Hause gekommen. Dann kam sie betrunken und bösartig nach Hause; manchmal drohte sie mit Vergewaltigung, manchmal verfiel sie in höhnische moralische Entrüstung.

"Was macht dir denn überhaupt Schuldgefühle? Du machst dir doch nie die Hand schmutzig. Ich bin diejenige, die auf Knien in die Kirche kriechen müßte, gottverdammt nochmal!"

Manchmal untergruben solche Beschimpfungen Harriets Entschlossenheit, und sie fügte sich, wimmernd wie ein Kind, das sich vor Schlägen fürchtet und weinend wie eine verlorene Seele, wenn es vorüber war.

Schließlich kam Alice nur noch betrunken nach Hause und schlief in betrunkener Erstarrung. In der Bierkneipe erfuhr sie, wieviele Männer es genauso machten.

"Skrupel," erklärte einer. "Sie haben eben Skrupel."

"Skrupel! Ach, Scheiße. Am Freitagabend geh ich heim mit den Dollars und sag zu ihr: 'Willst du die haben? Dann verdien sie dir.'"

"Was machst du denn dann hier? Heute ist Freitag, oder nicht?"

"Ja. Na ja, wir sind inzwischen auseinander . . ."

Harriet hatte ihr eigenes Geld. Sie war Sekretärin in einer Anwaltskanzlei. Alice erinnerte sich daran, wie sie Harriet das allererste Mal in der Bierkneipe gesehen hatte; sie trug einen spießigen grauen Rock und wirkte völlig fehl am Platz. Irgendein Vetter hatte sie hergebracht und dann sitzenlassen, um weniger verwandtschaftlichen Vergnügungen nachzugehen. Nachdem sie eine Weile miteinander geredet hatten, schlug Alice einen Spaziergang am Strand vor. Es war Sommer; der Himmel war noch hell.

Jahre später sagte Harriet immer, "Du hast die Situation ausgenutzt. Ich war sitzengelassen worden."

Manchmal, wenn Alice sehr betrunken war, konnte sie sich wieder erinnern, wie anziehend die junge Harriet gewesen war, wie willig sie sich von Küssen zu Berührungen ihrer runden kleinen Brüste hatte schmeicheln lassen, und ihr ganzer Protest bestand nur aus, "Du bist ganz genau so schlimm wie ein Junge, Al, wirklich wahr." "Magst du's?" "Na, sowas darf ich doch nicht sagen, oder?" Alice erinnerte sich auch daran, wie sie überrascht tief einatmete, als sie das erste Mal ihren Finger auf diesen nassen Puls legte, an den Augenblick des Staunens und Triumphs vor dem ersten Tränenausbruch: "Oh, es muß schrecklich sein, was wir da tun! Wir werden in der Hölle brennen!"

Damals konnte Harriet Alice noch Angst machen mit ihrem Schuldgefühl und ihrem Entsetzen. Einmal versprach Alice, daß sie nie wieder "alles" machen würden, wie Harriet das nannte, wenn sie sich nur weiter küssen, berühren konnten. Schuldbeladen, oh so schuldbeladen drückte Alice Wochen später, als sie dachte, Harriet wäre eingeschlafen, ganz sanft Harriets Schenkel auseinander und berührte die verbotene Mitte. Harriet seufzte in schlafender Lust. Mehrere

Jahre lang wartete Alice drei- bis viermal die Woche auf das Atemzeichen, das andeutete, daß Harriet nicht mehr offiziell wahrnahm, was vorging. Alice konnte sie besteigen, an ihren Brüsten saugen, in sie eindringen, machen, daß sie kam, naß, und sie halten, bis sie in echten Tiefschlaf fiel. Dann ging Alice ins Bad und masturbierte zu der simplen Phantasie, daß Harriet mit ihr Liebe machte.

Am Ende war es nicht Harriet, die dem Ganzen ein Ende setzte. Es war Alice; sie schüttelte sie und schrie, "Du gottverdammte Heuchlerin! Du glaubst, solange du den Spaß hast und selber nie welchen gibst, kannst du deiner Strafe entwischen. Aber das kannst du nicht. Du wirst lange vor mir in der Hölle sein, du gottverfluchte F r a u!"

"Wir suchen nach Rollenmustern," sagte Angel. "Wenn jemand dreißig Jahre lang mit jemand zusammengelebt hat -"

"Ich weiß nicht, wovon du redest," sagte Alice, nüchtern, auf dem Weg zur Arbeit, aber spät am Abend dieses Tages, war sie ganz zum Reden bereit. "Dreißig Jahre ist länger als die Wirklichkeit, wißt ihr das? Lebenslange Garantie auf eine Uhr kriegt man bloß für zwanzig Jahre. Und nichts sollte länger dauern als das. Harriet hätte sich zehn Jahre früher umbringen sollen, Friede ihrer gottverdammten Seele. Ich hab ihr immer gesagt, sie würde lange vor mir in die Hölle kommen."

"Wie war Harriet?" fragte Bett auf dem Weg nach oben.

"Wie sie war? Ich weiß nicht. Ich fand sie hübsch. Sie fand das nicht."

"Es muß ziemlich einsam sein für dich, jetzt."

"Hab in meinem ganzen gottverdammten Leben noch nicht so viel Gesellschaft gehabt."

In der Mansarde allein zu sein war ein Luxus, den sie kaum begreifen konnte. Ihre resignierte Erwartung war gewesen, daß Harriet, deren Seele offenbar keine Ruhe fand, mit ihr nach oben ziehen würde. Sie hatte es nicht getan. Wenn sie die Mieterinnen heimsuchte, wie sie Alice heimgesucht hatte, so sagten die jedenfalls nichts darüber. Als Trudy und Jill zum ersten Mal zusammen badeten, hatten sie Harriets Geist wahrscheinlich aus dem Badezimmer vertrieben, und bestimmt fand Harriet an der vegetarischen Kost im Eßzimmer genauso wenig Gefallen wie Alice. Und was das betraf, was in den verschiedenen Betten vermutlich vorging - eine Nacht davon hatte Harriet mit Sicherheit in die Hölle katapultiert, wo sie hingehörte.

Alice verstand jetzt wie nie zuvor, warum Selbstmord eine unverzeihliche Sünde war. Harriet war einfach außer Reichweite für die Vergebung, wie sie es mit all ihren anderen Sünden nicht gewesen war - vom Horten von Müll bis zu einer, wie sie es nannte, platonischen Beziehung mit dieser kleinen Nutte aus der Telefonzentrale ihrer Kanzlei.

"Wenn du irgendwas über Plato wüßtest . . ." hatte Alice gebrüllt, wußte selbst aber auch nichts.

Sich umzubringen war der äußerste Konversationsstopper, das letzte "kein Zurück".

"Das Blöde an Geistern ist," gestand Alice Bett, "daß sie immer bloß für Wiederholungen gut sind. Man kann nie was Neues mit ihnen anfangen."

Bett beugte sich herunter und gab Alice einen Gutenachtkuss.

"Sieh dich bloß vor," sagte Alice - aber erst, als Bett nach unten gegangen war, "ich bin ein ganz schönes Miststück."

In dieser Nacht erschien ihr Harriet im Traum, nicht voller Blut, wie all die Male vorher, sondern voller Licht. "Ich kann dir immer noch vergeben," sagte sie.

"Was denn?" rief Alice und erwachte. "Was hab ich je getan, außer dich zu lieben, sag mir das!"

Genau solche Dinge hörte sie in der Bierkneipe von ihren Kumpeln: alle hatten sie Frauen und Freundinnen, die ihre Zeit damit verbrachten, sich Sünden auszudenken und sie dann zu vergeben.

"Meine Frau ist so gut im Vergeben - sie hat mir sogar vergeben, daß ich nicht der Schah von Persien bin. Wie findest du das?"

"Prima. Hat doch wenigstens Grandezza. Meine alte Dame verzeiht mir, daß mein Bart mitten in der Nacht wächst."

Auch sie hatten alle jahrelang mit Selbstmorddrohungen gelebt.

"Sie wird sich umbringen, wenn ich ihren Aprikosenauflauf nicht esse, den Rasen nicht mähe, ihrer Mutter nicht den Hintern küsse . . . ich sage ihr immer, mir ist es recht, solange sie sich nur eine billige Methode dafür ausdenkt."

Alice war nie betrunken und nie unvorsichtig genug, um ehe sie zu Hause war zu sagen, "Sie hat es getan. Sie hat sich in meiner Badewanne umgebracht." Niemand in der

Bierkneipe oder an ihrer Arbeitsstelle wußte, daß Harriet tot war.

"Ich hab ihnen nie erzählt, daß sie lebte," sagte sie zu Bett. "Warum soll ich ihnen dann erzählen, daß sie tot ist?"

"Warum trinkst du mit diesen Leuten?" fragte Bett. "Das können keine wirklichen Freunde von dir sein."

"Wie kannst du sowas sagen?"

"Sie wissen nicht, wer du bist."

"Weißt du das denn?" fragte Alice gereizt. "Was hat eine Frau, die in meiner Badewanne verblutet, damit zu tun, wer ich bin?"

Bett drückte Alices betrunkenen Kopf an ihre Brust.

In der Nacht schlief Alice mit einer brennenden Zigarette in der Hand ein. Als sie aufwachte, brannte der Bettvorleger. Sie brüllte vor Entsetzen auf und versuchte dann, die Flammen mit ihren nackten Füßen auszutrampeln.

Jill war als erste bei ihr; halb zerrte und halb trug sie sie aus dem Zimmer. Trudy und Bett kamen mit Wassereimern, und Angel rief die Feuerwehr an.

"Laßt die Feuerwehrleute hier nicht rein," stöhnte Alice, die auf Harriets Stuhl in ihrer beider früherem Wohnzimmer saß. "Die werden hier alles kaputtmachen."

Als die Feuerwehr kam, war das Feuer gelöscht. Nachdem die Männer das Zimmer kontrolliert und Geistesgegenwart und schnelles Handeln gelobt hatten, sagte der Feuerwehrhauptmann, "Und trotzdem, irgendwann wird sie's schaffen. Das hier war jetzt schon das dritte Mal."

Jill hatte vor, Alice deswegen zur Rede zu stellen, doch dann entdeckte sie, daß Alices Füße schrecklich verbrannt waren.

Von den Schmerzmitteln bekam Alice Halluzinationen: der Fußboden ihres Krankenzimmers brannte, das Haar der Krankenschwester brannte, das Deckenzelt am Fußende ihres Bettes brannte, und Harriet schrie sie an, "Wir werden in der Hölle braten!"

"Bitte," bettelte Alice, "lieber möchte ich die Schmerzen haben."

Als die Schmerzen kamen, machte sie zuviel Lärm, fluchte, verlangte Whisky, drohte, sich selbst in Brand zu stecken und daran zu sterben, bis man sie festhielt und ihr noch eine Spritze gab.

Ihre Kollegen vom Safeways schickten ihr Blumen, aber keiner von ihnen besuchte sie. Keiner von denen, mit denen sie trank, wußte, was passiert war. Aus dem Haus kam nur Bett, nach der Arbeit, noch in Uniform.

"Hol mich hier raus," bat Alice. "Kannst du mich nicht hier rausholen?"

In der Nacht, als um sie herum das Feuer prasselte, wußte Alice, daß sie in der Hölle war und daß es kein Entrinnen gab, und Bett mit ihrem sonnigen Gesicht und ihren großen Brüsten war die grausamste Halluzination von allen.

Sogar an dem Tag, als Bett kam, um sie heimzuholen, war Alice noch halb davon überzeugt, daß Bett nur ein teuflischer Trick war, der sie noch größeren Folterqualen ausliefern sollte, aber Alice wußte auch, daß sie noch immer halb verrückt war, von den Drogen oder von den Schmerzen. Da stand das Haus immer noch, und Bett trug sie die Treppe hinauf in eine Mansarde, die so sauber und frisch war, daß sie sie kaum wiedererkannte. Alice begann an Erlösung zu glauben.

"Diese Klingel hier neben dir," erklärte Bett. "Du brauchst nur draufzudrücken, und Angel kommt."

Alice lachte, bis ein Hustenanfall sie stoppte.

"Es ist fast wie ein Wunder, daß du noch lebst," sagte Trudy, als sie und Jill von der Arbeit nach Hause kamen und nach ihr sahen.

"Ich bin eben unverwüstlich," sagte Alice, mit großem Weltüberdruß in der Stimme.

"Diese Wohnung hier war ein Rattennest," klagte Jill. "Du scheinst keine Zeitung mehr weggeworfen zu haben, seit du hier raufgezogen bist - und keinen leeren Joghurtbecher. Ist das alles, was du ißt?"

"Ich esse außerhalb," sagte Alice, "und was geht euch das überhaupt an. Und es hat euch niemand gebeten, hinter mir dreinzuputzen."

"Es hat uns ganz schön Angst gemacht," sagte Trudy. "Wir wären fast auch zu Tode gekommen dabei."

"Manchmal erinnerst du mich ein bißchen an Harriet," sagte Alice mit langsamer Bösartigkeit. "Das ist eine Freundin von mir, die sich umgebracht hat."

"Wir wissen, wer Harriet ist," sagte Jill. "Al, wenn wir

nicht darüber reden können, müssen wir hier ausziehen."
"Ausziehen? Warum?"
"Weil wir nicht im Schlaf verbrannt werden wollen."
"Du mußt uns versprechen, daß du nicht trinkst, wenn du rauchst, und nicht rauchst, wenn du trinkst," sagte Trudy.
"Das ist mein Haus hier. Ich bin die Wirtin. Ihr seid die Mieterinnen," verkündete Alice.
"Das ist uns klar. Wir können überhaupt nichts machen, wenn du nicht vernünftig sein willst."
"Raus! Alle!" schrie Alice. "Und nehmt den Mist da wieder mit."
Jill und Trudy gingen sofort. Bett rührte sich nicht von der Stelle.
"Ich habe dich aus dem Krankenhaus rausgekriegt, weil ich versprochen habe, daß wir dir Essen machen."
"Was ihr eßt, ist ein Saufraß."
"Guck mal, Angel hat dir sogar einen Hamburger gemacht."
"Ihr könnt mir in meinem eigenen Haus keine Bedingungen stellen."
"Das weiß ich, und die anderen wissen es auch. Al, ich will hier nicht weg. Ich will dich nicht verlassen. Ich liebe dich. Ich will, daß du es für dich selbst tust."
"Sag mir sowas nicht, wenn ich nicht betrunken bin. Ich kann damit nicht umgehen."
"Doch, das kannst du. Du brauchst nicht zu trinken."
"Was zum Teufel soll ich denn sonst machen, um die Zeit totzuschlagen?" fragte Alice.
"Lesen, fernsehen, Freunde finden, Liebe machen."
"Verspotte mich nicht!" weinte Alice in das Essenstablett auf ihrem Schoß.
"Ich spotte nicht," sagte Bett. "Ich will dir helfen."

Bis es Alice gut genug ging, um das Haus allein zu verlassen, stand das Trinken nicht zur Debatte. Sie hatte nichts im Haus, weil sie die Kneipe immer als Grund gebraucht hatte, um Harriet zu entfliehen. Bei ihren Mieterinnen gab es nichts zu holen. Und sie war sogar zu stolz, um Bett um eine Flasche zu bitten. Die paar Zigaretten, die sie aus dem Krankenhaus mit heimgebracht hatte, mußten ihr Trost genug sein. Sie ertappte sich dabei, daß sie jedesmal das Fenster öffnete, wenn sie eine rauchte und den Aschenbecher leerte und auswusch, wenn sie fertig war.

"Ihr macht 'n richtig verschlichenes Stück aus mir!" schrie sie Bett an.

"Ich finde, es sieht alles hübsch und ordentlich aus," sagte Bett. "Trudy behauptet, du wärst so männlich identifiziert, daß du nicht für dich selber sorgen könntest. Ich werd ihr sagen, daß sie unrecht hat."

Alice warf einen sauberen Aschenbecher nach ihr, und Bett duckte sich und lachte.

"Dir geht's schon sehr viel besser, wirklich."

Alice kehrte in die Bierkneipe zurück, noch ehe sie wieder zur Arbeit ging. Sie konnte noch nicht gut laufen, aber sie lief. Man hatte sie vermißt. Als sie erzählte, wie sie das Feuer mit ihren nackten Füßen ausgetreten hatte, spendierte man ihr mehr Freibier, als sie an einem Abend trinken konnte. Wie gut es schmeckte, und wie umgänglich diese Freunde waren, die nie Fragen stellten und deswegen auch die Antworten nicht zu analysieren brauchten, die ihre Beziehungen einfach über Geschichten und Witze herstellten. Alice behielt ein paar von den besten Krankenhausgeschichten in petto und erzählte sie, ehe sie zu betrunken war, um sie durcheinanderzubringen oder die Pointe zu vermasseln. Über die Witze der anderen mußte sie nur gerade genug lachen, um in Husten auszubrechen; je später der Abend wurde, desto weniger gut erzählt und komisch waren diese Witze. Der Alkohol betäubte die Schmerzen in Alices abheilenden Füßen nicht, und das machte sie kritisch. Eine Titte in die Wäschemangel zu kriegen war nicht komisch; es tat weh.

"Und der geht auf deine Mieterinnen, Al, paß auf: wie kann man die Flut der Frauenbewegung aufhalten? Steck ihr den Finger ins Loch!"

Es war ein häßliches Gesicht, da, ganz nah vor ihrem. Plötzlich wurde Alice klar, warum einem Mann verziehen werden muß, daß sein Bart nachts wächst, wieder und wieder verziehen auch, daß er nicht der Prinz von einem Kerl ist, den du dir gewünscht hast. Sie lachte, bis sie fast Blut spuckte, trank ihr Bier aus, rauchte ihre Zigarette zu Ende, ging raus und suchte ihren Wagen. Wie an so vielen anderen Abenden konnte sie sich noch ein paar Minuten nachdem sie zu Hause angekommen war, nicht an die Fahrt erinnern, aber sie wußte, daß sie sie ruhig und gut hinter sich gebracht hatte.

"Komm," sagte Bett. "Diese Füße tun dir weh. Ich trag dich nach oben."

Betrunken in den Armen der sonnigen Amazone sagte Alice, "Weißt du, wie man die Flut der Frauenbewegung aufhalten kann? Weißt du das?"

"Will das irgend jemand?" fragte Bett und stieg vorsichtig und langsam die Treppe hinauf.

"Na klar. 'Ne Menge Leute. Du steckst ihr den Finger . . ."

"Ins Loch, okay, ich weiß."

"Findest du das nicht komisch?"

"Nein."

"Ich auch nicht," bekannte Alice.

Bett trug Alice hinüber zu ihrem Lager, das schon aufgedeckt war; wahrscheinlich hatte Angel das gemacht.

"So, und jetzt möchte ich, daß du mir deine restlichen Zigaretten gibst," sagte Bett. "Ich lege sie unten im Flur für dich hin."

"Nimm sie dir," sagte Alice.

"Gut," sagte Bett und griff in Alices Bluse, wo das Päckchen immer im BH steckte, wenn Alice keine Tasche hatte.

Halb biß und halb küßte Alice die Hand, drückte sich dann gegen diese wunderbaren Brüste, legte auf jede eine Hand und fühlte, wie die Brustwarzen unter dem dünnen Stoff von Betts Hemd hart wurden. Bett hatte die Zigaretten, aber sie rührte sich nicht vom Fleck. Stattdessen knöpfte sie mit ihrer freien Hand das Hemd auf und gab Alice ihren Traum.

Und wie in einem Traum schwebte Alices Blick über die Szene hin, und sie sah ihren eigenen kurzgeschorenen Kopf, kaum größer als der eines Babys, ihr alterndes braunfleckiges Gesicht, ihren vom Gebiß deformierten Mund, der wie ein obszöner Inkubus an dieser jungen Herrlichkeit von Brust saugte, die Angel gehörte. Dann sah sie Betts Gesicht, heiter vor Erbarmen. Alice löste sich von ihr und spuckte aus.

"Du bemitleidest mich! Was weißt du denn schon davon? Und wie solltest du? Harriet, Friede ihrer gottverdammten Seele, hat in T o d s ü n d e mit mir gelebt. Sie hat sich meinetwegen u m g e b r a c h t. Da gibt's nichts zu b e m i t l e i d e n! Raus! Raus hier! Allesamt! Sofort! Denn ich werde dieses Haus niederbrennen, wann ich will."

"In Ordnung," sagte Bett.

"Es ist m e i n e Hölle. Ich hab sie mir verdient."

"In Ordnung," sagte Bett, und ihr Gesicht strahlte wie ein ewiger Morgen.

Alice weinte erst, als Bett draußen war - Tränen, heiß wie Feuer vor Schmerz und Verlust, die brannten und brannten und brannten.

ERSTE LIEBE / LETZTE LIEBE

Ich sagte "Nein".
Es war für mich ganz eindeutig, nicht einmal schwierig in dem Moment. Ich hatte Marylin schon so lange geliebt – seit sie kaum mehr als ein Kind war, dachte an sie, wie ich an ein eigenes Kind hätte denken können, mit fasziniertem Staunen, das ich nicht aussprechen mußte, weil ich nicht erwartete, sie zu verlieren, wie man es bei einem Kind oder einer Geliebten erwarten muß.

"Ich bin kein Baum in deinem Garten," sagte Marylin.

Es wäre nicht nett gewesen, ihr zu sagen, ein wie zutreffendes Bild das für mich war, die ich beobachtete, wie sie wuchs und blühte. Ich erwartete nicht, daß sie mich in irgendeiner Weise wahrnahm und brauchte, außer in der Art, wie etwas Wachsendes auf Regen, Raum, Frühlingslicht reagiert.

Nun sehe ich in der Tat, daß sie kein Baum war. Sie ist fort. Ich sehe auch, daß ich nicht bin, was ich zu sein glaubte, einfach ein Teil des Klimas ihres Lebens.

Ich hatte vergessen, was es heißt, das zu leiden, was sie jetzt leiden muß. Es ist nicht ihr Schmerz, der mich erinnert. Es ist mein eigener. Ich werde aus dem Schlaf geweckt von erotischen Träumen von ihr, die ich nie in den Armen gehalten habe, außer um sie zu trösten.

"Behandle mich nicht wie eine Unschuld," sagte Marylin.

Nur meine Träume gehorchen.

Im Wachen sehe ich sie überall, nicht nur in einer vertrauten Geste, einer Linie des Profils, sondern in der dummen, kopflosen Büste in einem Schaufenster, die die Größe und Art von Hemd trägt, das sie sich vielleicht gekauft hätte. Mein Schoß, meine Brüste, die Flächen meiner Hände schmerzen so heftig, daß ich denken könnte, auch das seien Symptome der Menopause, wenn ich nicht einmal, vor langer Zeit, so sehr ähnlich gelitten hätte, aus Liebe zu Justine, einer Frau, die doppelt so alt war wie ich.

Ich kam damals nicht auf den Gedanken, daß es eine Erfahrung war, die wir teilten. Justine hätte es ebensowenig jemals zugegeben, wie ich es jetzt zugeben würde.

"Ich will nichts," sagte Marylin. "Ich meine, ich erwarte nichts von dir . . ."

Sie meint damit nicht, daß mein Körper nichts sei, was ich geben könnte; sie meint, sie will nichts von meinem Leben, als wenn mein Körper so des Lebens ledig wäre wie meine Kleider, Gewohnheiten, Bedürfnisse und Bindungen abwerfen könnte für erotische Freuden, und dann alles ohne Schwierigkeiten wieder anziehen könnte.

"Wir leben im Jahr 1979," sagte Marylin. "Wir brauchen niemandem wehzutun."

Ich nehme nicht an, daß ich mir die damalige Jahreszahl als Verbündete heranzog, als ich vor Jahren auf Marylins Seite der Auseinandersetzung stand und genauso sicher war, daß wir niemanden zu verletzen brauchten. Ich dachte natürlich an andere Menschen, nicht an mich oder Justine, die ich begehrte und liebte, wie es in keinem Verhältnis zu dem stand, was ich seither je empfunden habe . . . bis jetzt.

Damals: Justine war eine Freundin meiner Eltern - nun gut, eigentlich meiner Mutter. Mein Vater mochte sie, aber in den Zeiten, in denen er zu Hause war, entschwand sie in ihr eigenes Familienleben als Frau eines Rechtsanwalts, Mutter großer Söhne. Die Familien kamen nicht zusammen, die Töchter meiner Mutter und Justines Söhne. Justine wollte es nicht. Sie wollte vielmehr der männlichen Welt entfliehen, in der sie lebte.

"Wie wünschte ich mir, ich hätte eine Tochter gehabt," sagte Justine.

Meine jüngeren Schwestern wetteiferten um diesen Platz in ihrem Leben, fühlten sich beraubt mit einer Mutter, die von ihrem Geschlecht so viel weniger begeistert war. Justine half ihnen oft beim Frisieren, schnitt Kleider zu, neckte sie wegen ihrer Freunde. Wo Mutter ärgerlich wurde, war Justine nachsichtig.

"Aber sie sind so hübsch, so lieb. Du hast keinen einzigen Fußball im Haus," sagte Justine.

Obwohl ich oft Platzangst bekam bei den ganzen Apparaturen, die ein Haus voller Frauen zu benötigen schien, beneidete ich doch Justine nicht, die jeden davon überzeugen konnte, daß männlicher Krempel größer war, teurer und schlimmer. Ich dachte, wenn ich meine Lebensform erst einmal wählen könnte, würde ich weder das Chaos der einen noch der anderen Art wollen.

"Ich werde allein leben," sagte ich.

Aber das machte meiner Mutter Sorgen. Wie alles.

"Aber wie schön, niemanden zu brauchen," verteidigte mich Justine, "unabhängig zu sein, sich selbst zu genügen."

Justine erschien mir als sehr scharfsinnige Frau. Ich kann mich nicht mehr erinnern, wann ich beschloß, daß sie auch attraktiv war - vielleicht, nachdem sie irgendeine leicht abfällige Bemerkung über sich selbst gemacht hatte und ich sie mir erstmals genau ansah. Sie war eine von diesen sommersprossigen Blondinen, die goldbraun werden, und sie kleidete sich in stumpfe Goldtöne, - eine Tarnung? Eine Farbe des Feuers. Auch ihre Augen waren golden. Wenn sie voller Zuneigung war, oder wenn sie scherzte, hatte sie eine Art Grollen in der Stimme bei Wörtern wie "Liebling" oder "mein Liebstes", wie sie uns alle nannte.

"Gehst du nicht auf den Ball?" fragte Justine.

"Nein," sagte ich. "Ich glaube, ich bin wahrscheinlich eine Lesbierin."

"Hör auf mit der Klugscheißerei," sagte meine Mutter.

"Nun ja, aber ich finde wirklich, Frauen sind so sehr viel attraktiver als Männer, du nicht, Liebe?" fragte Justine meine Mutter, oder mich, oder die gespannte Atmosphäre zwischen uns.

"Ja," wollte ich ihr leidenschaftlich antworten, oder mindestens du bist es. Aber es gab gar keine Möglichkeit, wie ich von einer schüchternen Kratzbürstigen plötzlich zur Liebenden erblühen konnte, da, vor den Augen meiner Mutter - oder auch vor Justines Augen. Ich hatte keine Ahnung, wie man es machte.

Jetzt kann ich mich fragen, ob Justine in Wahrheit in Mutter verliebt war, ihr Netz auswarf und stattdessen mich einfing, eine tapsige Unschuld, die nicht gewußt hatte, daß es nicht Luft war, was ich atmete, bis meine Lungen davon versengt waren, bis mein Fleisch brannte.

Und wirklich fiel ich in ein Fieber. Ich lag im Bett und flüsterte "Feuer. Feuer." und hörte, wie Mutter zu Justine sagte, ich sei im Delirium. Sie kam zu mir, kühlte mein Gesicht, hob meinen Kopf, damit ich etwas Wasser trinken konnte, grollend und aufmunternd, "Meine Liebste", "Liebling". Den Kopf an ihrer Brust verlor ich das Bewußtsein.

Es war kein Theater, wie jugendliche Liebe so oft hingestellt wird. Weit davon entfernt, meine Gefühle zu übertreiben, versuchte ich erst, mich zu erholen, und dann, mich zu verstecken. Die, die schrecklich verliebt sind, entdecken den Sarkasmus. Als Justine sich darüber beklagte, daß sie alt werde, sagte ich zu ihr, ich sei verrückt nach alten Weibern. Als sie sagte, meine Augen hätten die Farbe des Himmels, sagte ich, ihre wären ein Smogalarm. Als sie sagte, ich sei gut mit Worten, verfiel ich in Schweigen. Als sie mich berührte, schrie ich, "Betatsch mich nicht!". Und berührte mich selbst, um ihre Hände zu erinnern und hatte heimliche Namen für sie: "Athene", "Löwin", "Geliebte" und sah sie überall, in allem Sonnenfarbenen und Heißen und stand Qualen aus, wollte leben und nicht leben. In ihrer Nähe war ich mürrisch, von ihr entfernt verschmachtete ich.

"Weißt du, Liebes, was du wirklich tun solltest? Du solltest dich verlieben. Es ist Zeit," sagte sie.

"Du gibst mir deine Erlaubnis dazu?"

"Natürlich."

"Ich bin verliebt. Ich bin in dich verliebt."

In einem meiner letzten Träume von Marylin umarmte sie mich, aber die Frau in ihren Armen war Justine. Justine sah genauso aus, wie damals, als sie mich zum ersten Mal erkennend angesehen hatte und das Feuer in ihren unbewachten Augen aufflammte. Wenn ich genug gewußt hätte, um sie in diesem Moment in die Arme zu nehmen, hätten wir vielleicht schließlich doch unser beider Leben ruiniert. Alle gescheiterten Liebenden schreiben das Drehbuch um, als ob das eine oder andere sexuelle Detail das Gleichgewicht des Schmerzes hätte umkippen lassen können in Schicksal - ein tragisches, oder ein wundersames.

Wochen später küßte sie mich einmal. Ich erinnere mich noch immer mit einer Intensität daran, die es nicht verdient. Oh, warum nicht? Wieviele Menschen können von sich behaupten, beim erstenmal von jemand geküßt worden zu sein, den sie so vollkommen begehrten, wie ich Justine begehrte? Es war lang, sanft zuerst, dann überraschend; ihr Mund entdeckte so vieles, von dem ich nicht gewußt hatte, daß ich es empfinden konnte. Als sie sich von mir löste, sah sie mich an.

"Ist es das, was du wirklich willst?"

"Ja."

Zehn Minuten aus einem Leben. Zehn Minuten mehr, als ich mit Marylin hatte. Vielleicht war Justine nie ein Mädchen gewesen, das in eine Frau verliebt war und wußte nicht, wie absolut fordernd diese erweckte Lust sein konnte. Sie schützte sich.

"Du weißt, daß ich dich liebe," sagte sie. "Ich weiß, daß du mich liebst; du brauchst es nicht zu beweisen."

"Aber ich will."

Sie schickten mich ins Internat, nicht nur meine Eltern, sondern auch Justine, und dort tat die Abwesenheit ihre mythologisierende Wirkung. Justine war alles, von Madame Bovary bis Lady Macbeth. Ich behandelte alle, die mich an sie erinnerten - von meiner Englischlehrerin bis zur Klassensprecherin - mit kummervoller Zartheit, als wenn sie an Krebs stürben. Es brauchte nicht viel, um mich zu erinnern - ein goldfarbener Pullover, eine Redewendung, irgendein Umriß des Busens. Manchmal saß ich allein da, küßte meinen Handballen und weinte.

Erst gestern etappte ich mich bei dieser vergessenen Geste. Ich fühlte mich so regressiv wie bei der Entdeckung, daß ich wieder am Daumen lutschte. Ich bin nicht nur eine erwachsene Frau, ich bin eine alternde Frau. Hätte Justine solchen Kummer empfinden können, wie ich ihn jetzt empfand?

"Warum gibt es überhaupt keine glücklichen Liebesgeschichten?" fragte meine Mutter einmal Justine, die die wirkliche Frage hinter der Gereiztheit sehr wohl hörte.

"Weil die Ehe ihr Ende ist."

"Ende?"

"Der Liebesgeschichte. Sie verwandelt sich dann in etwas anderes, - Verpflichtungen durch Kinder, Hypotheken, Politik. Nur Liebende, die nicht heiraten können, bleiben Liebende."

"Die Liebe soll dein Leben ruinieren," sagte ich. "Dazu ist sie da."

"Dieser Zynismus," klagte meine Mutter. "Die Menschen können sich doch vernünftig und gesittet verlieben und glücklich sein."

In solchen Augenblicken versuchte ich nicht einmal, Justines Blick aufzufangen. Ich wußte nicht, wie ich um das bitten konnte, was ich wollte, außer indem ich fragte. Man konnte mich leicht zurückweisen, so leicht wie Marylin, die sich ehrenwerterweise mir nicht näherte, während sie ihr Anliegen vorbrachte.

Ich habe mich glücklich, wenn auch nach dem Verständnis meiner Mutter nicht gesittet, verliebt. Was für eine vollkommen andere Erfahrung ist das! Nur bei dem Unerlaubten gibt es eine Ethik der Unschuld, eine Hochherzigkeit, die die Zurückweisung herausfordert. Als ich ein Leben in Händen hatte, um es zu verschenken, empfand ich wenig Skrupel, berührte, plagte, führte in Versuchung und nahm, wie es mir gefiel und tue das immer noch. Und Justine, tat sie das auch? Ich nehme es an. Sie hatte bestimmt genauso wenig die Absicht, wie ich sie jetzt habe, etwas von ihrem Leben aufzugeben für etwas, von dem ich annahm, daß es für sie nicht mehr als ein kleines Amüsement war. Justine war mein Leben, mein ganzes Leben.

Muß Liebe, um das zu bleiben, was wir L i e b e nennen, ungleich sein, oder mindestens aus dem Gleichgewicht? Oder einfach nur unmöglich?

Ich esse und schlafe schlecht. Ich bin reizbar. Und ich kann nicht darüber sprechen. Ich, die gelernt hat, über sexuelle Lust, sexuelle Freiheit mit kampfbereiter Offenheit zu reden, kann nicht einmal Marylins Namen aussprechen. Sie ist nicht mein Leben, nein. Trotzden aber ist sie darin keine beliebige Person. Mein Leben hängt in der Tat davon ab, nein zu sagen - nicht weil sie halb so alt ist wie ich, nicht weil ich treu bin, sondern weil ich sie liebe und immer geliebt habe, und ich würde sie lieber so verlieren, als sie zu behalten. Sie würde mein Leben zerstören und ihr eigenes. Ich verstehe nicht, warum es so furchtbar schwer ist, etwas so Einfaches.

Müßte ich Schuldgefühle haben? Oder Justine? Ich habe ihr niemals etwas übelgenommen außer einem Mangel an sexueller Großzügigkeit. Und verglichen mit Justine bin ich mit Marylin knauserig gewesen.

Ich vermisse sie, aber nicht wie jemand, der fort ist und wiederkommen wird. Ich vermisse sie, als wäre sie tot. Ich bin in tiefer, hilfloser Trauer. Sie kann nicht so lange andauern wie die um Justine - Jahre. Diesmal weiß ich nicht nur, was es ist, sondern ich will es auch nicht. Ich weiß auch, wenn es vorüber ist, werde ich nie mehr so empfinden. Was mir übrigbleiben wird, sind wirkliche Tode, und so sollte es auch sein.

Oh, im Erwachen kann ich versuchen, meiner eigenen Klarheit zu entfliehen, mir ganz rational kurze Ferien, ein

Wochenende, sogar eine Nacht vorstellen - Justine, immerhin, hat mich geküßt und berührt, und ich überlebte, um meine Art von "glücklich-bis-an-ihr-seliges-Ende" zu leben. Wenn ich unfähig bin, Marylin in meinen Träumen umzubringen, warum bin ich dann so unerbittlich, was ihre Verbannung betrifft? Ich könnte es sonst nicht überleben, sie zu verlieren. Und ich muß sie an ihr eigenes Leben verlieren, das nicht am Rand des meinen gelebt werden kann.

Wenn sie in diesem Augenblick durch die Tür käme, mir beiläufig einen Kuß aufs Haar gäbe, wie sie es jahrelang getan hat, mich von einem Sandwich oder einem Schokoladeriegel abbeißen lassen wollte, könnte keine von uns so tun, als lebten wir wieder im Stand der Unschuld. Nicht einmal ich wünsche mir das. Dieses Leiden, diese letzte Liebe wie die erste, ist so unerwartet, so brennend schön - wer wollte da den Garten Eden zurückrufen? Justine liebte mich so. Das ist mein Trost, nach so vielen Jahren zu wissen, daß ich denselben köstlichen Schmerz verursachte, den ich litt. Was ist Marylins Schmerz? Muß sie ebensolange warten, wie ich gewartet habe, während sich ihr Mund mit fremden Zähnen füllt, ihre Sehkraft nachläßt und ihre Schenkel zu welken beginnen, bis irgendein junges Mädchen mein Geheimnis verrät? Mindestens so lange, bis es nichts mehr zu verzeihen gibt, denn erst dann wird sie ihrerseits imstande sein, "Nein" zu sagen.

Vielleicht ist es so schwer, weil es so einfach ist. Marylin.

EIN WIRKLICH NETTER MANN

"Entschuldige, daß ich so spät komme, Liebes," sagte Virginia und mußte erst die dreijährige Clarissa hochheben und umarmen, ehe sie Katherine einen Begrüßungskuß geben konnte. "Mein letzter Patient brauchte nicht nur eine neue Krone, sondern auch eine Klammer für sein gebrochenes Herz. Warum halten die Leute bloß an der Ehe fest?"

"Dein Mantel ist kalt," bemerkte Clarissa nüchtern.

"Meine Nase auch," sagte Virginia und bohrte sie in den Nacken des Kindes. "Du solltest längst gebadet und deine Gutenachtgeschichte gehört haben, und vermutlich ist meinetwegen das Essen angebrannt."

"Nein," sagte Katherine, "wir essen erst um halb acht. Wir kriegen Besuch."

"Wen?"

"Papas neue Freundin," sagte Clarissa. "Und ich darf aufbleiben, bis sie kommt."

"Tatsächlich?"

"Sie hat gesagt, sie müßte mit uns reden," erklärte Katherine. "Sie war ganz okay am Telefon. Na ja, ein bißchen nervös vielleicht, aber überhaupt nicht feindselig. Ich dachte, wir sind ihr das vielleicht schuldig."

"Oder ihm?" überlegte Virginia.

"Oh, dann hätte ich wahrscheinlich nein gesagt," stellte Katherine fest. "Selbst Leute, die ihn nicht gerade heiraten wollen, finden das schon seltsam genug."

"Seltsam an ihm?"

"Sogar er selbst meint, es werfe ein seltsames Licht auf ihn," sagte Katherine.

"Männer haben ein übertriebenes Verantwortungsgefühl an den merkwürdigsten Stellen," sagte Virginia. "Wir können ihr sagen, daß er ein wirklich netter Mann ist, nicht?" Sie sprach nun zu dem Kind.

"Papa sagt, ich weiß nicht, wer meine Mami ist," sagte Clarissa.

"Ah, ja?"

"Ich habe zwei Mamis. Wird Elizabeth auch meine Mami?"

"Könnte schon sein," sagte Virginia. "Was hättest du dann für ein Glück . . ."

"Würde sie dann kommen und mit uns zusammenwohnen?" fragte Clarissa.

"Es sieht so aus, als wollte sie mit Papa zusammenleben," sagte Virginia.

"Das wolltest du zuerst auch," bemerkte Clarissa.

Beide Frauen lachten.

"Baden!" ordnete Virginia an und trug das Kind nach oben, während Katherine in die Küche zurückging, um das Essen vorzubereiten.

Clarissa saß im Schlafanzug auf der Couch und ging mit Virginia ein Bilderbuch von "Alice im Wunderland" durch, als es klingelte.

"Ich mach schon auf," rief Katherine aus der Küche.

Elizabeth stand unter der Haustür, in einem Mantel mit Pelzkragen, und überreichte Fresien.

"Hat er dir gesagt, daß du welche mitbringen sollst?" fragte Katherine lächelnd.

"Er hat gesagt, wir mögen sie alle drei," antwortete Elizabeth. "Aber tun das nicht fast alle Frauen?"

"Ich bin Katherine, Ehefrau Nummer eins."

"Und ich bin Virginia, Ehefrau Nummer zwei," sagte Virginia, die im Flur stand.

"Und ich bin Elizabeth, bis jetzt noch unnumeriert. Und du bist Clarissa."

Clarissa nickte und benutzte dabei Virginias Bein als Pfeiler, um sich anzulehnen, oder sich vielleicht dahinter zu verstecken.

Elizabeth trug, wie die beiden anderen Frauen, sehr gut sitzende Hosen und eine teure Bluse, maßvoll extravagant. Und sie war ungefähr so alt wie sie, dreißig. Es war nicht so, daß sie alle drei gleich ausgesehen hätten, aber sie kamen auf denselben Typ hinaus: alle etwa gleich groß, einen Meter zweiundsiebzig (- er sagte immer, er wäre einen Meter achtzig groß, aber in Wahrheit waren es nur ein Meter siebenundsiebzig -), schmal, aber gut proportioniert, mit seidigen, gutgeschnittenen Haaren und intelligenten Gesichtern. Sie waren alle drei tüchtige und selbstbewußte Frauen, die nur unabsichtlich einschüchternd wirkten.

Virginia schenkte drei Drinks ein und für Clarissa ein kleines Glas Milch. Sie durfte die Salznüsse herumreichen und selbst ein oder zwei davon essen, bis Katherine sie zu Bett brachte.

"Sie sieht aus wie ihr Vater," sagte Elizabeth.

"Ja, sie hat seine wunderschönen Augen," bestätigte Virginia.

"Er weiß nicht, daß ich hier bin," gestand Elizabeth. "Oh, ich habe natürlich die Absicht, es ihm zu sagen. Ich wollte nur nicht, daß es so aussieht, als würde ich ihn groß darum fragen, verstehst du?"

"Er fand ja wirklich, es sei ein Fehler gewesen, daß Katherine und ich uns jemals begegnet sind. Das war natürlich erst, nachdem ich ihn geheiratet hatte. Wir kannten uns schon eine ganze Weile, ehe ich erfuhr, daß er verheiratet war."

"War er ein Patient von dir?"

"Ja."

"Zu mir war er von vornherein ganz offen, was euch betrifft, aber wir haben uns in einer Therapiegruppe kennengelernt, und das ist natürlich ein großer Unterschied."

"Ja?" fragte Virginia. "Ich war nie in einer Therapie."

"Nein?" fragte Elizabeth überrascht. "Ich hätte gedacht, ihr beiden würdet das in Erwägung ziehen."

"Er und ich?"

"Nein, du und Katherine."

"Wir fanden es völlig unkompliziert," sagte Virginia, "als es dann geschah. Es erschien uns als die naheliegendste Lösung."

"Für ihn?"

"Na ja, nein, für ihn natürlich nicht. Für ihn war die Therapie dann schon ein Thema."

Katherine kam wieder ins Wohnzimmer zurück. "So, nun können wir uns wie Erwachsene unterhalten."

"Sie sieht aus wie ihr Vater," bemerkte Elizabeth wieder.

"Sie hat seine schönen Augen." Diesmal war Katherine mit der Antwort dran.

"Ich glaube nicht, daß so ein Treffen vor der Frauenbewegung möglich gewesen wäre," sagte Elizabeth.

"Wohl kaum," stimmte Katherine zu. "Ich bin auch nicht sicher, ob Virginia und ich vor der Frauenbewegung möglich gewesen wären. Wir hätten vielleicht nicht gewußt, was wir tun sollten."

"Er gibt sich Mühe, kein Gegner des Feminismus zu

sein."

"Oh, er war immer recht gut, was solche politischen Dinge angeht. Er hatte nichts gegen meine Karriere," räumte Virginia ein.

"Er war ganz stolz darauf, eine Zahnärztin zu heiraten," sagte Katherine. "Ich glaube, er fand mich immer zu wenig emanzipiert."

"Heute sieht er das nicht mehr so," sagte Elizabeth.

"Das denke ich mir," sagte Katherine.

"Am schwersten wurde er mit den . . . sexuellen Implikationen fertig, die sich daraus ergaben. Er fühlte sich . . . entmannt."

"Früher hat er das krasser ausgedrückt," sagte Virginia.

"Bei Männern nimmt die Sexualität so viel leichter Schaden als bei uns," sagte Elizabeth.

"Wollen wir essen?" schlug Katherine vor.

"Er sagt, du seist eine sehr gute Köchin," sagte Elizabeth zu Katherine.

"Zum größten Teil geht das Essen auf Virginias Konto. Ich hab's nur aus der Tiefkühltruhe geholt," erklärte Katherine. "Ich gehe wieder zur Schule und habe nicht so viel Zeit."

"Ich veranstalte manchmal Kochorgien," sagte Virginia und schenkte den Wein ein.

"Zuerst dachte ich ja, das Ganze wäre so etwas wie eine verrückte Rache von euch gewesen," sagte Elizabeth.

"Zuerst kann da schon so etwas drin gewesen sein," räumte Virginia ein. "Katherine war im sechsten Monat schwanger, als er sie verließ, und sie fühlte sich schrecklich im Stich gelassen. Ich wußte nicht, daß er Vater werden würde - er erzählte mir erst nach Clarissas Geburt davon. Dann hatte ich das Gefühl, ich hätte sie auch betrogen, obwohl ich gar nichts davon gewußt hatte."

"Er meint, er hätte es dir sagen sollen," sagte Elizabeth, "aber er war sehr verliebt in dich und hatte Angst, dich zu verlieren. Er sagt, es sei ihm immer ganz klar gewesen, daß er Katherine und Clarissa finanziell unterstützen würde."

"Nein, ich verdiene ausgezeichnet," sagte Virginia. "Es ist eine ganz klare Sache, daß er Katherine und Clarissa jetzt finanziell nicht unterstützt, falls es darum geht. Er tut's nicht."

"Er sagte, es wäre ihm lieber, wenn er's täte," sagte Elizabeth.

"Er kann Clarissa jederzeit sehen," erklärte Katherine. "Er geht sehr gut mit ihr um. Das war mit ein Grund dafür, daß ich ein Kind wollte: ich wußte, daß er ein brauchbarer Vater sein würde."

"Hattest du irgendwelche Bedenken, ihn zu heiraten?" fragte Elizabeth Virginia.

"Damals? Nur, daß ich es so schrecklich gern wollte," sagte Virginia. "Für Zahnärztinnen ist die Auswahl an heiratsfähigen Männern nicht so sehr groß, es sei denn, es sind Schmarotzer, natürlich. Es ist schmeichelhaft, wenn jemand solche Angst hat, dich zu verlieren, daß er sogar rechtsgültige Schritte zu unternehmen bereit ist. Es sollte eigentlich nicht so sein, aber es ist so."

"Aber später hattest du doch noch andere Bedenken," sagte Elizabeth.

"Ja, sicher, seine Frau und sein Kind," sagte Virginia.

"Warum hat er dich verlassen, Katherine?"

"Weil er Angst hatte, sie zu verlieren. Ich nehme an, er dachte, daß er von mir ohnehin kriegen würde, was er brauchte, weil ich ja sein Kind bekam."

"Warst du damals noch in ihn verliebt?" fragte Elizabeth.

"Muß ich wohl," sagte Katherine, "sonst hätte ich nicht ganz so unglücklich sein können, so verzweifelt. Ich war verzweifelt."

"Man kann sich ja auch leicht in ihn verlieben," sagte Virginia. "Er ist ein sehr attraktiver Mann."

"Er hat mich gefragt, ob ich lesbisch sei," sagte Elizabeth. "Ich erklärte ihm, daß ich das mit Sicherheit nicht glaubte. Ich war schließlich in i h n verliebt. Er sagte, das wären zwei andere Frauen auch schon gewesen - verliebt genug, um ihn zu heiraten - aber sie wären trotzdem beide lesbisch gewesen. Und es könnte ja sein, daß er nur auf Lesbierinnen wirkte, auch wenn die Frauen gar nichts von ihren Neigungen wüßten. Er hat sogar vorgeschlagen, daß ich vielleicht versuchen sollte, mit einer Frau ins Bett zu gehen, bevor ich mich entscheide."

Es entstand eine Pause. Weder Katherine noch Virginia versuchten, sie zu überspielen.

"Wußte es eine von euch beiden . . . vorher?"

Katherine und Virginia sahen sich an. Dann sagten sie, "Nein."

"Er hat sogar Angst, daß er Frauen zu Lesbierinnen macht," sagte Elizabeth.

Virginia und Katherine lachten beide, aber es klang nicht unfreundlich.

"Hast d u in d e m Punkt deine Bedenken?" fragte Katherine.

"Es klingt verrückt," sagte Elizabeth, "aber . . ."

Wieder warteten die beiden Gastgeberinnen.

"Ich weiß, das klingt wahrscheinlich sehr unemanzipiert und altmodisch, aber ich glaube, ich könnte es nicht ertragen, lesbisch zu sein, zu entdecken, daß ich lesbisch bin; und wenn da wirklich etwas an ihm ist, das Frauen dazu bringt . . . Wie könnt ihr es denn ertragen, daß ihr miteinander lebt, statt mit ihm?"

"Aber daß du lesbisch bist, merkst du erst, wenn du dich verliebst," sagte Katherine, "und dann ist es ganz natürlich, daß du mit dem Menschen zusammenleben willst, den du liebst."

"Es ist so seltsam, was mit mir passiert. Je sicherer ich bin, daß ich in ihn verliebt bin, desto besessener lese ich alles, was ich übers Lesbischsein finden kann. Es ist fast so, als hätte ich mich w i r k l i c h in eine Frau verliebt, und das ist absurd."

"Ich glaube eigentlich nicht, daß er irgend etwas Seltsames an sich hat," sagte Katherine.

"Es zieht einen einfach so natürlich dahin, man kann sich so gut mit einer anderen Frau identifizieren," sagte Virginia. "Als ich Katherine endlich begegnete, kam mir das, was er wollte und brauchte, ganz lächerlich vor."

"Aber er wollte doch d i c h," protestierte Elizabeth.

"Auf Kosten von Katherine und Clarissa, und schließlich - was war ich denn schon? Eben die nächste Frau."

"Eine emanzipierte Frau," sagte Katherine.

"Damals noch nicht, nein," sagte Virginia.

"Ich habe mich zu keiner von euch beiden natürlich hingezogen gefühlt," protestierte Elizabeth. "Zuerst war ich nicht mal neugierig. Aber er ist immer noch so besessen von euch - er hat solche Angst, wieder verraten zu werden, daß ich dachte, ich müßte ihm irgendwie helfen, ihn beruhigen, genug begreifen, damit ich ihm klarmachen kann, daß er wirklich nichts Seltsames an sich hat, wie ihr sagt . . . oder ich vielleicht."

"Ich bin sicher, da ist nichts," sagte Katherine beruhigend und griff nach Elizabeths Hand.

Virginia stand auf, um den Tisch abzuräumen.

"Mama!" ertönte Clarissas schlaftrunkene und gebieterische Stimme.

"Ich geh schon," sagte Virginia.

"Aber ich glaube nicht, daß du das so meinst, wie ich möchte, daß du's meinst."

"Vielleicht nicht," gab Katherine zu.

"Er sagt, er hätte dich niemals verlassen sollen. Es sei völlig falsch gewesen, und wenn er jemals wieder heiraten würde, dann deswegen, weil er eine endgültige Bindung eingehen wollte - aber was dann, wenn seine nächste Frau herausfindet, daß sie ihn doch nicht will, wie Virginia?"

"Ich nehme an, das Risiko geht jeder ein, wenn er heiratet," sagte Katherine.

"Meinst du, ich sollte ihn heiraten?"

Katherine hielt weiter Elizabeths Hand und schaute ihr eindringlich in die Augen, aber sie antwortete nicht.

"Du glaubst d o c h, daß mit ihm irgendwas nicht stimmt."

"Nein, ehrlich nicht. Er ist ein wirklich netter Mann. Nur - manchmal denke ich, daß das nicht reicht - nicht, wenn man andere Möglichkeiten hat."

"Was für andere Möglichkeiten?"

"Du hast doch deinen Beruf, oder?"

"Ich lehre an der Universität, wie er."

"Dann kannst du dich selbst ernähren."

"Das ist nicht immer so toll wie es klingt."

"Die Ehe auch nicht," sagte Katherine.

"Und das hier?" fragte Elizabeth mit einem Blick in die Runde.

Virginia kam gerade ins Zimmer zurück.

"Es ist nicht im mindesten so schwierig, wie manche Leute es darstellen möchten."

"Clarissa wollte wissen, ob ihre neue Mutter noch da ist."

"Ach du meine Güte," sagte Elizabeth.

"Ehe du kamst, wollte sie wissen, ob du dann auch ihre Mutter bist und hier einziehst."

Elizabeth lachte und sagte, "Oh Gott, genau das will er auch wissen."

Sie setzten sich wieder ins Wohnzimmer und tranken ihren

Kaffee.

"Es ist sicher wunderbar, Zahnärztin zu sein. Du kannst wenigstens den ganzen Tag über die Leute daran hindern, dir ihre Probleme zu erzählen," sagte Elizabeth.

"Das ist nicht so leicht wie's scheint," sagte Virginia.

"Er sagt, du bist der beste Zahnarzt, den er je hatte. Seinen jetzigen Zahnarzt haßt er."

"Ich war immer so froh, daß er sich nicht in seine Studentinnen verliebte, wie so viele andere Männer," sagte Katherine.

"Vielleicht wäre er dann besser dran," sagte Elizabeth mit düsterem Spott. "Er sagt, er fühlt sich nicht davon bedroht, daß ich mehr veröffentlicht habe als er. Er hatte ja auch zwei Frauen und ein Kind, während ich einfach immer weitergearbeitet habe - aber er meint das wirklich so. Weiß er, was er sagt?"

"Wir machen schließlich alle neue Erfahrungen, nicht?" fragte Virginia.

"Aber was sollen die Männer denn machen, wenn am Ende keine von uns sie mehr heiratet?" fragte Elizabeth.

"Das kann ich mir kaum vorstellen," sagte Katherine.

"Du kannst dir nicht vorstellen, was sie dann machen werden?"

"Nein, ich kann mir nicht vorstellen, daß alle Frauen nein sagen. Wir brauchen ja nur uns als Beispiel zu nehmen."

"Kurz und gut," sagte Virginia, "bist du teilweise deswegen hergekommen, weil du sehen wolltest, ob du überhaupt Ähnlichkeit mit uns hast?"

"Ich vermute es," sagte Elizabeth.

"Und?"

"Tja - ihr seid keine Überraschung für mich - und das überrascht mich sehr."

"Tut es dir leid, daß du ihn geheiratet hast?" fragte Virginia Katherine.

"Wie könnte es das? Da ist schließlich Clarissa, und du. Tut es dir leid?"

"Jetzt nicht mehr," sagte Virginia, "wo ich den Schaden wieder gutmachen konnte."

"Und jeder weiß," sagte Elizabeth, "daß du weiß Gott die freie Wahl hattest."

"Ja," stimmte Virginia zu, "so ist es."

"Aber ich hatte das Gefühl, daß ich gar nicht wählen

konnte," sagte Katherine. "Das war schon demütigend für mich."

"Elizabeth unterscheidet da," sagte Virginia, "zwischen dem, was jeder weiß, und dem, was jede von uns weiß. Deine persönliche Demütigung teilte ich natürlich, wie alle Frauen das notwendigerweise tun."

"Wieso?" fragte Elizabeth heftig.

"Nicht genug an den eigenen Wert zu glauben, ist demütigend," erklärte Virginia.

"Aber er glaubt doch auch nicht genug an seinen Wert," sagte Elizabeth. "Er glaubt nicht mal so recht, daß er ein Mann ist."

"Ich habe nie daran gezweifelt, daß ich eine Frau bin," sagte Katherine.

"Das ist keine Kunst," sagte Elizabeth. "Du hast ja auch ein Kind."

"Er doch auch," gab Katherine zurück.

"Aber er war zu unreif dafür, das sagt er selbst. Tut er euch überhaupt nicht leid?"

"Doch," sagte Katherine.

"Natürlich," sagte Virginia.

"Er ist furchtbar verletzt worden. Er ist zerstört worden," sagte Elizabeth.

"Was meinst du: macht ihn das weniger attraktiv - oder mehr?"

"Ach, verdammt - weniger natürlich," schrie Elizabeth. "Und wer ist schuld daran?"

Keine der beiden anderen antwortete.

"Er ist nicht nur Second-Hand-Ware - er ist Ware aus dritter Hand," sagte Elizabeth.

"Fangen die Frauen jetzt an, sich darum Sorgen zu machen, ob ihre Männer noch jungfräulich sind?' fragte Katherine. "Wie bemerkenswert."

"Warum bist du in die Therapie gegangen?" fragte Virginia.

"Ich weiß es kaum noch," sagte Elizabeth. "Ich war gleich so sehr in seine Probleme verwickelt, von Anfang an. Auf dem allerersten Gruppenabend sagte er, daß ich ihn irgendwie an seine Frauen erinnere."

"Vielleicht bist du deswegen hingegangen," schlug Katherine vor.

"Ihr denkt, ich wäre verrückt, wenn ich ihn heirate, oder nicht?" wollte Elizabeth wissen.

"Warum sollten wir?" fragte Virginia. "Wir haben's doch schließlich auch beide getan."

"Das ist nicht gerade beruhigend," sagte Elizabeth.

"Du bist unzufrieden mit uns," sagte Katherine entschuldigend.

"Nein, eben nicht," sagte Elizabeth traurig. "Ich suche jemand, der mir den guten Rat gibt . . . einen Fehler zu machen. Warum solltet ihr?"

"In der Tat . . . warum?" fragte Katherine.

Sie umarmten einander herzlich, als Katherine ging.

"Vielleicht kann ich einmal wiederkommen?" fragte sie unter der Haustür.

"Natürlich," sagte Katherine.

Als sich die Haustür geschlossen hatte, umarmten Katherine und Virginia einander.

"Er wäre viel glücklicher, wenn er wieder heiraten würde - für eine Weile jedenfalls," sagte Katherine.

"Natürlich," stimmte Virginia zu, und man hörte ihr an, daß sie ein wenig Mitleid mit ihm hatte. "Aber wir konnten doch eine wirklich nette Frau wie Elizabeth nicht dazu ermutigen . . ."

"Das ist das Problem, nicht wahr?" sagte Katherine. "Genau da liegt's."

"Sie wird ihn trotzdem heiraten," prophezeite Virginia. "Für eine Weile."

"Und ein Kind kriegen?" fragte Katherine.

"Und sich in seine nächste Frau verlieben," fuhr Virginia fort.

"Er hat wirklich nichts Seltsames an sich," sagte Katherine.

"Es tut mir leid, daß er seinen neuen Zahnarzt nicht mag."

"Er hätte dich nie heiraten sollen."

"Nein, wirklich nicht," bestätigte Virginia. "Dann könnte ich mich wenigstens weiter um seine Zähne kümmern."

Damit beendeten sie das Thema, gingen zusammen nach oben und schauten nach seinem Kind, daß so reichliche Mutterliebe genoß. Es schlief ganz fest, und so gingen auch sie in ihr Bett, das freundlich auf sie wartete.

ESSAYS

SEXUALITÄT IN DER LITERATUR

Ich habe das akademische Leben schon lange genug hinter mir, um aus der Begriffsdefinition keinen Fetisch mehr zu machen; doch das Wort 'erotisch', nach dem Lexikon einfach "sich auf sexuelle Liebe beziehend", hat für viele Leute auch eine pejorative Bedeutung. Von erotischer Literatur wird erwartet, daß sie sexuell erregt, und deshalb ist sie, mindestens für einige Menschen, "obszön", gegen Sitte und Anstand gerichtet. Erotische Sprache ist "schmutzige" Sprache. Obwohl es ganz eindeutig Institutionen gibt,die an unserer Prüderie und Zimperlichkeit gegenüber der Sexualität Schuld tragen, gibt es - auch ohne die jahrhundertelange Unterdrükkung durch die Kirche - fundamentale Unklarheiten und Doppeldeutigkeiten in unserer Natur und Beschaffenheit, die uns jene unschuldige und einfache Sexualität, von der wir uns vorstellen können, daß sie da draußen, jenseits all der negativen Moralität existiert, nie erlauben würden. Es ist hier nicht meine Absicht, die komplexen Beziehungen zwischen unserer sexuellen und unserer sterblichen Natur zu erörtern; ich will nur darauf hinweisen, daß ein Körper, von dem wir wissen, daß er zum Sterben bestimmt ist, niemals ein einfaches Spielzeug sein kann, noch wird die Sprache, die wir dazu benutzen, unsere Sexualität auszudrücken, jemals ohne diese Ironie sein. Und als ob das nicht schon problematisch genug wäre, hat vieles von dem, was sexuell ist, nichts mit Liebe zu tun, noch auch nur, für beide oder alle Beteiligten, mit Genuß. Es ist ganz offenkundig, warum die erotische Sprache so oft Bilder und Metaphern aus dem Bereich der Jagd entlehnt, warum Kate Milletts "Sexual Politics" eine unserer vielbenutzten Definitionen geworden ist. Eine Sprache, die hinreicht, unser sexuelles Erleben auszudrücken, muß imstande sein, weit kompliziertere Handlungen zu beschreiben als das Eindringen von Penis oder Finger in die Vagina, und diese Sprache wird in den Leser/innen Mitleid und Entsetzen ebenso auslösen wie Genuß, wenn sie über dieses Erleben etwas Wahres sagt.

Für viele Schriftsteller ist die Frage erotischer Handlungen und Sprache an den persönlichen Geschmack oder die persönlichen Hemmungen gebunden. In der Dichtung, in dichterischer oder autobiographischer Prosa hat die Schriftstellerin die schwere, aber eindeutige Aufgabe, ihre eigenen Vorlieben und Tabus in einer Sprache niederzulegen, die plastisch und metaphorisch genau und mindestens für sie selbst reizvoll ist.

Deshalb bezieht sich Adrienne Rich in "The Dream of a Common Language" ganz besonders auf ihre eigene Erfahrung, eine andere Frau zu lieben. Unter einundzwanzig Gedichten gibt es nur eines, "The Floating Poem. Unnumbered.", daß sich auf Sexuelles konzentriert. Sogar hierin vermeidet sie die Bezeichnungen der meisten geschlechtlichen Teile des Körpers. Stattdessen gibt es da den "halbgekräuselten Wedel des Farns" und die "rosennasse Höhle". Monique Wittig andererseits füllt in "Der Lesbische Körper" die Seiten eines Buches mit den Teilen des weiblichen Körpers mit der Akribie einer Medizinstudentin und der Leidenschaft einer verschlingenden Liebhaberin, bis jeder Knochen, Muskel, Nerv, jede Drüse, jede Sekretion in einer endlosen Zergliederung in sexueller Raserei erotisiert sind. Während Adrienne Rich es vorzieht, "einmal zu lieben/mit all meiner Intelligenz" und deshalb das Quälende, das Schuldbeladene, das Furchtbare so gut sie kann von sich weist oder sich auf die Armeslänge der Rationalität vom Leibe hält, um es zu verstehen und zu beherrschen, dringt Monique Wittig in das Erlebnis ein und läßt die ganze katholische Energie des Abscheus, den kannibalischen Drang, die Zärtlichkeit und das Staunen einfach zu. Zwischen diesen Extremen befinden sich eine ganze Reihe autobiographischer Autorinnen in dem Prozeß, ihre sexuellen Erfahrungen so intensiv und deutlich zu beschreiben wie sie können. Kate Millett kann in "Sita" ausschweifend romantisch sein, biblisch in ihrem Sprachrhythmus, und dann mit harter politischer Faust zuschlagen. "Ich bin ihre Möse, und gegen meinen Willen sage ich ihr das, sklavisch, von ihr besessen, offen, ein Ding, das benutzt werden kann."

Obwohl alle drei Autorinnen lesbisch sind und über die sexuellen Erfahrungen zwischen Frauen schreiben, macht nur Adrienne Rich den Versuch, unter den Bedingungen einer Beziehung zwischen zwei Gleichen zu schreiben und zu leben. Für sie ist daher das Problem der erotischen Sprache ein schwerwiegendes, weil die geschlechterpolitischen Konnotationen sexueller Wörter wie "Möse" dieser Erfahrung fremd sind. Sowohl Monique Wittig wie Kate Millett beschreiben Beziehungen, die einen Machtkampf beinhalten - dieser findet nicht nur zwischen den Liebenden, sondern auch innerhalb jeder Einzelnen statt, die zugleich sklavische Anbeterin und Verschlingerin sein will, als wäre die Geliebte eine Manifestation dessen, was wir heilig nennen und deshalb essen. Sie haben reiche Quellen erotischen Verhaltens und erotischer Sprache, da so vieles im Mythos bereits ungleiche Liebe verkörpert - die Verwandlung der Geliebten in Tier oder Baum - da alle schon vorhandene sexuelle Sprache die Farben der Herrschaft, der Anbetung und des Todes in sich trägt. Doch kann von den dreien eben die Kargheit von Adrienne Richs Sprache für "eine ganze neue Dichtung, die hier beginnt" im Geist, der vom Körper ungeschieden ist, Begehren erwecken, die Sehnsucht nach einer Lösung, die weder Vereinigung noch Tod heißt.

Es ist vermutlich offensichtlich, daß für mich Adrienne Rich die Autorin ist, die etwas Neues und Wichtiges zu sagen hat, aber als Schriftstellerin kann ich von den beiden anderen ebensoviel lernen. Für die Romanautorin beschränkt sich das Problem erotischen Verhaltens und erotischer Sprache nicht auf die persönlichen Vorlieben oder die persönlichen Tabus. Ebensowenig wie eine Romanautorin allen ihren Charakteren ihre eigenen Wesenszüge, Bedürfnisse und Stimmungen gibt, ebensosehr variiert die sexuelle Wesensart der Charaktere, und die Autorin, die sich darauf einläßt, sich mit diesem Aspekt ihrer Figuren zu beschäftigen, mag oft in die Situation kommen, mit Dingen konfrontiert zu werden, die ihrem eigenen Geschmack und ihrer moralischen Grundhaltung zuwider laufen, oder mindestens muß sie eine sehr schwierige Gratwanderung zwischen den Anforderungen der Ästhetik und denen der Wahrheit vollführen.

Es gibt Argumente dafür, das Problem gänzlich zu vermeiden - von jenen, die Sexualität verneint oder wenigstens geheimgehalten sehen wollen. Es gibt Argumente für eine teilweise Zensur, sowohl aus politischen wie aus moralischen Gründen. Es gibt Lesben, die keinen Anlaß sehen, irgend etwas über männliche oder heterosexuelle Erfahrung zu schreiben. Eine steigende Zahl von Frauen plädiert für die Zensur solcher erotischer Materialien, die Frauen und Kindern Gewalt antun, und sie sind willens, Freiheiten zu opfern, um Zügellosigkeiten zu verhindern.

Für jeden, der sich auch nur mit einem beschränkten Bereich von Sexualität beschäftigt, gibt es vieles, das ausbeuterisch ist und Mißbrauch treibt, sowohl in der Phantasie der Menschen wie in ihrem Verhalten. Wenn wir uns jemals selbst als sexuelle Wesen begreifen werden, werden mindestens einige Romanautoren und Biographen - und auch Sexologen - lernen müssen, mit dem sexuellen Erleben sorgfältig und präzise umzugehen, indem sie den Unterschied zwischen Phantasie und Realität, zwischen dem, was sein sollte und dem, was ist erkennen. Wissen ist eine kollektive Unternehmung. Ohne Wissen ist Verstehen unmöglich. Unwissenheit ist nur zu oft eine mörderische Schwachstelle.

Nachdem ich entschieden habe, daß ausdrücklich Sexuelles in meiner Arbeit manchmal notwendig ist, und da ich die Art Romanautorin bin, die sich eines Erfahrungsbereichs bedienen muß, der oft außerhalb meines eigenen liegt, bin ich solchen Autorinnen wie den drei erwähnten besonders dankbar, denn sie eröffnen Bereiche von Erfahrungen und Haltungen, die mein eigenes Leben vermutlich nicht einschließt. Ebenso dankbar muß ich jenen Schriftstellern sein, die Kate Millett in "Sexual Politics" so sachkundig entlarvt hat, dankbar dafür, daß sie mir echten Einblick in die mißbrauchende Gewalttätigkeit geben, die einige Männer Frauen gegenüber haben, denn wenn ich einmal die Erfordernisse meines Handwerks voraussetze, kann es sein, daß ich mich eine Weile lang im Kopf eines solchen Mannes aufhalten muß. Dort muß ich bereit sein, eine Sprache zu gebrauchen und Ansichten zu vertreten, die für ihn authentisch sind - so sehr sie mir auch widerstehen mögen.

Ich erinnere mich, wie überrascht ich war, als man mich kurz vor der Veröffentlichung meines ersten Romans davon in Kenntnis setzte, daß ich für manches, was meine Romanfiguren sagten, gerichtlich belangt werden könnte. "Aber ich bin oft gar nicht mit dem einverstanden, was sie sagen," protestierte ich. Dem Rechtsanwalt war es jedoch völlig egal, daß ich einen deutlichen Unterschied zwischen meiner eigenen Stimme und denen meiner Figuren machte. Und, wie ich inzwischen herausgefunden habe, vielen meiner Leser/innen auch. Eine Freundin auf Galiano versuchte mich gegen jemand zu verteidigen, der gegen die "unflätige" Sprache in "The Young in One Another's Arms" Einspruch erhob; sie sagte: "Aber Jane spricht nicht so. Bloß ihre Romanfiguren." Und ich hörte, daß das klang wie jene Art von Verteidigung, die mein Bruder vorbrachte, als er drei oder vier Jahre alt war und ständig beschuldigt wurde, schon wieder etwas zerbrochen, aufgegessen, nicht aufgegessen zu haben. Er schob das dann immer auf "zwei Bären". Alles, dem ich in meiner Romanwelt Lebensrecht einräume, fällt unter meine Verantwortung.

Eine inhaltliche Zensur ist keine Lösung. Wenn man so tut, als gäbe es keine selbstgerecht-gewalttätigen Männer, verschwinden sie deshalb noch nicht. Der aggressive Mann und die masochistische Frau sind die Geschlechtsnormen unserer Gesellschaft. Als Clichés beeinflussen sie reale Männer und Frauen in ihren Beziehungen zueinander. In Romanen, Theaterstücken und Filmen unkritisch vorgeführt, können sie die Akzeptanz gewalttätigen und unterwürfigen Verhaltens untermauern und verstärken. Wenn man sie völlig der Zensur unterwirft, erhalten sie eine andere Art von Freiheit, nämlich die, im Verborgenen weiterzuexistieren, genau wie der Großteil der Kindesmißhandlungen.

Die moralische Grundeinstellung drückt sich für den Romanautor nicht so sehr im Inhalt aus, als vielmehr in der Handlungsstruktur der Erzählung, und vielleicht sind deshalb die Romanautoren in unseren moralisch verwirrten Zeiten oft so furchtsam, was Handlungsabläufe angeht. Wer im Roman materiell belohnt, wem Liebe zuteil wird, wer leben darf, das sind stärkere Argumente als seitenlanges Predigen. Echte Propagandisten sind immer hervorragende Handlungskonstrukteure. Dickens, der unschuldige Kinder umbringt, um in seinen Lesern soviele Schuldgefühle zu wecken, daß sie sich bessern, ist ein klassisches Beispiel. In der Betrachtung eines Systems von Belohnung und Strafe kann jene Erleichterung und Befriedigung liegen, die wir im wirklichen Leben so sehr vermissen, daß wir uns als Ersatz Himmel und Hölle erfunden haben. Welch sadistisches Vergnügen hatte Dante daran, alle seine persönlichen und politischen Feinde durch eine Hölle seiner eigenen Erfindung zu schleifen, und doch wird er nie mit de Sade auf eine Stufe gestellt, als Mann mit perversen Neigungen. Sogar ich, nicht katholisch, in einer nur dem Namen nach christlichen Familie aufgewachsen, in der die Vernunft die Oberhand über ein System von Belohnungen und Strafen hatte, war so affiziert von Dantes eigens erfundenen Torturen, daß ich mir seine brennenden Bilder erst einmal aus meinem homosexuellen Herzen herausschreiben mußte, ehe ich mich vernünftigeren Vorstellungen zuwenden konnte. In meinen Romanen widersetze ich mich streng moralischen Konsequenzen. Ich bringe Leute so wenig gern um, daß die Opfer eines so schwerwiegenden Urteils anfangen, ganz unnatürliche Mengen von Mitgefühl herauszufordern, um sich gegen einen solchen Mord an einer Figur zur Wehr zu setzen. Und genau so sollten Romanfiguren auch handeln, wenn sie mehr sind als nur ein Sprachrohr für eine Überzeugung. In diesen moralisch verdächtigen Zeiten ist es in der Literatur wie im Leben gleich gefährlich, Märtyrer zu schaffen. Ich lasse meine Figuren so sehr immer noch am Leben und lasse ihnen so viele Entscheidungsmöglichkeiten offen, daß mir oft Leserinnen schreiben und mir Fortsetzungen vorschlagen, in denen der Gerechtigkeit endlich Genüge getan wird. Und oft wollen sie nicht jene Figuren belohnen, die ich wählen würde und nicht die bestrafen, die ich am tadelnswertesten finde.

Sich der Verurteilung im Handlungsablauf zu widersetzen ist nicht nur eine Sache von Zimperlichkeit, Unsicherheit oder Mangel an Verantwortungsgefühl. Es ist, in meinem Fall, der Widerstand gegen Fehler und Lügen, besonders in der Sphäre erotischen Erlebens. Nehmen wir einmal ein einfaches Beispiel für eine Lüge dieser Art: Männer respektieren - das heißt, heiraten - keine Frauen, die sexuell großzügig sind. Sogar vor der Pille war die Ehe nicht immer die Belohnung der Tugendhaften; nahezu ebenso oft war sie das Resultat von Schwangerschaft, eine Falle, als deren Opfer man die Männer betrachtete, und deshalb gestattete man ihnen ein bestimmtes Maß an Rache, harter ökonomischer Herrschaftsausübung, Vergewaltigung in der Ehe, betrunkener Brutalität. Jetzt, wo die Frauen größere Kontrolle über ihren eigenen Körper und größere Chancen zu materieller Unabhängigkeit haben, fürchten sie zunehmend die Falle der Ehe und verstehen, wie sie es vorher, als sie weniger Wahlmöglichkeiten besaßen, nicht taten, daß sie die wahren Opfer jener Institution sind, für die man sie so hart zu arbeiten gelehrt hat, damit sie ihrer würdig seien. Romanliteratur, die damit fortfährt, Frauen mit der Ehe zu "belohnen", dient einer Moral, die ich ablehne. Trotzdem heiraten einige meiner Romanfiguren hoffnungsvoll und mit dem

Gefühl, belohnt zu werden. Eine davon ist sogar Jungfrau (- und wahrscheinlich frigid.) Ich versuche, über die reale Welt zu schreiben, in der die Menschen oft von den lächerlichsten moralischen Normen beeinflußt sind, und mir geht es mehr darum, sie zu verstehen, als sie zu verurteilen. Die Ehe steht nicht am Ende eines Buches oder einer Geschichte. Es bleibt immer noch genug Zeit für Ironie. Meine Verantwortung, wie ich sie sehe, besteht nicht darin, die Welt zu zeigen, wie sie sein sollte, sondern wie sie ist. Verständnis ist ein unvollkommenes Werkzeug von begrenzter Wirksamkeit, wenn es darum geht, etwas zu beherrschen oder zu verändern, aber es kann uns die Entscheidungsmöglichkeiten des Zynikers oder der Liebenden in weniger entstellten Formen zeigen als alles, was Dante oder Dickens uns bieten.

Mit den Lügen über das sexuelle Erleben fertig zu werden, indem man offenkundige Kunstgriffe im Handlungsablauf vermeidet, ist einfacher, als sich mit Problemen der erotischen Sprache auseinanderzusetzen. Das Vokabular der sexuellen Liebe ist männliche Munition für den uralten Krieg. Sogar die medizinischen Ausdrücke, die für Teile des weiblichen Körpers benutzt werden, wie 'Vagina' (Scheide/Schwertscheide) und 'Clitoris' (von 'zumachen' oder 'verstecken') machen nur den männlichen Gebrauch davon anschaulich. Die meisten vulgären Ausdrücke, wie 'boobs' (Titten), schaffen es nicht nur, weibliche Brüste zu bezeichnen, sondern gleichzeitig etwas Wertloses (booby prize = Trostpreis) und Gefährliches (booby trap = Tretmine) zu bedeuten. Frauen benutzen für sich selbst Ausdrücke wie 'spitz sein' und 'rammeln', obwohl keiner davon ihre eigene physische Erfahrung beschreibt. Am Anfang mag es noch einen gewissen Sinn gehabt haben, männliches Vokabular, zu übernehmen, um es dem exklusiven Gebrauch durch die Männer zu entziehen. Eine Standardverteidigung gegen negativen Slang besteht darin, daß die beschimpfte Gruppe ihn übernimmt und sich positiv damit identifiziert, wie etwa im Fall von "Lesbe" oder "Tunte".

In letzter Zeit gibt es Versuche, die Sprache dazu zu bringen, für das Weibliche einzutreten. In "Lesbian Tide" lese ich den Ausspruch, daß manche Frauen 'Clit' haben, die weibliche Entsprechung für 'Eier'. Manchmal ist es vielleicht sinnvoll, Wörter zu übernehmen und uns entsprechend umzudeuten, aber oft scheinen sie eher zu den sexuellen Erfahrungen zu passen, die ebensoviel mit Macht wie mit

Lust zu tun haben und in ihrer Erregung etwas Beleidigendes mittragen. Aus dem Mund einiger meiner Figuren wie aus dem ihrer Schiedsrichter behalten solche Wörter ihre Doppeldeutigkeit. Eine meiner Figuren, selbst Schriftstellerin, grübelt über die Begrenztheit erotischer Sprache nach:

> Das Problem ist, daß ich für meinen oder Roxannes Körper überhaupt keine Sprache habe. Ich mag nicht darüber schreiben, wie ich ihr Arschloch befingere, das sich mir dann sofort als kriegslüstern-dummer Mann personifiziert, als surreales Genie, ein metaphorischer Furz, der ausströmt aus diesem . . . Anus? Ich denke an Lakritze, das ich nicht mag. Wir machen soweit wie möglich Liebe, ohne Hauptwörter zu gebrauchen, sprechen stattdessen in Hinweisen. "Da." "Hier?" "Ja, da." Angemessen für die Tatsache zweier sehr gegenwärtiger und sichtbarer Körper, die sich wunderbar gut kennen, in der Wirklichkeit ebenso wie im Umgang, aber ein Liebesbrief, der nur aus Adverben besteht, ist lächerlich. Gertrude Stein hat versucht, eine neue Sprache fürs Liebemachen zu erfinden, doch das war eher ein Code, den man knacken mußte. Stell dir die Begrenztheit dieser Sprache vor, wenn die Gelehrten sich heute noch darüber streiten, ob "Kuh" da nun "Kot" oder "Orgasmus" bedeutet.

Nun, ein adäquates Liebesgedicht ist mit Adverben geschrieben worde. Hier ist eines von Phyllis Webbs "Nackten Gedichten":

> Und
> hier
> und hier und
> hier
> und über und
> über deinen Mund

Ich habe Mitleid mit dem Gefühl meiner Romanfigur, eine Niederlage zu erleben, bin aber am Ende nicht gewillt, es zu teilen. Sie, wie Getrude Stein, kämpft um eine Sprache, in der frau Liebe machen kann; das ist nur eine, wenn nicht sogar die geringste der Angelegenheiten, die mich beschäftigen. Jetzt, wo unser sexuelles Erleben uns mehr und mehr als Gegenstand des Nachdenkens zugänglich wird, müssen wir unsere Sprache ausdehnen, um unser neues Bewußtsein auszudrücken, bis wir für Sexualität soviele Wörter haben, wie die Eskimos sie für "Schnee" haben, jenes alles beherrschende, schöne und tödliche Klima, in dem wir alle leben.

SEXUALITÄT LEHREN

Der Aufruhr, den der Artikel "Männer, die Jungen lieben, die Männer lieben" in "Body Politic" verursacht hat, konfrontierte mich mit schwierigen politischen Fragen. Einerseits mißbillige ich repressive Polizeiaktionen, die nicht nur geeignet sind, jede Diskussion über sexuelle Aktivitäten zwischen Angehörigen verschiedener Generationen zu ersticken, sondern auch dazu, jeden einzuschüchtern, der die Zeitung abonniert hat. Die Abonnentenliste, Korrespondenzen und andere Schriftstükke wurden ebenso beschlagnahmt wie die Ausgabe der Zeitung, in der der Artikel erschienen war. Andererseits verstehe ich die Wut auf die sexuelle Ausbeutung, die Männer nicht nur Kindern beiderlei Geschlechts, sondern auch Frauen und anderen Männern gegenüber betreiben und für deren Genüsse geworben zu haben "Body Politic" in einigen Fällen beschuldigt werden kann. Ich bin davon überzeugt, daß die Zensur einer ernsthaften Diskussion unkonventioneller sexueller Beziehungen nichts dazu beiträgt, jene zu schützen, die ausgebeutet werden könnten. Zu prüfen, zu streiten ist der einzige Weg, Gebiete menschlichen Erlebens zu erreichen, die entweder durch Tabuisierung oder durch Verherrlichung entwürdigt worden sind.

Als Gesellschaft haben wir solche Angst vor der sexuellen Initiation, daß wir so tun, als fände sie nicht statt, wenn wir sie nur ignorieren. Was wir wirklich wollen, ist Unwissenheit darüber, wann oder wie sie doch stattfindet. Wir machen unseren Kindern keine Angst mehr mit der Drohung, auf Masturbation folgten Wahnsinn und Tod. Stattdessen wird die Masturbation genauso betrachtet wie Nasebohren, Rülpsen, Furzen - als etwas, das man nicht in der Öffentlichkeit tut, selbstredend als etwas, das nette Menschen überhaupt nicht tun. Aber wir geben unseren Kindern genügend privaten Freiraum, so daß das schuldbeladene Vergnügen nicht nur allein entdeckt und praktiziert werden kann, sondern auch in Gesellschaft anderer unbeaufsichtigter Kinder. Wenn man die Kinder erwischt, schimpft man vielleicht mit ihnen; sexuell aggressive Kinder werden womöglich verfemt, aber es ist nicht mehr, wie früher, ein Grund für brutale Bestrafungen. Unsere verlegene Liberalität in dieser Angelegenheit erstreckt sich jedoch nicht auf Begegnungen zwischen Kindern und Erwachsenen. Obwohl jeder Mensch, der sich einmal mit sehr kleinen Kindern beschäftigt hat, weiß, daß Körper ihre aggressive Neugier erwecken, - alle Körper -, daß sie immer geneigt sind, einem nicht nur den Finger ins Auge oder in die Nase zu bohren, sondern auch nach einer Brustwarze oder einem Penis zu greifen, tun wir so, als hätten diese Übergriffe nichts mit Sex zu tun, wären nur Teil jener zufälligen und 'unschuldigen' Aktivitäten, die man ignorieren oder von denen man das Kind ablenken kann. Der Erwachsene, der aktiv an der sexuellen Unterrichtung von Kindern teilnimmt - sei es das Kindermädchen, das einem Kind das Masturbieren als Beruhigungsmittel beibringt, sei es der erwachsene Mann, der der Forderung eines vierjährigen Kindes "Zeig mir deinen Penis" nachkommt - ist einfach kriminell.

Sexuelle Erziehung wird - wenn sie überhaupt stattfindet - in dieser Kultur anders als jede andere Belehrung über körperliche Funktionen und Verhaltensweisen unpersönlich, in abstrakten Diagrammen vorgetragen. Wenn die Brust als Nahrungsquelle erst einmal verloren ist, das Kind dem Schoß entwachsen ist, wird die sexuelle Lust als weit entfernte und nahezu mystische Belohnung für Jahre asexuellen (oder mindestens verheimlichten) Verhaltens dargestellt. Wenn Stuhlgang und Nahrungsaufnahme derselben Geheimnistuerei und Zufälligkeit überlassen wären, hätten wir mit den Ausscheidungen und der Ernährung dieselben Probleme wie mit dem Sex. Wenn die relativ einfache Aufgabe, jemand Tischmanieren beizubringen, Jahre in Anspruch nimmt, warum glauben wir dann, daß sexuelle Manieren nicht nur nicht gelehrt werden müssen, sondern zwischen Erwachsenen und Kindern kriminelle Handlungen sind?

Die formellen sexuellen Einweihungsriten in anderen Kulturen mögen als schlechte Beispiele für das dienen, was wir lehren könnten, wenn wir die Erlaubnis dazu erhielten: die Verstümmelung weiblicher Genitalien und die Gleichsetzung von sexueller Befriedigung und Tötung der Beute bei männlichen Kindern. Diese Pubertätsrituale drücken beide auch Einstellungen unserer eigenen Kultur der Sexualität gegenüber aus, und es ist kein Wunder, daß uns der Gedanke, Kinder erwachsener Sexualität auszusetzen, erschrecken kann. Wenn wir Sex als einen Urtrieb betrachteten, der normal befriedigt und nach und nach kultiviert wird, brauchten wir unsere Kinder nicht so lange isoliert und in Unwissenheit zu halten, wobei wir in ihnen das aufbauen, was wir selbst erfahren haben: äußerste Furcht und äußerstes Begehren, die, da sie so lange Zeit über ohne Unterweisung bleiben, gefährliche Dummheit produzieren. Und natürlich wollen wir nicht, daß gefährlich dumme Erwachsene die sexuelle Initiation unserer Kinder übernehmen. Die Furcht davor überläßt die Kinder sich selbst, nicht, weil wir der Überzeugung wären, daß Kinder in dieser Angelegenheit die besten Lehrmeister sind, sondern weil wir uns vor der Verantwortung drücken. Wir besitzen so wenig Vertrauen in das, was wir zu lehren haben, daß wir nicht nur auf unsere Verantwortung verzichten, sondern jeden Erwachsenen als kriminell abstempeln, der den Versuch der Unterweisung macht.

Natürlich gibt es Erwachsene, die Kinder sexuell ausbeuten und töten. Aber wenn man sich mit der Frage befaßt, ist es ebenso sinnlos, sie als die Norm anzusehen wie wenn man sagte, daß Vergewaltiger die Norm für heterosexuelle Beziehungen zwischen Erwachsenen darstellen. Zu sagen, daß jede sexuelle Aktivität zwischen Erwachsenen und Kindern wegen der überlegenen Größe und Macht des Erwachsenen ausbeuterisch sei, bedeutet im Grunde das Eingeständnis, daß Beziehungen zwischen Erwachsenen und Kindern prinzipiell ungleich sind; und warum wir uns um die sexuelle Abhängigkeit von Kindern mehr Sorgen machen als um ihre physische, emotionale und intellektuelle Abhängigkeit, sagt mehr über uns als sexuell inkompetente Wesen denn als verantwortliche Erwachsene aus.

Kinder sind uns ausgeliefert. Sie sind auch einander ausgeliefert. Wenn man die sexuelle Ernährung der Kinder den ihnen Gleichaltrigen überläßt, ist das ungefähr ebenso sinnvoll wie anzunehmen, daß die Sandkuchen, die sie füreinander machen, ein ausreichendes Mittagessen darstellen. Ich gebrauche den Ausdruck "sexuell" lieber als "sinnlich", weil mir scheint, daß sowohl unsere Verlegenheit über wie unsere gebannte Konzentration auf die Genitalien uns zu jenen törichten und beschränkten sexuellen Geschöpfen macht, die die meisten von uns sind. Das Bedürfnis eines Kindes nach körperlichem Kontakt ist ebenso sexuell wie unseres. Um sich vorzustellen, daß die sexuellen Wünsche eines Kindes von denen eines Erwachsenen verschieden sind, braucht man nicht mehr Phantasie als um herauszufinden, daß ein Neugeborenes noch kein Steak und keinen Apfel essen kann. Deswegen weigern wir uns nicht, ein Kleinkind zu füttern. Wenn man auf die sexuelle Unabhängigkeit ebenso sorgfältig hinarbeitete wie auf ihre Fähigkeit, allein zu essen, dann würde die Masturbation zu jener befriedigenden Fertigkeit, die sie sein sollte. Die Fähigkeit, sich selbst Genuß zu bereiten, schafft eine Autonomie, die die Basis der Selbstachtung und damit der Achtung anderer ist. Sexuelles Spiel, das auf dem Verständnis von Lust beruht, kann mit ebensovielen kleinen Höflichkeiten verknüpft sein wie die Handlung, mit anderen Menschen zusammen zu essen, mit ebensoviel feierlichem Staunen wie das heiligste aller Spiele. Genauso wie Kinder in allen anderen Lebensbereichen nach und nach größere Autonomie und Verantwortung lernen, sollte ihre Entwicklung in der Sexualität nach und nach erfolgen, bis hin zur Bindung in Beziehungen, im Elternsein - nicht als sexuell ausgehungerte Barbaren, die willens sind, alles für die so lange verbotene Erfahrung herzugeben, infantil, gierig und gefährlich dumm, sondern als empfindungsfähige, sexuell intelligente menschliche Wesen.

Bis wir selbst eine verantwortungsvolle Betrachtung unserer eigenen Sexualität erreichen, werden wir darin fortfahren, unsere Verantwortung unseren Kindern zuzuschieben. Wir leben in einer so homosexualitätsfeindlichen Welt, daß die meisten Erwachsenen erschrocken davor zurückweichen, Kindern ihres eigenen Geschlechts gegenüber irgendwelche Zuneigung auszudrücken und sogar solche Freundschaften mißbilligen und vereiteln, die zwischen Kindern oft am bedeutsamsten sind. Mütter können, statt sich darüber zu freuen, auf die Sexualität ihrer Töchter eifersüchtig sein, weil sie über sich selbst als Frauen so zwiegespalten sind, daß sie nicht wissen, welche Form des Selbstopfers sie empfehlen sollen. Väter treten in Wettstreit mit ihren Söhnen und warnen sie vor dem narkotischen Lotosland sexueller Lust, die sie lähmen würde, während sie sich doch darauf vorbereiten sollen, jene Welt zu erobern, die man für sie ausgesucht hat, sei es der Militärdienst oder das Medizinstudium. Auf jedes Kind, daß durch offene und brutale sexuelle Mißhandlung traumatisiert ist, kommen viele, viele andere, die an den Zerstörungen durch jene Unwissenheit und Unterdrückung leiden, durch die masochistische Frauen und sadistische Männer in unserer Gesellschaft zur Norm geworden sind. Die Alternative besteht nicht wirklich aus der Vergewaltigung von Kindern oder der Keuschheit bis ins späte Jugendalter. Noch heißt sie Perversion oder orthodoxe Heterosexualität. Wir haben tatsächlich die weitergehende Entscheidungsfreiheit, unsere eigene Sexualität und daher auch die unserer Kinder als komplexe Gabe anzunehmen, und wir und sie müssen lernen, diese Gabe weder auszubeuten noch abzulehnen, sondern sich ihrer mit Sensibilität und Intelligenz zu erfreuen.

Ein solcher Wandel der Grundeinstellung geschieht weder schnell noch leicht. Er wird überhaupt nicht eintreten, wenn wir nicht bereit sind, die Frage ernsthaft und offen anzugehen. Polizisten, die Gewalt und Einschüchterung gebrauchen, um eine solche Diskussion zu ersticken, die in jedem Erwachsenen, der sich für die Sexualität von Kindern interessiert, einen Kinderschänder und Mörder sehen, sind selbst sowohl Opfer wie Fortpflanzer unserer sexuellen Krankheit. Wenn wir beim Lesen von "Männer, die Jungen lieben, die Männer lieben" entdecken, daß wir die Motive der beteiligten Männer in Frage stellen, müssen wir folgerichtig auch unsere eigenen Motive in Frage stellen, die uns dazu bringen, unsere Kinder solche Experimente machen zu lassen, während wir vorgeben, das nicht zu tun. Wir müssen auch die Motive jeglicher Interaktion zwischen Erwachsenen und Kindern überprüfen, - wieviel ist je "zu ihrem eigenen Besten" getan worden, wieviel, um unsere eigenen Wertvorstellungen zu bestärken, um uns Freude zu bereiten, - ehe wir vorschnell bereit sind, alles außer selbstlosem Altruismus von Erwachsenen, die Beziehungen zu Kindern haben, als verdächtig anzusehen. Noch wichtiger als das Urteil über die Beschaffenheit der Erfahrung und der Beziehungen anderer ist die Heranziehung unserer eigenen Erinnerungen. Meine Initiation ereignete sich, lange bevor ich nach dem Gesetz erwachsen war.

Obwohl eine ganze Reihe männlicher Wesen meines Alters anboten, sich daran zu beteiligen, war eine zehn Jahre ältere Frau dafür "verantwortlich", auf meine Einladung und Ermutigung hin. Das einzige, was ich an diesem Teil meiner sexuellen Erziehung schlecht finde, waren die Grenzen, die ihre Schuldgefühle und Ängste unserer Lust setzten und der heterosexuelle Druck, dem sogar ich mich aussetzen zu müssen glaubte. Was sie "zu meinem eigenen Besten" tat, verursachte uns beiden Schmerzen. Wenn ich jetzt aufgrund meiner eigenen Erfahrung etwas vorschlagen sollte, Kinder gegen alle erwachsene Verführung zu schützen, sondern Erwachsene leichter verführbar zu machen, weniger beladen mit Angst und Schuldgefühlen, weniger unangreifbar in ihrer Heuchelei. Wenn wir sexuelles Verhalten zwischen Kindern und Erwachsenen akzeptierten, wären wir weit eher imstande, unsere Kinder gegen Mißbrauch und Ausbeutung zu schützen, als wir es jetzt sind. Sie hätten die Freiheit, uns, wie sie es über alle anderen Erfahrungen können, zu erzählen, was mit ihnen geschieht, könnten unsere Sympathie und Unterstützung erhalten statt unseres stummen und argwöhnischen Terrors. Es gibt tausend spezielle Einzelfragen, die alle schwer zu beantworten sind, aber wir können nicht damit beginnen, uns mit ihnen auseinanderzusetzen, ehe sich unsere Grundhaltung nicht geändert hat. Kinder sind sexuelle Wesen, und es liegt bei uns, die Verantwortung für ihre wirkliche Erziehung zu übernehmen. Durch unser Schweigen sind sie lange genug betrogen und ausgebeutet worden.

PRIVATE PARTS AND PUBLIC FIGURES
(Geschlechtsteile und bekannte Persönlichkeiten)

Die relativ neue Freiheit der Biographen, die sexuelle Wesensart und Erfahrung jener zu behandeln, über die sie schreiben, sollte von allen begrüßt werden, die sich ernsthaft für die Natur des menschlichen Wesens interessieren, denn man hat uns unsere Berühmtheiten zu lange präsentiert, als wären sie, wie die geschlechtslosen Puppen unserer Kindheit, nach der Mode der jeweiligen Zeit gewandete Kleiderständer, die ihre Rolle nur in den öffentlichen Vorstellungen der Politik und der Künste spielen. Andererseits jedoch, wie "Body Politics" schon im Titel andeutet, können uns weder Genitalien noch sexuelle Akte für sich genommen und isoliert viel über die Person sagen, um deren ganze Identität und Erfahrung es geht. Biographen sind, wie wir anderen auch, kulturell darauf konditioniert worden, Sexualität als die "privaten Teile" eines Lebens anzusehen, die entweder keiner Aufmerksamkeit bedürfen, oder von lüsternem Interesse sind. Mit der Möglichkeit konfrontiert, daß sexuelle Identität und Erfahrung ein bedeutsamer, vielleicht sogar integraler Bestandteil des Lebens eines Menschen sein kann, scheinen wenige Biographen die Fähigkeit zu besitzen, solches Material mit der ausgewogenen Einsicht zu verwenden, deren es bedarf.

Die Schwierigkeiten sollten nicht bagatellisiert werden. Die Zeugnisse und Beweisstücke sind oft vernichtet worden, und sogar da, wo sie in Tagebüchern und Briefen existieren, sind sie das Material, das eher verdreht und entstellt wird als die Erörterungen künstlerischer Probleme oder politischer Entscheidungen, und moralische oder romantische Vorurteile legen dabei ebensoviele Hindernisse in den Weg wie die Sprache selbst, wenn es um den genauen und unverfälschten Ausdruck sexuellen Erlebens geht. Die verwirrende Schwierigkeit, der man die größte Aufmerksamkeit schenken sollte, ist die ignorante Voreingenommenheit der Biographen; die meisten von ihnen akzeptieren die Verpflichtung zur genauen Erforschung der jeweiligen historischen Periode, aber nur wenige ziehen ernsthaft ihre Verpflichtung in Betracht, sich selbst nicht nur über die psychologischen, sondern auch die gesellschaftlichen Grundlagen der Sexualität zu unterrichten. Selbst wenn man eine solche Unterrichtung wünschte, wäre sie nicht leicht zu erhalten, denn die Texte, die es gibt, sind in der Mehrzahl völlig unbrauchbar.

Alle drei Biographien, die hier besprochen werden sollen, "George Sand" von Curtis Cate, "The Lonely Hunter" ("Die einsame Jägerin" - nach einem Romantitel von Carson McCullers, "The Heart is a Lonely Hunter". Anm. d. Übsn.) von Virginia Spencer Carr und "Amy Lowell" von Jean Gould sind für alle lesenswert, die sich für George Sand, Carson McCullers oder Amy Lowell interessieren, die alle gute Schriftstellerinnen waren. Alle drei Biographen waren peinlich genau, was die üblichen Erfordernisse der Forschung und der Recherche betrifft, wobei Cate und Carr unglücklicherweise den Versuchungen der Gründlichkeit erlegen sind und weit mehr entlegene Details auflisten, als nützlich ist oder zur Klärung beiträgt. Mindestens aber liefern sie gutes Quellenmaterial, wenn sie auch nicht immer interessant zu lesen sind. Keiner von ihnen besitzt das Rüstzeug, mit dem sexuellen Material vernünftig umzugehen, das ihr Gegenstand einschließt.

Wenn Curtis Cate über einen Mann geschrieben hätte, der nicht nur in der Literatur, sondern auch in der Politik so einflußreich war wie George Sand, scheint es kaum vorstellbar, daß er dessen privaten Angelegenheiten soviel Zeit gewidmet hätte, wie er es bei ihr tut. Das ist kein zufälliger Irrtum, da es immer der verbreitete Fehler von Biographen war, die persönlichen Beziehungen großer Männer als nebensächlich zu behandeln, ihre Sexualität, wenn überhaupt, entweder als Spielerei oder als Gefahr für ihre Autonomie und Autorität zu beschreiben. George Sands Beziehungen zu anderen Menschen waren ihr selbst ungeheuer wichtig, aber Curtis Cate nähert sich ihnen mit allen Vorurteilen eines Mannes, der unterstellt, daß sexuelle und mütterliche Liebe im Leben einer Frau den Mittelpunkt bilden, - im Leben jeder Frau, sogar dann, wenn sie zufällig eine der produktivsten und, nach der Meinung ihrer Zeitgenossen, größten Schriftstellerinnen ihrer Epoche war. Dieses Vorurteil färbt alle seine Interpretationen ihrer Beziehungen, und er ist in Wahrheit außerstande, auch nur eine davon zu verstehen, noch weniger, sie in ein vollständiges Portrait von ihr zu integrieren. Seine gönnerhafte Herablassung und seine sexuellen Platitüden machen einem, im Verein mit dem physikalischen Gewicht des Buches, oft mehr Lust, es in die Ecke zu schleudern, als es zu lesen. Über die Wutanfälle von George Sands Mutter sagt er zum Beispiel, "Sie war nun in den Wechseljahren, und da ihr ein Mann fehlte, der ihre leidenschaftlichen Gefühle hätte befriedigen können, sucht sie sich in stürmischen 'Szenen' ein Ventil." George Sands Mutter hatte genügend handfeste Gründe zur Klage und braucht kein solches Altmännermärchen, um ihren Zorn zu erklären. Sogar wenn Cate über männliche Sexualität schreibt, ist seine Frivolität ganz offensichtlich. Über Alfred de Mussets Geschmack, was Frauen betraf kann Cate sich nicht des Kommentars enthalten, daß er sich zwischen "juwelenbehängten Marquisen" und "moschusparfümierten Schlampen" hin und herbewegte. Es ist kein Wunder, wenn ein Mann mit so plumpen Vorstellungen von Heterosexualität über Homosexualität überhaupt nicht schreiben kann.

George Sand hatte intime Beziehungen fast ausschließlich mit Männern, und alle, mit Ausnahme ihres Ehemannes und ein oder zwei anderer, waren jünger als sie. Cate legt großes Gewicht auf George Sands männliche Eigenschaften und versucht zugleich, sie wegzuinterpretieren: ihre Männerkleidung war praktischer zum Reiten auf dem Land und die einzige Kleidung, in der sie einen billigen Platz im Theaterparkett einnehmen konnte, wenn sie gerade wenig Geld hatte. Und obwohl Cate solchen Beschreibungen von ihr Platz einräumt wie der Alfred de Vignys: "Ein Mann in ihrer Sprache, dem Klang der Stimme und der Kühnheit des Ausdrucks", läßt er diese Eigenschaften nur für ihr schreibendes Selbst gelten und interpretiert ihre Beziehungen zu Männern immer entweder als kindisch oder als mütterlich. "Mit zwanzig war George Sand erotisch noch unterentwickelt", und es muß den "männlichen Stolz" ihres Mannes gekränkt haben, "festzustellen, daß er der tiefen Frigidität seiner Frau nicht Herr werden konnte."

Als reifere Frau schränkte sie die Sexualität ihrer Liebhaber ein, weil sie, laut Cate, in mütterlicher Weise um ihre Gesundheit fürchtete. Chopin war schwindsüchtig, und anscheinend bestand George Sand, außer im Frühstadium ihrer Beziehung, auf sexueller Abstinenz. Einer ihrer Geliebten nach Chopin wurde ebenfalls lungenkrank. Cate stellt keine Vermutungen darüber an, daß die reife, erwachsene George Sand sich vielleicht zu Männern hingezogen fühlte, von denen sie wußte, daß sie keine großen sexuellen Ansprüche an sie stellen würden.

Cate besteht auch darauf, daß der Klatsch über George Sands Lesbianismus, obwohl es ihn reichlich gab, nur üble Nachrede gewesen sei. Jedenfalls gab es neben all den Männern, mit denen sie Beziehungen hatte, nur eine Frau, die sie ernsthaft anzog: Marie Dorval, eine Schauspielerin. In der heftigen Frühphase ihrer Beziehung ging Marie Dorval nach dem Theater zu George Sand und verbrachte die Nacht bei ihr - eine Gewohnheit, die Cate als simple Bequemlichkeit deutet, da Alfred de Vigny, Maries Liebhaber, um diese Zeit gewöhnlich schlief und George Sand daran gewöhnt war, die ganze Nacht aufzusein. Er geht allerdings nicht auf die Tatsache ein, daß George Sand, wenn sie nicht mit Marie Dorval zusammen war, diese Stunden ausschließlich dem Schreiben vorbehielt. "Daß aus dem tete-à-tete gelegentlich ein corps-à-corps wurde, ist möglich, obwohl ich persönlich es bezweifle". Er bezweifelt es, w e i l George Sand "von der Vorstellung besessen war, sie sei zu maskulin". Und er fährt fort, daß sie deswegen "auf jeden Fall eine linkische und schüchterne Liebhaberin gewesen sein muß." Es scheint jedoch ganz im Gegenteil so, als habe sie ihre Affäre mit Marie Dorval so weit getrieben, daß es schließlich zum Bruch zwischen ihnen kam. Alfred de Vigny schrieb quer über einen traurigen Brief, den George Sand Marie geschickt hatte, "Ich habe Marie verboten, dieser Sappho, die sie langweilt, zu antworten." Wie er sich große Mühe gibt, zu beweisen, daß sie keine Lesbierin war, will Cate auch sichergehen, nicht den Eindruck zu erwecken, daß sie etwa mit der heutigen Frauenbewegung sympathisiert haben könnte, denn obwohl sie sich entschieden gegen die Institution der Ehe aussprach, war sie dagegen, den Frauen das Wahlrecht zuzugestehen. George Sand darf in unseren gefährlichen Zeiten nicht zum Vorbild der modernen Frau gemacht werden, sondern muß auf die Rolle der geduldigen und beschützenden Geliebten beschränkt bleiben. Die Tatsache, daß ihr Ruf als Schriftstellerin seit ihrer Zeit gelitten hat, macht es leichter, sich auf sie als eine Frau zu konzentrieren, die, obwohl demokratischen Prinzipien verpflichtet und deren Fürsprecherin, den Vorschlag, sie solle sich um ein öffentliches Amt bewerben, als lächerlich von sich wies.

Es geht nicht darum, daß George Sand Lesbisch oder eine Emanze war. Ihr Leben ist in die Hände eines Biographen geraten, der sie so dominieren will, wie es keinem Mann in ihrem Leben je gelungen ist. Und Nekrophilie ist wohl kaum die aufklärerischste sexuelle Haltung für einen Biographen.

Wenn die Überfülle an Details in "George Sand" dazu führt, daß die Hauptfigur in den Hintergrund gedrängt wird, so tendiert derselbe Nachteil in "The Lonely Hunter" dazu, Carson McCullers zu trivialisieren. Virginia Spencer Carr mangelt es nicht an Sympathie für die Frau, die sie beschreibt. Sie ist ihr, habe ich den Verdacht, weit mehr zugetan, als jede Leserin/ jeder Leser es einer Frau gegenüber sein kann, die als Schriftstellerin große Gaben besaß, als menschliches Wesen dagegen sehr wenige. Egotistisch, emotional abhängig und körperlich hinfällig, war sie in ihren Beziehungen zu anderen Menschen eine klammernde Tyrannin. Elizabeth Bowen (irisch-englische Romanautorin, 1899-1973. Anm. d. Übsn.), die sie zweimal als Gast in ihrem Haus ertrug, sagte, "Ich hatte immer das Gefühl, daß Carson eine Zerstörerin war und zog es deshalb vor, keine enge Bindung an sie einzugehen." Reeves, ihr schwacher, mißhandelter und mißhandelnder Ehemann, erwog, sie umzubringen und brachte schließlich sich selbst um. Nur Tennessee Williams scheint ihr ihr Leben lang zur Seite gestanden zu haben, treu in seiner Nachsicht gegen und seiner Bewunderung für sie. Ihr Leben enthielt genug melodramatisches Drängen, Krisen und Katastrophen, um den Stoff für eine ziemlich haarsträubende, manchmal übermütig komische, manchmal tragische Geschichte abzugeben, und einige der anderen handelnden Figuren, wie W.H. Auden, Gypsy Rose Lee und Katherine Anne Porter, sind in sich selbst so facettenreich, daß sie herausfordernde technische Probleme präsentieren, wenn es darum geht, sie in ihren Nebenrollen zu halten. Carr jedoch hemmt das Vorwärtsdrängende dieses Lebens ständig durch häusliche Banalitäten, medizinische Spekulationen und wirklich unwichtige Nebenfiguren, deren Wert nur darin besteht, daß sie ihr Interviews gewährt haben und schließlich durch provisorische Erklärungen zu Carson McCullers, die in der Mehrzahl nur dazu dienen, ihr Lesepublikum nicht so völlig in Rage zu bringen, wie sie es mit ihrem Lebenspublikum durch betrunkene Possen, nicht sehr gute Klaviervorträge und Hilfeschreie ständig tat. Daß Carson

McCullers unter dem Druck echter und eingebildeter Krankheiten, am Ende trotz Schlaganfällen, die sie verkrüppelten, all das schreiben konnte, was sie hervorgebracht hat, beruht auf ihrer eigenen bemerkenswerten künstlerischen Hingabe und auf der unkritischen, niemals wankenden Unterstützung, die sie von ihrer Mutter und später von Mary Mercer erhielt, einer Ärztin, die sie in den letzten Jahren ihres Lebens pflegte, als sie bettlägerig war.

Carrs Versuche, sich mit Carson McCullers sexuellem Wesen und sexuellen Beziehungen auseinanderzusetzen, sind weder so stumpfsinnig noch so defensiv wie die Cates im Fall von George Sand. Sie beschreibt eher, als daß sie analysiert, und sie tappt nicht in die offensichtlichen psychoanalytischen Fallen, die Carson McCullers oft wie ein freudianisches Minenfeld erscheinen lassen. Obwohl Carr eine Menge Zeit darauf verwendet, Carsons Beziehung zu ihrer Mutter zu untersuchen, die schon bei der Geburt dieser Tochter verkündete, sie sei ein Genie, sie offen ihren anderen Kindern vorzog und sie bei Krankheiten pflegte, als wäre das nicht nur das wichtigste, sondern das einzige Bedürfnis in ihrem Leben, verknüpft Carr diese Abhängigkeit doch nicht automatisch mit Carsons Leidenschaften für Frauen, die sie während ihres ganzen Lebens immer wieder erfaßten. Carr versucht, diesen Teil von Carsons sexuellem Wesen schlicht als Tatsache darzustellen. "An Sex mit Männern nicht interessiert zu sein war genauso ein Teil ihrer physiologischen Ausstattung wie die Tatsache, daß sie zwei Arme, zwei Beine, ein Herz und ein Hirn besaß". Aber wenn das so ist, warum sagt Carr dann von Reeves: "er war unfähig, mit den sexuellen Neigungen seiner Frau fertig zu werden oder ihr zu helfen, sich stärker heterosexuell zu orientieren"?

Die Leidenschaften, die Carson für so unterschiedliche Menschen wie Greta Garbo und Katherine Anne Porter hegte, ihre Selbstdarstellung als junges Genie, daß es wert sei, ihnen zu Füßen zu liegen und sie anzubeten (- Katherine Anne Porter warf sie sich tatsächlich zu Füßen, und die stieg über sie hinweg, um nicht zu spät zum Abendessen zu kommen -), wurden immer mit schroffer Ablehnung beantwortet, doch ihre Beziehungen mit Erika Mann und über sie mit Annemarie Clarac-Schwarzenbach waren ganz anderer Art, da sie bei diesen beiden Frauen auf eine allumfassende, harmonische Liebesbeziehung hoffte, und vielleicht kam sie mit Annemarie dem näher als mit irgend jemand sonst. Ihr Begehren, eher Liebende zu sein als Geliebte, ihre Überzeugung, daß die Rollen nicht umkehrbar seien, erlauben Einsichten in ihr Werk, machten aber ihr eigenes Leben meistens lächerlich und schmerzhaft. Nicht Bisexualität, wie Carr versuchsweise vorschlägt, war die Wurzel von Carsons unglücklichen Beziehungen zu Menschen, sondern ihr Vorurteil über sich selbst, im Verein mit den Anforderungen, die die künstlerische Hingabe stellt und mit schwerer Krankheit. Aber mindestens erhebt diese Biographin ihre Unwissenheit nicht zur Autorität, und für Carson McCullers ist es besser, unter Sympathie und der Überfülle nicht klar strukturierter Details zu leiden, als durch einen fehlinformierten Experten oder engstirnigen Fanatiker Schaden zu nehmen.

Jean Gould bedauert es, daß Ada Dwyer Russell, die Frau, mit der Amy Lowell viele Jahre lang zusammenlebte, nichts über ihre Beziehung geschrieben hat, um besonders jenen Einsichten zu vermitteln, "die unter einem ähnlichen psychosexuellen Konflikt leiden wie Amy Lowell". In Ermangelung dieses Beweismittels beschäftigt sich Gould oberflächlich mit einer ganzen Reihe populärer Theorien. Sie behauptet eine "Dominanz männlicher Gene in Amy", die als Kind "scheinbar ebensosehr Junge wie Mädchen war, so, als wäre sie buchstäblich den Lenden ihres Vaters entsprungen". Es ist typisch für ihren Stil, daß sie zuerst kleine unbewiesene medizinische Märchen herbeizitiert und dann mythologische Querverweise anfügt, so daß Amy Lowell nie in Gefahr ist, als Fallstudie vorgeführt zu werden, aber immer zur überlebensgroßen Gestalt hochstilisiert wird. Und, wie aus Unsicherheit darüber, ob denn die genetische Theorie allein auch tragfähig genug sei, deutet Gould Amys Lausbubenverhalten gleichzeitig als Ergebnis der Tatsache, daß sie keine gleichaltrigen Spielkameradinnen hatte und ihre Brüder und ihren Vater nachahmte, weil sie sie bewunderte. Das Gegengewicht zu dieser tiefschürfenden Analyse bildet eine komische Geschichte: einmal unterschrieb die kleine Amy einen Brief an ihre Eltern mit "Euer Euch liebender Sohn Amy", weil sie "Tochter" nicht buchstabieren konnte.

Amy Lowells schon in der Pubertät immenses Übergewicht trug dazu bei, daß sie sich als "großes, rauhes, maskulines starkes Ding" betrachtete, aber sie empfand deswegen keinen Neid und keine Schüchternheit gegenüber anderen Mädchen ihres Alters. "Sie schien sich immer zu den hübschesten Mädchen in der Schule hingezogen zu fühlen." In ihrem Tagebuch offenbarte sie, welche Art von Beziehung sie sich wünschte: "Ich habe sehr stark das Bedürfnis, eine s e h r intime Freundin zu gewinnen, eine Freundin, die ich mehr lieben würde als jedes andere Mädchen auf der Welt & die mir dieselben Gefühle entgegenbrächte .. . . wir wären am liebsten allein miteinander, nur wir beide". Die Gegenseitigkeit, die Amy verlangte und in ihrer Beziehung zu Ada Russell offenbar erreichte, war ein Teil ihres Stolzes auf ihre Identität als eine Lowell, eine aus der großen und wohlhabenden Oststaatenfamilie - und auf sich selbst als Dichterin. Die frühen Versuche ihrer Mutter, sie in einen konventionellen Rahmen zu zwingen, indem sie ihr untersagte, in einer Theateraufführung eine Männerrolle zu spielen und die sie ordentlich verheiratet sehen wollte, lenkten nur zeitweilig von dem Charakter ab, den sie schließlich entwikkelte. Es gab Gerüchte über einen Verlobten, der die Stadt verlassen habe - die Erklärung für eine Reise nach Europa und eine Periode striktester Hungerdiät, aus der Amy Lowell für lange Zeit geschwächt hervorging. Die Biographin macht, obwohl sie zugibt, daß manche davon überzeugt waren, es habe nie einen Verlobten gegeben, viel Aufhebens von Amy Lowells Leiden an unerwiderter heterosexueller Liebe, nicht nur in diesem einen Fall, sondern auch später, anläßlich der Beschreibung ihrer langen Freundschaft mit Carl Engel, als ob diese Begebenheiten ihre nachmalige sexuelle Wahl erklären könnten.

Wenn Amy Lowell einen Ehemann hätte haben wollen, hätte sie sich einen kaufen können, nicht nur mit ihrem Reichtum, sondern auch mit ihrer gesellschaftlichen Position. Vielleicht war sie dazu zu stolz, aber außerdem hätte sie auch gar nicht gewußt, was sie mit ihm anfangen sollte, denn, wie sie selbst erklärte: "Ich kann nicht anders - immer bewundere ich und gewöhnlich verliebe ich mich in große Schönheit." Nachdem sie die berühmte Schauspielerin Eleonora Duse in Boston hatte spielen sehen, folgte Amy Lowell "ihrem Idol mit maskuliner Aggressivität nach Philadelphia". Später machte sie Ada, die ebenfalls Schauspielerin war, mit derselben Energie den Hof.

Das Theater zog sie stets an, und Amy Lowell war selbst eine echte Schauspielerin. Sie führte sehr gern in ihrem

Haus Stücke auf, und zutiefst genoß sie ihre Vortragsreisen, als sie selbst eine anerkannte Dichterin war. Sie spielte gern "sich selbst", eine große Frau, die geradeheraus ihre Meinung sagte und Zigarren rauchte, worin ein Teil des Vergnügens darin bestand, die Zigarre aus ihrer Umhüllung zu nehmen, weil das so ähnlich war wie "das Entkleiden einer Dame". Und in ihren geschäftlichen Verhandlungen mit Verlegern und Herausgebern verhielt sie sich ebenso - selbstsicher, starrköpfig und stolz.

Amy Lowell und Getrude Stein waren fast direkte Zeitgenossinnen, und Gould vergleicht sie miteinander und behauptet, daß beide durch ihre Lebensführung zur Befreiung der Frauen, lesbischen und nicht-lesbischen, in aller Welt beigetragen hätten. Das Problem mit dieser Behauptung ist nur, daß sowohl das Leben Amy Lowells wie das von Gertrude Stein auf sozialen Privilegien ruhte. Keine von beiden war um des Überlebens willen von gesellschaftlicher Anerkennung abhängig. Amy Lowell hatte sogar noch weniger politisches Bewußtsein als Gertrude Stein. Erst gegen Ende ihres Lebens entwickelte sie eine Paranoia wegen jener Klasse von Menschen, die in den Mühlen der Lowells bei schlechten Arbeitsbedingungen und niedrigen Löhnen schufteten, und auch dann galt ihre Sorge nicht ihnen, sondern sich selbst. Befreiung war für Amy Lowell eine ganz und gar persönliche Angelegenheit.

Geschlechterrollen sind sehr eng mit Macht verknüpft, und die meisten von Amy Lowells Manierismen und Vorlieben - von Gould als sekundäre Geschlechtsmerkmale dargestellt, die für ihre sexuellen Bedürfnisse kennzeichnend gewesen seien - mögen weit eher mit ihrem Wunsch nach Macht in Zusammenhang gestanden haben, die sie nicht unbedingt in einer sexuellen Beziehung suchte, sondern in der Welt, wo sie um Anerkennung kämpfte, nicht nur als Schwester des Präsidenten der Harvard Universität, nicht nur als eine Lowell, sondern als sie selbst, die ausgezeichnete Dichterin. Ein Ehrgeiz von ihr war, daß der Präsident der Harvard Universität hauptsächlich als "Bruder von Amy Lowell" Bekanntheit erlangen sollte. - In ihrer Beziehung zu Ada gibt es, obwohl Amy versucht haben mag, ihre Autorität durchzusetzen, Anzeichen dafür, daß es eine gleichberechtigte Beziehung war, denn Ada bestand darauf, für ihre Arbeit, die sie zur Organisation von Amy Lowells Leben leistete, ein regelrechtes Gehalt zu bekommen und auch darauf, ihre

Familie und ihre Freunde zu besuchen, wann immer sie das wünschte. Amys Spitzname für Ada war "Peter", als wäre es ihr wichtig gewesen, auch sie zu einer privilegierten Identität zu erheben.

Als Biographie ist "Amy Lowell" am ehrgeizigsten darin, die private und die öffentliche Person miteinander zur Dekkung zu bringen. Obwohl Gould ein paar bedauernde konventionelle Bemerkungen über Amy Lowells Versagen in der heterosexuellen Liebe macht, gibt sie doch mit Freuden zu, daß Ada der Anlaß für Amys beste Gedichte war. "Wenn ihre Hinwendung zur heterosexuellen Liebe nicht blockiert worden wäre - seinerzeit zu ihrer tiefsten Enttäuschung - wäre vielleicht nicht mehr aus ihr geworden als eine Bostoner Clubdame und Gesellschaftsmatrone, die einen halbliterarischen Salon unterhielt." Gould schließt die Biographie mit einem Zitat aus Amy Lowells "In Excelsis", dessen Grundstimmung schon in diesem einen Fragment deutlich wird:

So you - air - earth - heaven -
I do not thank you
I take you
and live.

Vielleicht bestehen die Unterlassungssünden dieser drei Biographen darin, daß sie sich nicht mit dem Druck auseinandersetzen, den Gesellschaft und Sexualität aufeinander ausüben, nicht mit der Rolle, die Geld und Privilegiertheit oder der Mangel an beidem in der sexuellen Wahl spielen, noch damit, wie wenig "maskuline" und "feminine" Züge überhaupt mit Sexualität zu tun haben, sondern mit Macht oder dem Fehlen von Macht. Mindestens respektieren Jean Gould und Virginia Carr das sexuelle Erleben ihrer Figuren, wenn sie es auch nicht immer verstehen. Curtis Cate ist es trotz all seiner Bemühungen nicht gelungen, George Sand auf seine eigenen Bedürfnisse zu reduzieren, und obwohl die seine die bei weitem schlechteste der drei Biographien ist, bleibt George Sand doch die politisch scharfsichtigste Gestalt, denn sie erkannte die Beziehung zwischen privatem und öffentlichem Leben, auch wenn ihr eigenes Leben nur in einer sehr unvollkommenen Beziehung zu ihrem Wissen stand.

Wir wollen und brauchen keine Biographen, die sich dem

Leben ihrer Figuren mit einer korrekten sexuellen oder politischen Theorie nähern, um zu analysieren und zu urteilen. Was gebraucht wird, ist die Einsicht, daß, wenn Sexualität ein legitimes Thema für den Biographen ist, die kulturellen Clichés nicht zureichen, um es zu behandeln. Es geht nicht darum, sexuelle Erfahrung und Identität zu deuten oder wegzudeuteln. Menschliche Wesen in unserer Anschauung von ihnen in ihrer Ganzheit wiederherzustellen ist ebenso Aufgabe des Biographen wie aller anderen. Solange wir wen und was wir begehren wie abgetrennte Geheimnisse unseres Lebens behandeln - trivial für Männer, allesverschlingend für Frauen - werden wir weiterhin sehr wenig von dem verstehen, was es heißt, menschlich zu sein, sei es öffentlich oder privat.

MIT ALLEM SCHULDIGEN RESPEKT

Vor einigen Jahren bot ich mich an, innerhalb eines großen, außerplanmäßigen Frauenstudienprogramms an der Universität von British Columbia ein Seminar über "Lesbische Lebensformen" abzuhalten. Ich setzte keine Begrenzung der Teilnehmerinnenzahl fest, weil es mir gar nicht in den Sinn kam, daß sich viele Frauen trauen würden, daran teilzunehmen. Am ersten Abend trugen sich vierzig Frauen in die Teilnehmerinnenliste ein, und während der zwölf Wochen, über die sich das Seminar erstreckte, gab es eine wechselnde Teilnehmerinnenzahl von immer weit mehr als fünfzig. Diejenigen, die schon einige Erfahrungen aus der Frauenbewegung mitbrachten, wollten eine offene Diskussion ohne Diskussionsleiterin, und obwohl die Gruppe deutlich zu groß war und viele Frauen nicht zu sprechen wagten, wollte doch keine eine Aufteilung in kleinere Gruppen - zuerst vielleicht nur, weil es so eine Freude war, mit derart vielen Frauen in einem Raum zu sein, die alle bereit waren, sich selbst Lesben zu nennen, bald aber aus Furcht, in kleineren und angreifbareren Gruppen isoliert zu sein. Denn dieser Raum (- es war mein eigenes Wohnzimmer -) war zu einem sehr gefährlichen Ort geworden, dumpf von mißtrauischem Schweigen, Abwehr und Feindlichkeit. Da ich gebeten worden war, die Gruppe in keiner Weise zu lenken und nicht in meinem 'Archie Bunker'-Stuhl zu sitzen (- ja, ich fürchte, ich habe wirklich so einen, und er sieht sogar dem Stuhl meines Vaters sehr ähnlich, in dessen Ritzen wir immer nach Kleingeld fischten, wenn wir ins Kino wollten -) wartete ich die ersten Wochen über mit hoffnungsvoller Geduld ab und sagte mir, daß wir wahrscheinlich durch eine Versuchsphase hindurchmußten, bis sich die Frauen von allein in kleinere Gruppen aufteilen und mit jener Offenheit sprechen würden, die ich in anderen Frauengruppen immer gefunden hatte. Aber die Atmosphäre wurde nicht besser - sie verschlechterte sich noch. Ich konnte gar nicht verstehen, warum die Frauen Woche für Woche wiederkamen. Wenn das Seminar nicht in meinem eigenen Haus stattgefunden hätte, hätte ich schon nach einem Monat aufgegeben.

Es gab eine Menge Erklärungen für das, was hier geschah: die Altersstufen reichten von achtzehn bis fünfundfünfzig, die Berufe waren so unterschiedlich - von Wäschereiarbeiterin bis Professorin der Psychologie. Es gab Maoistinnen und gläubige Katholikinnen. Einige gehörten einer Kommune an. Es gab monogame Paare, verheiratete Frauen, die mit ihrem Ehemann und ihrer Geliebten zu dritt zusammenlebten, alleinerziehende Mütter, die ihre Geliebten verheimlichten, andere, die mit ihren Kindern offen darüber sprachen, Frauen, die es nie gewagt hatten, sich den Frauen zu nähern, die sie liebten, weil sie fürchteten, abgewiesen zu werden. Solche Verschiedenheiten brauchen gemeinsamen Erfahrungen nicht im Wege zu stehen, aber in diesem Fall taten sie es. Nacheinander wurde jede Frau, die bereit war, zu sprechen, von anderen im Raum als unauthentisch, als keine "echte" Lesbe abqualifiziert. Frauen ohne sexuelle Erfahrung wurden abgelehnt, Frauen, die mit Männern zusammen waren, wurden abgelehnt, monogame Paare hatten nicht das politische Bewußtsein, Lesben zu sein, politische Lesben benutzten das Etikett "lesbisch" nur als Trick. Abend für Abend taten die Frauen nichts anderes, als ihr eigenes Recht, lesbisch zu sein, zu verteidigen und andere in Mißkredit zu bringen, deren Vorstellungen anders waren als ihre eigenen. Viele Frauen sprachen überhaupt nie.

Schließlich, als nur noch zwei Abende bevorstanden, hielt ich es nicht mehr aus. Ich setzte mich in meinen "Archie Bunker"-Stuhl und hielt meine reaktionäre Rede. Es war m e i n Haus, und es blieb mir überlassen, jede Woche das psychische Blut aufzuwischen, das vergossen worden war. Wenn die Frauen mit dieser Zerstörung weitermachen wollten, würde ich ihnen für die beiden letzten Abende einen Raum in der Universität besorgen. Wenn sie wieder ins Haus kamen, würde ich mein Recht in Anspruch nehmen, die Diskussion zu leiten, falls sie sich immer noch weigerten, in kleinere Gruppen zu gehen. Ich würde Themen festlegen und feindselige Äußerungen unterbinden. Einige Frauen beschlossen, sich anderswo zu treffen. Einige kamen wieder. Am Tag nach dem letzten Seminarabend erschienen zwei junge Frauen an meiner Tür, überreichten mir eine Rose und sagten, "Wir haben uns in deinem Seminar kennengelernt und ineinander verliebt, also kann es nicht ganz so schlimm gewesen sein."

Ich weiß nicht einmal, ob ich die Atmosphäre an diesen Seminarabenden nicht vielleicht unabsichtlich selbst verursacht habe - durch meine Unterstellung eines grundsätzlich guten Willens, der schlicht nicht existierte, und ich weiß auch nicht, wieviel von der Feindseligkeit, die die Frauen gegeneinander richteten, in Wahrheit auf mich zielte, aber ich fühlte mich sehr stark verantwortlich für den Schaden, der in so vielen Frauen angerichtet worden war, die in ihrer Lage schlecht Angriffe von denen ertragen konnten, von denen sie doch Unterstützung erwarten dürfen sollten. Meine offene Ablehnung der Geschehnisse fügte der gesamten Erfahrung noch einen weiteren Geschmack von Bitterkeit hinzu.

Öffentlich eine Lesbe zu sein, es zu wagen, dieses Etikett sogar in einer solchen Gruppe - oder vielleicht gerade in einer solchen Gruppe zu tragen - heißt darauf bestehen, daß der psychische und moralische Inhalt des Wortes verändert werde, daß seine Nebenbedeutungen eher ins Positive als ins Negative gewendet werden. Aber was für die eine Lesbe positiv ist, ist für die andere negativ, und unterschiedliche Wertvorstellungen werden augenblicklich zu widerstreitenden Wertvorstellungen. Denn wenn eine Frau ihr Recht geltend macht, als Zeichen ihrer Freiheit Stiefel und Jeansjacke zu tragen, fühlt sich eine andere, die die Leute davon überzeugen will, daß "Lesben Menschen sind wie andere auch" davon zutiefst bedroht. Wenn eine Frau versucht, sowohl mit ihrem Mann als auch mit der Frau, die sie liebt, eine liebevolle und offene Beziehung herzustellen, dann fühlt sich eine andere, deren Partnerin die Sicherheit einer heterosexuellen Ehe verlockend findet, betrogen und moralisch zutiefst verletzt. Die Lesbe, die bereit ist, alles für das Privileg zu opfern, ihr Lesbischsein unter allen Umständen öffentlich zu machen und jede andere Entscheidung als feige verurteilt, bedroht die lesbische Mutter mit dem Verlust ihrer Kinder, die Lehrerin oder Krankenschwester mit dem Verlust ihrer Arbeitsstelle.

Die Konflikte, die ich in meinem Wohnzimmer sah, werden auch in der breiteren Öffentlichkeit ausgetragen. Robin Morgan kritisiert Jill Johnston, weil sie politisch ungenau sei. Andere kritisieren Robin Morgan, weil sie verheiratet ist und ein Kind hat. Und Kate Millett kann, wenn sie von einer Stadt zur anderen reist, nicht herausfinden, ob sie sich nun lesbisch oder bisexuell nennen soll, weil das, was an der Ostküste gerade okay ist, sich an der Westküste als falsch herausstellt. Anscheinend gibt es im ganzen Land keine einzige authentische Lesbe, außer denen vielleicht, die sich erst noch eingestehen müssen, daß sie welche sind. Das in einer Zeit zu entdecken, in der Tausende von Frauen das Risiko auf sich nehmen wollen, öffentlich als Lesben aufzutreten, ist zunächst einmal enttäuschend, und dann für viele wirklich erschreckend. Dabei sollte es, denke ich traurig, doch lustig sein.

Für diejenigen von uns, die schon als Lesben in die Öffentlichkeit gingen, bevor es eine Bewegung gab, die Unterstützung zu versprechen schien, sind das Aufstellen von Regeln, das Auf-die-Probe-stellen und der Nahkampf nicht so bedrohlich wie für die Frauen, die auf etwas Sympathie und Schutz gezählt haben, um das Risiko überhaupt auf sich nehmen zu können. Ich will damit nicht sagen, daß wir Vor-Bewegungslesben klüger oder mutiger wären. Vielen wurde die Entscheidung einfach aufgezwungen und mußte eher behandelt werden wie ein gebrochenes Bein denn als heroische Tat. Für andere hatte die Entscheidung mehr praktische Vorteile als Nachteile, weil sie sich dadurch gegen die Ehe wehren, sich aus belastenden familiären Beziehungen befreien, oder einen Job loswerden konnten, den sie ohnehin nie gemocht hatten. Sogar die wenigen, die echte Kämpferinnen waren, beteiligten sich an der Schlacht gewöhnlich unter Pseudonym, wenn sie in Zeitschriften wie "The Ladder" schrieben. Wenn wir andere Lesben kennenlernten, setzten wir nicht automatisch Sympathie voraus. Im Gegenteil, wir akzeptierten, daß dabei die Gefahr größerer Erkennbarkeit und Sichtbarkeit bestand und mieden einander gewöhnlich, außer bei sorgfältig arrangierten privaten Treffen. "Wegen der Kleidung mach dir keine Sorgen," sagte mir eine über sechzigjährige Lesbe, die mich für einen Sonntag zum Mittagessen einlud, "es kommen nur Schwule." Wir alle kannten Frauen, die ihre Kinder oder ihre Arbeitsstelle verloren hatten, nur weil sie mit einer von uns gesehen worden waren. Wir lernten, negativ beschützend zu sein. Wir hatten nicht die Illusion, daß wir, wenn wir im hellen Tageslicht daherkämen, die Unterstützung oder auch nur die Zustimmung unserer Schwestern finden würden. Was wir in der Tat lernten, war, ohne sie zu leben, unser eigenes Leben ohne die Hilfe oder Bedrohung einer

Gruppe in den Griff zubekommen. Es ist keine leichte Lektion, und manche Frauen verharren in Angst und Bitterkeit und wissen, wenn sie sehen, was heutzutage unter den Lesben geschieht, daß die Menschen überhaupt nichts taugen, und die einzige Lösung ist, weiterhin in voller Rüstung durchs Leben zu marschieren. (- Wir sind mit Prinz Eisenherz-Heftchen aufgewachsen. -) Aber für manche von uns hat die Bewegung wirklich einige echte Unterstützung gebracht, neue Entscheidungsmöglichkeiten und neue Freundinnen, und da wir nicht so arg mitgenommen sind von Mißbilligung und Ablehnung, weil wir gelernt haben, damit zu leben, haben wir vielleicht innerhalb der Bewegung die spezielle Aufgabe, gegen das anzugehen, was uns trennt und für eine wirkliche Solidarität zu arbeiten.

Vor sechs Monaten hielt ich - trotz der Proteste meines Nervensystems - ein weiteres Seminar, weil ich an einem Buch mit dem Titel "Lesbian Images" (1979 auf deutsch erschienen bei 'Amazonen Frauenbuchverlag' unter dem Titel "Bilder und Schatten. Die lesbische Frau in der Literatur". Anm. d. Übsn.) arbeitete, das hauptsächlich aus literarischen und biographischen Untersuchungen zu Autorinnen wie Getrude Stein, Willa Cather, Radclyffe Hall, Vita Sackville - West, Margaret Anderson und anderen bestand, und ich wollte ein wenig Rückmeldung von anderen Lesben haben. Die Gruppe war diesmal viel kleiner, und obwohl es viele reale Unterschiede gab, teilten doch alle das Interesse an Büchern. Fragen, die im ersten Seminar zu persönlich gestellt worden waren, konnten mit einem gewissen Abstand betrachtet werden, wenn sie sich in Büchern fanden. Warum waren so viele dieser Schriftstellerinnen in männliche Identitäten verstrickt? Wenn sie unter dem Einfluß der ökonomischen und politischen Verhältnisse ihres Landes und ihrer Zeit standen, warum war dann jemand wie Margaret Anderson offenbar völlig frei davon, ihre Beziehungen in männlichen und weiblichen Begriffen zu definieren? Maureen Duffy, die jüngste der Autorinnen, über die ich arbeitete, 1933 in die englische Arbeiterklasse hineingeboren, war in ihrem Beharren auf einer behaupteten männlichen Identität, wobei sie sich immer wieder auf Freud berief, fast ebenso starr wie Radclyffe Hall. Wir konnten die Einflüsse verschiedener psychologischer Theorien auf diese Schriftstellerinnen diskutieren, die Wirkungen, die der religiöse Glaube auf einige von ihnen hatte.

Radclyffe Hall zum Beispiel war eine fromme Katholikin. Hatte ihre jeweilige Klassenzugehörigkeit Einfluß auf ihre sexuellen Haltungen? Vita Sackville-West war eine Aristokratin, Getrude Stein hielt die soliden Werte der Mittelklasse in Ehren, Maureen Duffy wuchs in den Slums von Südengland auf. In all diesen Diskussionen fielen kaum persönliche Bemerkungen, aber nach dem Seminar erzählten mir einzelne Frauen von langen Gesprächen, die sie mit ihren Freundinnen und Geliebten über Themen aus dem Seminar geführt hatten, manchmal liebenswürdige, manchmal heftige und abwehrende Gespräche. "May Sarton wird mein Leben ruinieren," verkündete eine. "Die Frau, mit der ich zusammenlebe, ist total hingerissen von Sartons Behauptung, daß frau für jedes Buch, das sie schreibt, eine neue Muse braucht."

Bei den Autorinnen selbst und bei den Figuren ihrer Bücher fanden die Frauen Gedanken und Erfahrungen, die ihren eigenen ähnlich waren, andere, die sie bedrohten und schlicht verwirrende. "Warum war Violette Leduc bei Männern immer ein Opfer? Warum verliebte sie sich in männliche Homosexuelle?" "Vielleicht, um das Ganze unmöglich zu machen, damit sie mehr Zeit für sich selbst behielt." Während wir lasen und diskutierten, wurde uns bewußter, wie unterschiedlich die Erfahrungen in unserem bis vor kurzem vernachlässigten und versteckten Erbe waren, das schon immer seine Verfechterinnen der Monogamie hatte, der Bisexualität, des Zölibats, des Lebens in Kommunen und der Mutterschaft, das sich schon immer mit Fragen der Religion, Psychologie und Klasse auseinandergesetzt hat. Aber es war auch klar, daß wir, wenn wir diese Frauen verstehen wollten, sie nicht nur als Verfechterinnen ihrer Ansichten kennen mußten, sondern auch als Individuen, eingeschränkt oder bestärkt durch ihre jeweiligen Erfahrungen und Fähigkeiten. "Margaret Anderson war in gewisser Hinsicht eine alberne Person, aber trotzdem kann ich nicht anders als sie zu mögen, wegen ihrer entzückten Freude am Leben." Wir fanden keine Vorbilder für unsere Leben, sondern Gefährtinnen und Freundinnen - ein Erlebnis, das uns miteinander umgänglicher und freundlicher machte; dabei waren wir uns unserer realen Unterschiede ganz bewußt, aber wir waren imstande, sie ohne dauernde Verteidigungshaltung bestehen zu lassen.

"Unterstützung" ist ein in der Frauenbewegung vielbenutztes Wort. Für allzu viele Frauen bedeutet es das Geben und

Nehmen unqualifizierter Zustimmung. Manche Frauen sind schrecklich gut darin, die über lange Zeit vorzuspiegeln und genauso gut darin, die in kritischen Momenten wieder zu entziehen. Zu viele sind davon überzeugt, daß sie ohne diese Zustimmung nicht arbeiten können. Es ist ein falsches Konzept, das dem Verstehen Steine in den Weg gelegt und echten emotionalen Schaden angerichtet hat. Die Aufhebung des kritischen Urteilens ist nicht notwendig, um wirkliche Unterstützung zu geben, die viel mehr mit Selbstachtung und der Achtung für andere - auch in Augenblicken ernsthafter Meinungsverschiedenheiten - zu tun hat. Ich habe Jill Johnstons Art kritisiert, auf andere Frauen Druck auszuüben, sich ebenso öffentlich zu machen wie sie selbst, - nicht, weil es mich bedroht, denn ich stehe sehr häufig mit ihr zusammen in der Öffentlichkeit, sondern weil ich nicht glaube, daß unsere totale Sichtbarkeit notwendigerweise die bessere Welt zustande bringen würde, an die sie glaubt. Ich habe Robin Morgan wegen des Ausmaßes an Angst und Feindseligkeit kritisiert, das sie zu äußern für nötig gehalten hat, weil ich glaube, daß solche Emotionen ansteckend und schädlich sind. Ich mag Kate Milletts gelegentliche Flirts mit der Rolle des öffentlichen Opfers nicht, und zwar hauptsächlich deswegen, weil ich Kate Millett gern habe. Jedoch respektiere ich allerdings das Recht jeder dieser Frauen, das zu tun, was sie tut, und wenn ich das Privileg erhielte, mit ihnen zu disputieren, würde ich es mit ihnen tun, wie ich es mit einer Geliebten tue: darum kämpfen, zu verstehen und verstanden zu werden, ohne den Wunsch, zu diskreditieren, ohne den Wunsch, zu gewinnen oder zu verlieren, in einem Wettstreit, der dazu da ist, beide Frauen zu stärken. Diese Haltung ist nur möglich, wenn ich zuallererst akzeptiere, daß keine dieser Frauen je für mich spricht, genauso wenig, wie Gertrude Stein oder Radclyffe Hall oder Vita Sackville-West je für mich sprechen. Ich spreche für mich selbst. Am Ende müssen wir alle für uns selbst sprechen. Ich meine damit nicht, daß jede von uns imstande sein sollte, ein großes Publikum zu beherrschen. Offen gesagt: die Gefahren, für ein großes Publikum zu arbeiten, überwiegen oft die Vorzüge, denn zu viele Frauen erliegen der Versuchung, Frauen wie Robin und Kate als "Führerinnen" zu betrachten, die deshalb alle Frauen repräsentieren sollen, obwohl keine von ihnen je für ein solches Amt kandidiert hat. Sie sind nur in dem Sinn selbsternannt wie wir alle - nämlich, um ihre eigene Meinung zu sagen. Jede von uns ist, in diesem Sinn, allein, und wenn in dieser Erkenntnis Schrecken liegt, so doch auch Erleichterung. Niemand anders kann mein Leben diskreditieren, wenn ich es in meinen eigenen Händen habe, und darum brauche ich niemand anders dazu zu bringen, die falsche Last meiner angstvollen Feindseligkeit zu tragen. Das Paradoxe ist: wenn ich wirklich allein dastehe, wird mir klar, in welch bemerkenswert guter und großer Gesellschaft ich mich befinde. Überall gibt es authentische Lesben - ja, schlafend in den Armen ihrer Ehemänner, ja, ihre Kinder stillend, ja, zu dritt in einem Bett, ja, treu bis ins hohe Alter, ja, allein. Jede muß für sich allein stehen, ehe wir zusammen gehen können, wäre es auch nur zu zweit oder zu dritt, und schon gar als eine Armee der Liebenden.

HOMOSEXUALITÄTSPHOBIE UND ROMANTISCHE LIEBE

"Wollen Sie damit sagen, h i e r sind Lesbierinnen, hier in diesem Raum?" fragte eine junge Frau entsetzt. Das Erlebnis, daß sich Frauen einmal wöchentlich trafen, manchmal bis zu fünfzig, sich in kleine Gruppen aufteilten und Probleme diskutierten, die sie als Frauen betrafen, war für diese Frau buchstäblich eine Befreiung von dem sexuellen Druck gewesen, den sie immer spürte, wenn Männer in der Nähe waren. Daß sie nun vielleicht sexuell wieder auf der Hut sein mußte, diesmal gegenüber Frauen, deprimierte sie tief. Ein Mann, der Kate Milletts "Sita" in der New York Times rezensierte, bekannte seine Niedergeschlagenheit (- an deren Ernsthaftigkeit ich zweifle -), weil s o g a r in einer lesbischen Beziehung eine Frau die andere emotional und, noch eklatanter, sexuell unterdrücke. Wenn die lesbische Sexualität genau die gleichen Probleme mit sich bringt wie die heterosexuelle, wo sie doch in sich selbst schon "ein Problem" ist, ist sie automatisch schlechter. Die Bürde liegt auf der Lesbe, heterosexuellen Frauen und Männern zu beweisen, daß ihr sexuelles Erleben grundsätzlich besser ist, wenn es überhaupt akzeptiert werden soll. Besonders unter jungen Lesben, die sich daran machen, eben diesen Beweis anzutreten, findet sich eine ganze Menge attraktiver Arroganz, und sie haben meinen aufrichtigen Beifall für jeden Punkt, den sie in dieser Debatte erringen. Ich, im lesbischen Schweigen der dreißiger und vierziger Jahre aufgewachsen, ohne Gemeinschaftsgeist in den fünfzigern, die ich in den sechzigern das Schweigen für mich selbst mit einem zarten und romantischen Roman brach, habe mir für diese Debatte keine Geschicklichkeit angeeignet, aber Adrienne Richs Aufforderung, in ein Gespräch über die Homosexualitätsphobie in allen Frauen einzutreten - nicht unbedingt in politisch-feministischen Begriffen, sondern um zu entdecken, "was hier eigentlich wirklich vor sich geht", ruft mir mein eigenes endloses Staunen wieder in Erinnerung.

Wenn ich im selben Alter gewesen wäre wie diese junge Frau, die sich von der Vorstellung, es könnten Lesben mit ihr im selben Raum sein, bedroht fühlte, wäre ich vielleicht böse mit ihr geworden, obwohl: als ich in ihrem Alter war und eine Freundin dasselbe Entsetzen äußerte ("Was würdest du tun, wenn dir je eine Lesbierin begegnete? Ich glaube, ich würde mich übergeben, oder in Ohnmacht fallen, oder sterben."), sagte ich kein Wort, und später, während ich darüber nachgrübelte, empfand ich weder Zorn, noch irgend einen Zweifel an meinem Schweigen. Ich fühlte mich einfach furchtbar und unabänderlich allein. Fünfundzwanzig Jahre später wollte ich aufklären, und ich glaube, ich war sanft und beruhigend genug, um diese junge Frau dazu zu bringen, mit dem Erleben anderer höflich, wenn schon nicht aufgeschlossen umzugehen. Ich habe den Verdacht, daß ihr meine Sexualität, wegen meines Alters und meiner Position als Universitätslehrerin, als irreal erschien, die Sexualität ihrer männlichen und noch älteren Professoren, da bin ich sicher, jedoch keineswegs. Ich hätte ihr nicht mit gutem Gewissen sagen können, daß keine Lesbe sie je attraktiv finden und sexuelle Annäherungsversuche machen würde. Die meisten aus meiner Generation sind schüchtern und vorsichtig genug, um im allgemeinen harmlos zu sein, aber Lesben in ihrem Alter mochten sie gewiß nicht nur begehren, sondern auch einen politischen Glaubenseifer entwickeln, um sie zu bekehren, sie mit ebensoviel Ego-Einsatz herausfordern, tyrannisieren und einschüchtern wie jeder junge Mann auch, der eine Eroberung machen will. Und genauso wenig hätte ich natürlich jede junge Lesbe darüber beruhigen können, daß eine ihrer abenteuerlustigen heterosexuellen Schwestern nicht vielleicht ihre Gefühle ausnutzte, um mal zu sehen, wie es ist. Die jungen Frauen nennen das "Nummern abziehen."

Ich b i n tieftraurig darüber, wie oft lesbische Beziehungen akkurate Karikaturen heterosexueller Beziehungen sind, obwohl es mich nicht überrascht. Für Kate Millett ist es wichtig, exakt aufzuzeichnen, was ihr geschehen ist, ob das nun jemanden deprimiert oder nicht. Es ist ganz klar, daß Kates Besessenheit von Sita mit Sitas Gleichgültigkeit in diesem Stadium der Beziehung zusammenhängt. Im selben Moment, in dem Sita sich erweichen läßt, Kate die sexuelle Sicherheit und Zuwendung bietet, um die sie sie anfleht, überfällt Kate eine Klaustrophobie, und sie sehnt sich danach, frei zu sein. Immer und immer wieder fiel mir beim Lesen Willa Cathers Bemerkung ein: "Menschliche Beziehungen sind die tragische Unumgänglichkeit des menschlichen Lebens; daß sie niemals völlig befriedigend sein können, daß jedes Ego sie die Hälfte der Zeit gierig verlangt und sich die andere Hälfte der Zeit ihnen zu entziehen sucht."

Das ist wahr. Was mein sehr viel jüngeres Selbst betrifft. Ich war sexuell so ausgehungert, menschlich so isoliert, psychisch so traumatisiert von gesellschaftlicher Verurteilung, daß ich von mir selbst eine selbstaufopfernde Reinheit der Motive forderte, eine so erlösende Vision von Liebe, daß zu lieben die Auslöschung aller gesunden Selbsterhaltungstriebe bedeutete, die ich besaß. Ich bin noch immer nicht frei von all den phobischen Reaktionen, zu denen dieses süße, starke, junge Selbst seine Zuflucht nehmen mußte, einzig, um am Leben zu bleiben. Und auch wenn wir immer sagen, daß die jungen Frauen heute nicht traumatisiert sind, wie wir es waren, glaube ich doch nicht wirklich, daß die sexuelle Revolution der Frauenbewegung die meisten Nervensysteme schon erreicht hat. - Mitten in diesem Absatz wurde ich vom Telefonanruf einer jüngeren Freundin unterbrochen, die mir sagte: "Meine Geliebte hat sich, seit einem politischen Kampf wegen ihrer Lebenszeitstelle an der Universität vor achtzehn Monaten, jedesmal übergeben, wenn wir miteinander geschlafen haben, was sowieso nur alle zwei Monate vorkam, und jetzt ist sie ins Gästezimmer gezogen und sagt, ich sollte schlafen mit wem ich wollte." Da ist die Homosexualitätsphobie in uns selbst, Adrienne, ob wir es nun schon mit acht Jahren gewußt oder erst nach Jahren der Ehe und des Kinderkriegens entdeckt haben, daß wir uns lieben. Kein Wunder, daß uns die Homosexualitäsphobie heterosexueller Männer und Frauen so empört. Bevor wir ihr in ihnen entgegentreten, und auch wenn wir sie daher haben, müssen wir die Homosexualitätsphobie in uns selbst wahrnehmen. Wenn ich es mir so ehrlich wie möglich ins Gedächtnis rufe, wandte ich mich, bevor ich irgendwelche psychologischen oder moralischen Definitionen kannte, um Liebe an Frauen, weil ich wußte, wie ich geliebt werden wollte und wußte, daß nur Frauen das wußten. Von meiner Mutter her bestimmt. Mein Vater war sehr fürsorglich, wenn er einmal da war, aber er war selten da, und darum liebte er eher Vorstellungen, die er sich von seinen Kindern gemacht hatte. Meine Mutter liebte uns mit unserem Erbrechen, gebrochenen Knochen, Trotzanfällen, hörte sich unsere Witze an, unsere

Theorien über die Welt, unsere selbstsüchtigen Ausbrüche und unsere Sorgen. (Heute liebt mein Vater, wie ich glaube, daß eine Frau es kann, aber er hat siebzig und mehr Jahre dazu gebraucht, und er hat seltenes Talent dazu.) Damals dachte ich nicht darüber nach, geliebt zu werden, obwohl ich es brauchte. Ich dachte daran, zu lieben.

Ich war nicht sehr gut darin, "die Hälfte der Zeit gierig verlangend, und die Hälfte der Zeit sich entziehend . . .". Ich konnte mich von der Trennung der Rollen nicht lösen, Geliebte oder Liebende. Wie Kate und Sita schwankte ich zwischen Empfindungen von Macht und von Abhängigkeit hin und her. Macht verlangte zuviel Verantwortung. Abhängigkeit war zu demütigend. In beiden liegt das Mißlingen des Ziels, Gleiche zu sein, ein Mißlingen, das im heterosexuellen Modell so schreckenerregend ist, auch wenn ein paar Männer und Frauen zusammen herausfinden, wie sie sich davon befreien können.

Fängt es für uns selbst damit an, daß wir uns selbst als Frauen nicht mögen, weil wir ungleich geliebt werden? Tragen wir diese Abneigung in unsere Liebe zu anderen Frauen hinein und taumeln so unter einer Last: weil wir wissen, daß wir schlechter sind, müssen wir, gerade darum, besser sein? Sind wir die unreinen Hündinnen, die sich selbst in Göttinnen verwandeln müssen? Der Versuch, zu gut um wahr zu sein, ist seelisch und geistig so teuer, daß unser Versagen darin vielen von uns nicht nur Ekel erregt, sondern sie zerstört. Vor einigen Jahren schrieb ich, "Ich möchte versuchen, einfach nur gut genug zu sein."

Es waren meine Geliebten, die an Selbstekel und Schuldgefühlen litten, nicht ich. Sie kehrten zu Ehemännern zurück, zur Kirche, zölibatärem Gelehrtendasein. Ich merkte stattdessen, daß ich keine Straße mehr hinuntergehen, vor keiner Zuhörerschaft mehr stehen, nicht mehr essen konnte, wenn jemand zusah. Ich schlief, trank, masturbierte tagelang, um dem Schreiben zu entgehen und glaubte, mein Wille, diesen Fluchthandlungen zu trotzen und wieder an die Arbeit zu gehen, würde mich schließlich umbringen. Das ist nicht einfach nur eine Geschichte aus den schrecklichen fünfziger Jahren. Ich höre sie überall um mich herum, in den "befreiten" Siebzigern.

Ich begreife, warum Bertha Harris darauf bestehen will, daß Lesben, die einzig wahren Lesben, Ungeheuer sind. Sie versucht, unsere Homosexualitätsphobie in die Arme zu nehmen und sich selbst/uns in Liebende zu verwandeln, die "schlecht genug um wahr zu sein" sind, inzestuös, ichbezogen, süchtig, verrückt. Fang da an, dich zu lieben.

Mir fehlt dazu das romantische Flair, ich lebe in einer zu kleinen Gemeinde (freiwillig), bin zu lange in einer zentralen Bindung gewesen (dreiundzwanzig Jahre, freiwillig). Ich brauche normalere Lösungen. Oder Hoffnungen.

Eine meiner heterosexuellen Freundinnen erzählte mir, ihr Geliebter habe zu ihr gesagt, sie sei ihm keine gute "Ehefrau" Sie fragte ihn nach seiner Definition einer Ehefrau. Als er fertig war, sagte sie, "Du sprichst nicht über eine Ehefrau, du sprichst von der Mutter eines Kindes unter fünf Jahren." Mich macht der Vorschlag, daß wir als Lesben einander bemuttern sollten, immer nervös, obwohl ich verstehe, daß diese Vorstellung von unserer ersten Quelle der Liebe herrührt. Unsere Mütter sind aber auch die ersten Quellen abweisender Macht, gegen die wir in unserer ohnmächtigen Wut angeschrien haben. Wenn wir als Erwachsene nach dieser mütterlichen Liebe weinen, folgt die ohnmächtige Wut unausweichlich, und was sogar noch entmutigender ist: wenn wir totale Sympathie und Zuwendung bekommen, wollen wir bald nur noch wieder frei sein, weil wir keine Kinder mehr sind. In einem Seminar über Willa Cather fragte mich ein junger Mann: "Glauben Sie nicht auch, daß nur Menschen desselben Geschlechts eine wirkliche Vermählung erleben können, - nicht nur des Fleisches, sondern auch des Geistes?" "Ich weiß es nicht," antwortete ich, "aber was für eine schreckliche Vorstellung!" - "Ein Fleisch" ist mir immer verlogen vorgekommen, weil jeder vom andern durch einen Sack aus Haut abgegrenzt ist, und Kinder sind keine Metaphern der Vereinigung, sondern Individuen, die oft aus Genen bestehen, die es schwermachen, festzustellen, ob sie dem einen oder anderen Elternteil in irgendeiner Weise ähneln. "Ein Geist" ist eine sogar noch schreckenerregendere Invasion des autonomen Verstandes und seiner Vorstellungskraft.

Die Griechen behandelten romantische Liebe wie jede andere Krankheit, drückten ihr Mitgefühl aus und übermittelten gute Wünsche für eine baldige Besserung. Wir jedoch erklären den Zustand der Verliebtheit zum höchsten Gut. Wenn ich mit Menschen zusammentreffe, die "total verliebt" sind, frage ich mich, warum wir nicht ebensogut jedes delirische Fieber, sagen wir mal bei Lungenentzündung, als einen Zustand feiern, der höchst begehrenswert ist. Bestimmt wäre es uns selbst und unseren Freunden gegenüber netter, auf Heilung zu hoffen, als ein lebenslanges Siechtum zu schüren, - das ja aber glücklicherweise sehr selten ist.

Ich bin hierbei nicht zynisch. Die Liebe, welche Kate Millett in "Sita" beschreibt, ist am Ende für beide Beteiligten gleich erniedrigend, weil sie auf dem Muster der Beziehung zwischen einer Mutter und einem abhängigen Kind beruht. Kates Instinkt, da herauszuwollen, wieder zu ihrer Arbeit zurückzukehren, ist ihre Heilung. Sowohl der Schmerz über ihre eigene Abhängigkeit wie Sitas Rückkehr zu Männern als Liebhaber verstärkt die Homosexualitätsphobie in beiden. Es kann zwischen Menschen kein dauerndes Entzücken, keine stetige Nahrung geben, wenn die eine immer fürchtet, die andere werde zu "Papi" mit seiner überlegenen sexuellen Macht zurückkehren und die andere dabei gewiß ist, von einem besitzergreifenden Kind erstickt zu werden, daß sich weigert, erwachsen zu werden und aus dem Haus zu gehen.

Ich glaube nicht, daß es irgendeinen Weg gibt, unsere Homosexualitätsphobie auszurotten, wenn wir nicht auch das Infantile in der romantischen Liebe als jenes Unkraut behandeln, das es ist, das Unkraut, das die junge und echte Schwesterlichkeit erstickt, die zwischen uns zu blühen beginnt. Wir müssen Gleiche sein, unsere Stärken ohne abhängigen Neid respektieren, unsere Schwächen verständnisvoll betrachten, ohne sie zu pflegen oder zu verstärken, voneinander abhängig sein aus freien Stücken, nicht aus angstvollem Zwang.

Ich liebe die Erotik zwischen Frauen, die ihren eigenen Körper mögen, die harte Diskussion zwischen denen, die das Recht auf ihren eigenen Verstand geltend machen, die Freude zwischen Frauen mit wacher Intelligenz. Die junge Frau, die so entsetzt darüber war, mit Lesben in ein und demselben Raum zu sein, hatte ihre Angst von Männern gelernt, die versuchten, sie zu dominieren. Der Mann, den das alte Muster der Geschlechterpolitik deprimierte, weil es sich "sogar zwischen zwei Frauen" fand, wurde zunächst einmal in heterosexuellen Begriffen über Beziehung desillusioniert. Beide projizieren das grundsätzliche Fehlschlagen der romantischen Liebe zwischen den Geschlechtern auf die Lesbierinnen. Wenn wir versuchen, darin besser zu sein, werden wir uns wieder und wieder schlechter fühlen.

Sex ist nicht so sehr eine Identität, als vielmehr eine Sprache, die zu sprechen uns so lange verboten war, daß die meisten von uns nur das Gröbste an Vokabular und Grammatik lernen. Wenn wir über das Muster von Herrschaft und Unterwerfung, von besitzergreifender Gier hinauskommen wollen, müssen wir die Liebe als Fieber, als die "tragische Unumgänglichkeit des menschlichen Lebens" hinter uns lassen und Sprachen sprechen, die uns die Freiheit geben, liebende Gleiche zu sein.

STÜMPFE

Von der Gemeinde, in der ich lebe, sagt man, daß wir - außer bei einem Waldbrand - nie kooperieren. Das ist eine Übertreibung. Wir haben nicht nur eine freiwillige Feuerwehr, sondern auch einen Gemeindesaal und einen Park, den wir selbst beaufsichtigen. Trotzdem, jede neu vorgeschlagene Gemeindeaufgabe ruft nichts anderes hervor als Gleichgültigkeit oder Gezänk. Die meisten Leute sind hier geblieben oder hierher gekommen, weil sie Geschmack an der Einsamkeit hatten und um die Einmischungen zu vermeiden, die der Regierung in größeren Gemeinwesen möglich sind, die Gefolgschaft, die von Gruppen mit ähnlichen Überzeugungen und Zielen gefordert wird. Wenn wir miteinander reden, rechnen wir damit, verschiedener Meinung zu sein. Alle Gemeinwesen sind in Wahrheit Feindesland für das Individuum, sogar jene, die ihre Sorge um einvernehmliche Entscheidungen beteuern, denn niemand kann sich ohne Schwierigkeiten an all das anpassen, was die anderen sind. Diese Gemeinde hier versucht es gar nicht erst.

Gerade in diesem Klima, einem Mikrokosmos aus Gleichgültigkeit, Mißverständnissen und Mißtrauen, lerne ich gern, wie ich leben kann. Als die CBC eine Sendung machen wollte, in der es hieß, daß wir dabei seien, uns in eine Künstlerkolonie zu verwandeln, spotteten alle darüber, einschließlich der Interviewten. Weil es hier eine ganze Menge unabhängiger Frauen gibt, geht in den Subbars von San Franzisko das Gerücht um, unsere Insel werde bald in "Lesbos" umbenannt werden. - Wenn ich mich jemals in einer Künstlerkolonie oder einer Lesbenkommune wiederfände, würde ich wegziehen.

Früher wollte ich sehr gern dazugehören. Ich zog von einem Ort zum anderen, wo ich immer die Fremde war, das Objekt von Verdächtigung und Verachtung, und träumte davon, mit Freundinnen und Freunden zusammenzusein, die ich schon mein ganzes Leben lang kannte, - nicht nur aus Sicherheitsbedürfnis, sondern auch wegen der Freude an geteilten Erfahrungen, gemeinsamen Grundhaltungen. Einmal wohnte ich mit meiner Familie lange genug in einer Stadt, um ein zweites Jahr in dieselbe Schule zu gehen, und da, im Klassenzimmer, war eine neue Mitschülerin, dick, fast blind und verängstigt. Ich durfte sie zusammen mit dem Rest der Klasse über den Sportplatz jagen, die Treppe hinunter und auf die Straße. Ich warf eine ihrer Galoschen hinter ihr her. Allein auf dem Heimweg erbrach ich mein Mittagessen und mein Frühstück. Ich habe seither nie Solidarität kennengelernt, die nicht früher oder später mit Galoschenschmeißen oder Schlimmerem zu tun hatte, und mein Magen ist in diesen Dingen nicht stärker geworden als damals, als ich zehn war.

Der Mangel an Solidarität ist hier unsere größte Tugend. Wir sind gute Bürger in dem Sinn, daß wir übereinstimmend erklären, nicht miteinander übereinzustimmen - mit nur gelegentlichen Anflügen gerechter Empörung: über ein NDP-Plakat (Kanadische Neonazi-Partei. Anm. d. Übsn.) an jemandes Haus, einen Jesus Christ Superstar-Button, einen Anita Bryant-Sticker, einen Frauenbewegungsaufkleber am Jagdhaus - alles Zeichen unserer Verschiedenheit. Ich bin immer ziemlich öffentlich sichtbar, nicht nur, weil meine Bücher auf dem monatlichen Büchertisch im Feuerwehrhaus liegen, nicht nur, weil ich gelegentlich im CBC rede, sondern weil ich mich in normalen Unterhaltungen auf der Post oder am Dock als Lesbe benenne. Meine jungen Nichten verbringen hier den Sommer, meine Eltern feiern hier ihren fünfzigsten Hochzeitstag. Freundinnen und Freunde kommen, schwarze, orientalische, welche in Nonnengewändern, in Jeans, auf Krücken, mit Gitarren, Fahrrädern, Drachen, Aktentaschen, im Landrover oder im Lincoln. Sie sehen weder aus wie eine, noch sind sie eine Armee. Man kennt und beobachtet sie wie mich, um zu sehen, was es da zu fürchten gibt. Die einzige Phantasie, die ich über eine Inbesitznahme der Insel habe, ist die durch die Bäume; es gibt genug Holzfäller, die das verhindern. Die sind auch sichtbar.

"Der Wald ist unser Garten," sagen sie. "Bäume sind Unkraut."

Elizabeth Hopkins, die ein Stückchen weiter die Straße hinauf wohnt, hat mir ein Aquarell von einem Baumstumpf geschenkt. An meiner Arbeitszimmertür hängt eine Kopie der Emily Carr-Bäume "Verachtet als Brennholz, Geliebte des Himmels"; hoch, dürr und vom Blitzschlag getroffen stehen sie vereinzelt in den Trümmern eines Kahlschlags. Im Gestrüppwald sehe ich die Äste eines umgestürzten Baumes sich selber wie Bäume verhalten - sie wachsen nach oben. Ich schreibe in mein Notizbuch, "Ich sollte einen Roman mit dem Titel 'Stümpfe' schreiben."

"Schriftsteller?" sagt der Häusermakler zu einem Reporter, der ihn interviewt. "Na klar. Die kommen mit Canada Council-Stipendien hierher, um schmutzige Bücher zu schreiben."

Wir alle ärgern uns gegenseitig über den Gebrauch, den alle vom Rohmaterial machen. Aber niemand kann in einer so kleinen Gemeinde dem Vorurteil genügend anderer Leute trauen, um zu handeln. Wir sind ein Milieu in politischem Gleichgewicht, jeder mit genügend Feinden, um unsere Zahl klein zu halten, wenn wir genügend Nahrung finden wollen. An solch einem Ort ist es am leichtesten, sowohl die Notwendigkeit wie die Gefahr des öffentlich Sichtbarseins zu lernen. Es ist genauso klar, was es die Ökonomie der Insel kosten würde, mich zu töten, wie was die Tötung eines Häusermaklers, Holzfällers, Fischers Lehrers kosten würde. Menschliche Wesen tolerieren das, von dem sie eingesehen haben, daß sie es tolerieren müssen. Nur Sichtbarkeit ist instruktiv. Eine meiner Nachbarinnen sagte zu einer anderen, nachdem sie "Lesbian Images" gelesen hatte, "Ich wüßte es ja lieber nicht, aber solange sie nicht versucht, mich zu bekehren, ist es ihre Sache, wie sie lebt."

In einer Großstadt, die "es lieber nicht wüßte", ist das Sichtbarsein ein schwieriges Geschäft. Die Polizei macht sich einen Spaß daraus, die Ignoranz zu beschützen, das Vorurteil aufzuplustern mit Razzien auf alles, von Sauna bis Zeitung und damit schmutzigen Stoff für die Medien zu liefern. Die Leute fangen an zu glauben, daß sie das nicht tolerieren müssen. Etwas so Simples wie eine Lesben- und Schwulenparade wird sie nicht zum Umdenken bewegen. Erst wenn eine Gemeinde weiß, daß ihr überall und unter allen Umständen Schwule angehören, lernt sie, wie San Franzisko, daß sie uns als Teil der politischen Realität akzeptieren muß. Wenn wir unsichtbar bleiben oder uns in beschützende Gemeinschaften zurückziehen, stören wir auf gefährliche Weise das politische Gleichgewicht, von dem wir notwendig abhängen.

Hier, auf dieser wunderlichen kleinen Insel, ist die Lektion klar. Wie sehr wir uns auch darüber streiten mögen, wie man leben sollte, und gleichgültig, wie widerwillig wir unser gegenseitiges Hiersein akzeptieren, gleichgültig, welch widerstreitendem Gebrauch wir unsere Wälder aussetzen - wir wissen, daß wir sie nicht abbrennen wollen. Wir können uns nur auf uns selbst verlassen, und jeder wird gebraucht. Blitzschlag, ein Tourist, ein defekter Holzofen können uns immer noch besiegen und werden es vielleicht tun, aber wir haben einigen Schutz gegen die Destruktivität in uns selbst, weil wir ohne Polizie und Paraden leben, mit vielem, das wir lieber nicht wüßten und doch wissen müssen, um zu überleben.

BRIEFE

Briefe, die mir über meine Arbeit geschrieben werden, hebe ich auf. Seit 1964, als mein erster Roman "Desert of the Heart" ("Wüste des Herzens") herauskam, habe ich viel mehr davon bekommen, als ich je erwartete, - Dankbriefe, Bitten um Hilfe, herausfordernde Briefe, Briefe, die die eigene Geschichte der Schreiberin erzählten. Für manche Menschen ist die Schriftstellerin so etwas wie die Fremde im Flugzeug, jemand, der man sich anvertrauen kann - mit einem echten, nur halbbewußt wahrgenommenen Unterschied: die Fremde wird gewählt als jemand, von der es kaum wahrscheinlich ist, daß sie Geheimnisse verrät; die Schriftstellerin dagegen ist eine Geschichtenerzählerin. Obwohl manche meiner Korrespondentinnen ihre Lebensgeschichten als Material für Bücher angeboten haben, die ich schreiben sollte, habe ich aus keinem der Briefe je Material benutzt. Trotzdem denke ich, daß mein Herz durch sie weit besser informiert, die Reichweite meines Verständnisses größer ist. Und diese Briefe beschreiben im selben Maß wie Rezensionen, wenn nicht sogar deutlicher, das Klima, in dem meine Bücher geschrieben wurden.

Archivleute haben argumentiert, daß die Briefe wegen ihres soziologischen und psychologischen Wertes unter die Papiere gehörten, die für die Bibiliothek aufbewahrt werden sollen. Als man mir diesen Vorschlag zum ersten Mal machte, protestierte ich, weil Menschen, die mir schreiben, nicht damit rechenen, daß ihre manchmal sehr persönlichen Eröffnungen eines Tages in öffentlichen Archiven enden. Obwohl ich meine Bücher nicht zu dem Zweck geschrieben habe, den Menschen Geständnisse zu entlocken, empfand ich doch, daß ich, wo ich sie nun einmal erhalten hatte, eine treuhänderische Pflicht besaß und die Menschen, die mir diese Briefe schrieben, vor Preisgabe und Mißbrauch schützen mußte. Daraufhin schlug man vor, die Briefe fünfzig Jahre lang unter Verschluß zu halten und erst dann zugänglich zu machen. Im, sagen wir mal, Jahr 2030 wäre niemand mehr übrig, der an diesen Briefen ein persönliches Interesse hätte, und ihr gesellschaftlich relevanter Wert könnte angemessen eingeschätzt werden. Obwohl Tote laut Gestz nicht verleumdet werden können, fühle ich mich deswegen nicht freier, ihr Andenken zu mißbrauchen. Und doch, fragte ich mich: ist nicht eines der Motive beim Schreiben, Teil jener Zeugnisse zu werden, die aussagen, wie es gewesen ist, gelebt zu haben? Die Briefe zu vernichten könnte ein größeres Vergehen sein, als sie aufzubewahren.

Ich sprach mit mehreren Leuten, die für beide Seiten Argumente vorbrachten. Für manche ist der Schutz der Privatsphäre absolutes Gebot. Sie fremdem Zugriff auszusetzen, egal in wie ferner Zukunft, ist Betrug. Ich habe Freundinnen und Freunde, deren Briefe ich, auf ihre Bitte hin, routinemäßig vernichte, sobald ich sie beantwortet habe. Andere jedoch haben wie ich sehr stark das Gefühl, daß unser persönliches Leben der Geschichte gehört, und Zeugnisse davon zu vernichten heißt, sich an der Lüge zu beteiligen, die die Wahrheit auf ein schuldbeladenes Geheimnis reduziert.

Eines Nachmittags besuchte mich eine Archivarin und half mit, verschiedene andere Probleme zu lösen, die mit der Aufbewahrung von Papieren zusammenhingen. Ich sagte ihr, daß es mir noch immer nicht gelungen sei, wegen der Briefe einen Entschluß zu fassen. Sie war immer noch sehr dafür, daß sie dem Archiv überlassen würden.

"Hättest du etwas dagegen, wenn ich mir ein paar davon ansehe?" fragte sie.

Obwohl diese Bitte für einige scharfsinnige Moralisten an sich schon eine Verletzung der Privatsphäre darstellt, hatte ich keine Bedenken, weil ich die Diskretion dieser Frau kenne und achte. Ich dachte, wenn sie die große Spannweite des Materials sehen könnte, würde sie mein Zögern und meine Sorge vielleicht besser verstehen. Ich gab ihr den Ordner mit Briefen, die ich erhalten hatte, nachdem "Lesbian Images" erschienen war, bot ihr dann eine Tasse Tee oder einen Drink an. Sie lehnte ab. Ich ging nach oben, um mir etwas zu holen und auch mit dem Abendessen anzufangen. Als ich wieder in mein Arbeitszimmer kam, saß sie mit dem Ordner auf den Knien da und starrte ins Kaminfeuer.

"Kann ich meine Meinung über den Drink noch ändern?"

"Natürlich," sagte ich und ging ihr einen holen.

Als ich zurückkam, bat sie mich auch um eine Zigarette.

Normalerweise raucht sie nicht.

Nach kurzem Schweigen sagte sie, "Das hier sollte verbrannt werden. Alles. Sofort."

"Du verstehst jetzt, welche Probleme sich mir wegen der Briefe stellen?"

"Einer davon," sagte sie, "ist von einer guten Freundin von mir."

Ich stand da und beobachtete, wie sie versuchte, sich von dem Schock zu erholen, daß sie ihre Freundin so unabsichtlich entlarvt hatte. Waren die Schreiberinnen dieser Briefe vorher keine wirklichen, lebendigen Menschen gewesen, eher Abnorme und Spinner, deretwegen ich übermäßig heikel war?

In diesem Augenblick traf ich meine eigene Entscheidung. Obwohl ich noch eine ganze Weile nicht vorhabe, mich von meinen Papieren zu trennen, werden die Briefe, wenn die Zeit kommt, in meinem Archiv sein. Denn nur wenn die Menschen die Macht und die Verschiedenheit der Reaktion auf Verfolgung lesen können, werden sie beginnen zu lernen, daß die leidenden Menschen in Wahrheit ihre guten Freunde sind. Die Lösung ist nicht, ihr Zeugnis ins Feuer zu werfen, sondern diesem Zeugnis ins Auge zu sehen.

Beim Lesen dieser Briefe findet sich nicht nur Leiden, sondern man begegnet auch bemerkenswertem Mut. Keiner der Haßbriefe, die ich je bekommen habe, trug eine Unterschrift. Offenbar braucht die Selbstgerechtigkeit die Anonymität. Aber die, die wirklich Gründe hatten, sich zu schützen, haben ihre Briefe ohne Ausnahme unterschrieben. Sie sind mir eine Unterstützung gewesen, ohne die es manchmal fast unmöglich gewesen wäre, weiter zu schreiben. Den Schmerz und den Mut und die Liebe aufzubewahren stellt nichts anderes bloß, als die Heuchelei der Welt. Unsere einzige wirkliche Verteidigung ist immer die Wahrheit gewesen.

DER GESCHLECHTERKRIEG

Die Greueltaten, die Männer an Frauen begangen haben, werden zunehmend als Beweismittel nicht nur gegen das Patriarchat und die Heterosexualität verwendet, sondern gegen Männer als Kategorie von Menschen. Ob es das chinesische Füßeeinbinden, die afrikanische Verstümmelung der Klitoris, Jahrhunderte der Hexenverbrennung oder die zeitgenössische Mißhandlung von Ehefrauen und die Vergewaltigung ist, - die Botschaft lautet, daß Männer eine tiefe Furcht vor und Haß auf Frauen haben, die sie bei jedem Versuch, die Welt zu einem weniger wahnsinnigen und zu einem freundlicheren Ort zu machen, als liebende und politische Partner disqualifizieren.

Solche Argumente zielen nicht auf ein männliches Publikum, sondern auf Frauen, die darauf beharren, mit dem Feind zu "fraternisieren"; diese Argumente sollen Frauen davon überzeugen, daß sogar unsere Väter, Brüder, Ehemänner und Söhne tödlich gefährlich für uns sind. Ganz gleich, wie sanft und intelligent Männer scheinen mögen - die riesige Industrie der Pornographie entzückt ihre Phantasie und bestärkt ihr wahres Begehren, das darin besteht, uns mit allem brutal zu behandeln, von ihren schmutzigen Socken bis zu ihren riesigen Schwänzen. Frau kann ihnen niemals trauen.

Das ist eine Ansicht, die viel mit den Auffassungen von Institutionen wie der Kirche oder der Psychiatrie gemein hat, außer daß das andere Geschlecht, das jetzt gefürchtet und gehaßt wird, Männer sind statt Frauen. Historisch gibt es dazu auch mehr Anlaß, gewiß, und es schadet niemand, sich der Verbrechen der Vergangenheit und Gegenwart bewußt zu sein, aber eine ganze Kategorie von Menschen anzuklagen, sie ächten oder eliminieren zu wollen, weil einige von ihnen Vergewaltiger und Mörder sind heißt, sich wirklich mit dem Teufel unter eine Decke zu legen.

Die fanatische Engstirnigkeit zu übernehmen, unter der wir gelitten haben, korrumpiert unsere wahre Macht genauso, wie vom Patriarchat übernommen und zu seinem Spielgeld gemacht zu werden. In beiden Extremen sehen wir, daß eine

Frau, um Anerkennung zu finden, nicht besser sein muß als ein Mann, sondern schlimmer.

Ich erlebe in der Tat jeden Tag eine Menge männlicher Arroganz, auf die ich gut verzichten könnte, und die besten Männer, die ich kenne, sind immer noch eher ein Teil des Problems als ein Teil seiner Lösung, aber da ich, die von einer feministischen Revolution alles zu gewinnen hat, es sehr schwierig finde, viele meiner Haltungen und Verhaltensmuster zu ändern, überrascht es mich nicht, daß sogar Männer, die sich dem Feminismus verpflichtet fühlen, es mühsam finden, zu lernen, nach dessen Prinzipien zu leben.

Was sich mir oft in den Weg stellt, ist die Angst. Diese Angst in Paranoia umgewandelt zu bekommen, hilft mir überhaupt nicht. Es ist eine Sache, auf echte Gefahren hingewiesen zu werden, aber eine ganz andere, von dem Mythos terrorisiert zu werden, daß alle Männer Monstren sind. Einmal mußte ich eine Prüfung überwachen; sie fand in einem jener fensterlosen Hörsäle statt, in denen das Vortragspult unten in einem Abgrund steht und die Tischreihen sich endlos nach oben bis zu einer verschwindenden Rückwand hinziehen. Eigentlich hätte ich zwei Helfer haben sollen, aber keiner von beiden war erschienen. Während ich versuchte, die Blätter mit den Prüfungsfragen zu verteilen, begannen die Studenten, sich vor der Tür zu drängeln und brachen schließlich herein: einhundertundfünfzig junge Ingenieure strömten herunter und auf mich zu. Der erste, der mich erreichte, lächelte und sagte, "Es ist schon spät. Wäre es gegen die Vorschriften, wenn ich Ihnen helfe?" Diese barbarischen Horden, die nur auf Vergewaltigung und Plünderung aus waren, sahen plötzlich aus wie nervöse Studenten, die Angst hatten, durch die Prüfung zu fallen, - viel eher meine Opfer als ich ihres. Wir verstießen zusammen gegen die Vorschriften.

In einem Schreibkurs, den ich hielt, hatte ich eine Anzahl männlicher Studenten, die Geschichten über Vergewaltigung ablieferten; fast alle waren sie selbstgerecht und verherrlichten den Helden. Eine Geschichte war eine besonders gescheite Satire über einen jungen Mann, der zu lernen versucht, wie er mit dem System fertig wird, zu diesem Zweck alle einschlägigen Bücher liest und sich zu eigen macht, was sie ihm raten. Konfrontiert mit dem kafkaesken Alptraum, sich bei einer großen Gesellschaft um einen Job bewerben zu müssen, hört er auf, sich anzupassen und schlägt zurück. Er vollführt einen Ringkampf mit einem Formular, das er ausfüllen soll, und obwohl es ihn fast überwältigt, sticht er es schließlich erfolgreich nieder, indem er einen Dolch durch die Rubrik "Familienstand" jagt. Seine letzte triumphale Handlung besteht darin, die Sekretärin zu vergewaltigen.

"Wissen Sie, was diese Geschichte sagt?" fragte ich ihn. "Dieser Bursche ist kein Held; er ist ein Opfer, das die Person quält, die noch weniger frei ist als er selbst."

"Aber Sie sollen sie doch nicht als menschliches Wesen auffassen," protestierte er. "Sie ist bloß ein weiteres Symbol für das Establishment."

"Ich glaube nicht, daß weibliche Leser das auch so sehen würden."

Was wir fürchten und wogegen wir kämpfen müssen, sind nicht wir, sondern der Müll in unserem Kopf, der uns dazu bringen kann, einander als Symbole des Establishments zu betrachten - eher als Feinde, denn als Menschen, die lernen müssen, miteinander gegen die Vorschriften zu verstoßen.

Ich glaube, es gibt vielleicht zwischen schwulen Männern und Lesben weniger Feindseligkeit als zwischen heterosexuellen Männern und Frauen, einfach weil nicht viele von uns versuchen, zusammenzuleben und so täglich und aus der Nähe mit einer aufgezwungenen Ungleichheit konfrontiert zu werden, die die Frauen nicht länger hinnehmen, und von der die Männer noch nicht gelernt haben, ohne sie auszukommen. Im Gegensatz zu dem Cliché, das uns als Männerhasserinnen und Frauenhasser definiert, können wir vielleicht eine wichtige Quelle intersexuellen Wohlwollens sein, um diesen jahrhundertealten Geschlechterkrieg in das Stadium friedlicher Verhandlungen zu bringen.

FUCKING PARIAS AUF DEM BÜCHERBORD IM KLASSENZIMMER

Als Freundinnen wie Margaret Laurence und Alice Munro sich mit den Möchtegern-Zensoren Gefechte lieferten, weil ihre Arbeiten in die Lehrpläne und Lektürelisten der Schulen aufgenommen werden sollten, war mein ironischer Trost, daß sowieso noch nie jemand vorgeschlagen hatte, meine Bücher in der Schule zu lesen. Im Pariasein steckt eine negative Blasiertheit. Nur aus diesem Grund war ich enttäuscht, als man mich vor wenigen Monaten bat, eine bestimmte Geschichte für eine Anthologie zur Verfügung zu stellen, die als Schulbuch für die High School bestimmt war.

Die Geschichte selbst ist - natürlich - untadelig. Keine Spur von Sex kommt darin vor, welcher Art auch immer. Es ist vielmehr die einzige Geschichte über Gewalt, die ich je geschrieben habe: eine Frau blickt aus ihrem Fenster und sieht in ihrem Garten einen verwundeten Mann, der gleich darauf auf der Straße unter ihrem Haus von der Polizei erschossen wird. Sie muß das Radio einschalten, um zu erfahren, daß er ein Bankräuber ist, der einen Polizisten erschossen hat. Ihr Mann, der auf dem Weg nach Hause in der Abendzeitung über die Sache liest, macht sich Sorgen um ihre Sicherheit. Sie schauen sich die mit Teleskop gefilmten Ereignisse in den Sechsuhrnachrichten im Fernsehen an, danach Kriegsszenen, die der Frau alle viel realer vorkommen als das, was sich vor ihren Augen im Garten abgespielt hat. Die Geschichte heißt "Ein Fernsehdrama".

Nun gut, was habe ich denn gedacht, daß sie aussuchen würden? Eine Geschichte über glückliche Lesben? unverheiratete junge Frauen? eine Frau mittleren Alters, der es nicht gelingt, verrückt zu werden? Das einzige ungefährliche Thema unter den vielen, die ich behandle, ist Gewalt. Ich sinne über meine vorgefertigte Konservenbiographie nach, die vielleicht schon irgendwo liegt: "Jane Rule ist die Autorin einer ganzen Reihe von Büchern . . ." Der Herausgeber macht eine Pause und sucht nach ein oder zwei passenden Titeln. "Lesbian Images" oder "The Young in One Another's Arms" bestimmt nicht. "Desert of the Heart" könnte zu verführerisch sein. Sogar "Against the Season" hat einen rebellischen Unterton. Wie wäre es mit "This Is Not For You"? Das ist vergriffen und fast überhaupt nicht mehr zu kriegen.

Als ich zur High School ging, habe ich auch nicht viel gelesen. Gut, ich hatte Schwierigkeiten mit dem Lesen, aber mindestens ein Teil des Problems lag in dem Material, das wir zugewisen bekamen. Vieles davon erzählte mir Lügen, beleidigte oder langweilte mich. Benutzen die Schulen immer noch den gereinigten "Cäsar", um die Jungen zu "befrieden"? Das gereinigte "Romeo und Julia" als warnende Geschichte für die Mädchen? Als ich später selber Lehrerin war, hat es mich amüsiert, zu entdecken, daß jene Leute, die Shakespeare zensierten, die zotigsten Sprachwitze oft gar nicht kapierten und deswegen stehenließen, während sie alle Hinweise auf Schwangerschaft sorgfältig eliminierten. Die Leute durften Selbstmord begehen, sich gegenseitig die Augen ausstechen, betrügen und morden, nur kopulieren durften sie nicht. Und verwässerter Shakespeare war natürlich noch das Beste, was wir bekamen. Viel von dem anderen hatte man nicht seiner Einsichten oder seiner Schönheit wegen ausgesucht, sondern wegen seiner erhebenden und patriotischen Gefühle. Ich machte auf der Universität mein Literaturexamen bevor ich Schriftstellerinnen entdeckte, die für mich wichtig waren, aber ich hatte beschlossen, von den geschickten Lügnern die Techniken zu lernen, um meinerseits die Wahrheit zu erzählen.

Es gibt natürlich Schüler/innen, die mit dem Lesenlernen keine Schwierigkeiten haben, die nicht nur zu Hause, sondern auch von einzelnen Lehrern dazu ermutigt werden, Schriftsteller/innen zu entdecken, die ihrem wachsenden Bedürfnis nachkommen, sich selbst und die Welt um sie herum zu verstehen. Doch die Mehrheit ist abhängig von Schullektüre und Schulbüchereien. Wie es scheint, leihen, kaufen und lesen inzwischen nur mehr ungefähr zehn Prozent der Bevölkerung Bücher. - Eine neunzigprozentige Versagensrate bei dem Versuch, Menschen für das zu interessieren, was sie in Büchern finden können deutet an, daß hier etwas grundsätzlich falsch sein muß.

Obwohl die an unserem eigenen Forum, der "Body Politic" geübte Zensur ein dramatischer Streitfall ist, in den wir alle aktiv eingreifen müssen, ist die Aufgabe doch noch viel größer. Wir müssen vernehmbar sein - in unseren Gemeinden, auf den Bücherborden im Klassenzimmer, in unseren Schulen, damit nicht nur Margaret Laurence und Alice Munro für die Schüler zugänglich sind, sondern sogar ich - nicht nur mit meinem kleinen Beitrag über Gewalt, sondern mit den hunderten von Seiten, die ich über menschliche Beziehungen geschrieben habe. Die Zeit der negativen Blasiertheit ist vorbei, die Zeit Zensur an uns zu akzeptieren, während die Schulen zunehmend von Leuten unter Druck gesetzt werden, die es für zuträglich halten, Haß, Angst und Gewalt zu lehren. Margaret, Alice, ich und viele andere gehören in die Regale der Schulbüchereien und in die Lesebücher, um die Menschen zu lehren, daß "to fuck" (- das in den meisten Wörterbüchern immer noch nicht zu finden ist -) kein Akt der Gewalt ist, sondern ein Wort für ein anderes Vierbuchstabenwort, "to love", das komplizierteste, fesselndste und wichtigste Thema der Welt.

DIE VERBRENNUNG DES WANDSCHRANKS (CLOSET - BURNING)*

Das Coming out, das vollständige Coming out, wird mehr und mehr als die politische Lösung gegen unsere Unterdrükkung empfohlen. Das Argument lautet: wenn die Leute erst sehen könnten, wie viele es von uns gibt, manche davon in sehr wichtigen Positionen, würden die negativen Stereotype über Nacht verschwinden. Solche Phantasien können nur Menschen haben, die jung genug sind, um sich nicht an das Zusammentreiben nicht nur der Juden, sondern auch der Homosexuellen in Deutschland während der Nazizeit zu erinnern, Menschen, die unerfahren genug sind, um die Bestrafung von Minderheiten erlebt zu haben, die deshalb verfolgt werden, weil sie, wie Schwarze und Indianer, einfach sichtbar sind. Es ist weit realistischer, anzunehmen, daß, wenn das schwule Zehntel der Bevölkerung morgen sichtbar würde, die Panik der Mehrheit eine repressive Gesetzgebung hervorbrächte, die sogar die Pessimistischen unter uns schockieren würde.

Da es höchst unwahrscheinlich ist, daß ein solcher Tag plötzlich kommen wird, hat es nicht viel Sinn, Angst zu haben; aber sogar als Idealvorstellung ist das massenhafte Coming out gefährlich. Als moralische Keule, um Leute zu bedrohen, die sich noch im Wandschrank verbergen ist diese Idealvorstellung viel zu effektiv, denn die meisten Leute, die nicht in der Lage sind, ihre eigenen Rechte zu verteidigen, fühlen sich deswegen sowieso schon elend und unglücklich. Es ist weder wahr noch freundlich, zu behaupten, ihr Schweigen sei notwendigerweise ein Teil unserer Unterdrückung. Das Ideal muß stattdessen ein so verändertes Klima sein, daß es nicht einmal mehr für die Verletzlichsten eine Gefahr enthält. Während jene unter uns, die es sich leisten können

* Wenn eine Lesbe "in the closet", im Wandschrank verborgen bleibt, heißt das : sie fürchtet ihr Coming out. (Anm. d. Übsn.)

und jene unter uns, die gezwungen wurden oder sich entschieden haben, Opfer zu bringen daran arbeiten, diese Veränderungen in der allgemeinen Einstellung und im Gesetz zu bewirken, sollten wir uns nicht an einer Hexenjagd beteiligen, um andere bloßzustellen, sondern jene beschützen und beruhigen, die für diese Aufgabe nicht gerüstet sind.

Der erste und wichtigste Schritt, den jeder homosexuelle Mensch tut, ist, diese sexuelle Identität als etwas nicht nur Natürliches, sondern auch potentiell Erfreuliches zu akzeptieren. Es hat immer schon einige gegeben, die schwul waren und stolz darauf, aber auf jede Natalie Barney kamen viele, viele Radclyffe Halls, die die herabwürdigenden Beschreibungen von Psychologen akzeptierten, Leiden als unvermeidlich und sich selbst als bedauernswert empfanden. Die schwule Befreiungsbewegung hat, indem sie gewisse Ziele der Schwarzen- und Frauenbewegung übernahm, für eine ganze Generation homosexueller Menschen in den Städten schon einen enormen Wandel gebracht, aber noch muß eine riesige Anzahl von Menschen erreicht werden, die sich mit ihrer Sexualität allein oder insgeheim auseinandersetzen mußten, die noch immer unter Schuldgefühlen oder Scham leiden. Für viele von ihnen kann die Unterstützung, die sie brauchen, um sich selbst akzeptieren zu können, nicht von der homosexuellen Gemeinschaft allein kommen, sondern sie muß auch das Verständnis von Eltern, Ehemännern, Ehefrauen, Kindern und Kollegen einschließen.

Im Gegensatz zu den verächtlichen Anschuldigungen mancher Aktivisten und Aktivistinnen ist kein geheimer Wandschrank, mag er auch noch so komfortabel ausgestattet sein, ein bequemer Ort zum Leben. Ein Coming out würde für viele Menschen dasselbe bedeuten wie für John Damien: den Verlust einer Arbeit, die er liebte, den Verlust der materiellen Sicherheit, und Kummer für seine Familie. Was er jetzt, neben einem unsicheren Leben, hat, ist ein Prozeß, der schon seit Jahren andauert und vielleicht noch viele weitere Jahre andauern wird, wenn man die Klage nicht schließlich abweist und nicht zur Verhandlung kommen läßt wegen des finanziellen Drucks, dem nicht einmal Johns loyalste Unterstützer standhalten können. Daß John bereit war, für seine und unsere Rechte solche Opfer zu bringen, fordert von uns allen tiefe Dankbarkeit. Wir wären in der Tat eine undankbare Gemeinschaft, wenn wir ihm nicht jede moralische und finanzielle Unterstützung gäben, die wir geben können. Wir wären eine blindwütig grausame Gemeinschaft, wenn wir von jedem und jeder, die in ähnlichen Umständen leben, dieselben Opfer und dieselbe Hingabe forderten.

Was wir von jenen erbitten können, denen es unmöglich ist, sich uns öffentlich anzuschließen, ist die Hilfe, die sie uns geben können: und wäre es aus Furcht, oder aus Selbstschutz - verratet niemals andere, um eure eigenen Unschuld zu beweisen. Weder indem ihr sie bloßstellt, noch indem ihr über homosexualitätsfeindliche Witze lacht. Unterstützt, wenn nötig anonym, alle Fälle, in denen es vor Gericht um die Rechte der Homosexuellen geht, ob es sich dabei um das Sorgerecht für Kinder oder um die Pressefreiheit handelt. Spendet - nicht aus Schuldgefühl, sondern als Hoffnung - ein Zehntel eures Gehalts an Menschen, die ihrer Wesensart und ihrer Position nach in der Lage sind, in der Öffentlichkeit auf eine Zeit hinzuarbeiten, in der das auch für euch möglich sein wird. Und schließlich: habt keine Angst um jene unter uns, die unter den Rückschlägen leiden könnten, die ihr als unvermeidlich voraussetzt. Wir haben unsere Wandschränke hinter uns verbrannt, es ist wahr. Aber das einzige, was wir zerstört haben, war die Scham. Einige von uns werden vielleicht mit Bankrott oder Gefängnis fertig werden müssen, aber keine Macht der Welt kann unsere stolze Selbstachtung zerstören, die wir auch für euch zu treuen Händen verwalten.

SPIEGELUNGEN

Immer wenn ein neuer Roman kurz vor dem Erscheinen steht, bin ich mir mehr als sonst jener unausweichlichen Enttäuschung mancher Menschen bewußt, die sich wünschen, daß Literatur nicht nur ein Spiegel, sondern ein schmeichelhafter Spiegel ihrer selbst und ihrer Art zu leben sei. Sehr häufig sehen sie in meinen Büchern eine Reihe schlechter Witze über das alte Thema "Spieglein, Spieglein an der Wand, wer ist die Schönste im ganzen Land?" und hören dann meine eigene Stimme sagen: "Du nicht, Bleichgesicht." Eigentlich gibt es in meinen Romanen wahrscheinlich zu viele Figuren, als daß sie politisch einwandfrei sein könnten, aber ich neige eher dazu, die Schwierigkeiten zu bedauern, die die Schönheit den Menschen bereitet, als sie zu feiern, und ich versuche, niemand das wirkliche Leben zu ersparen.

Ich verstehe sehr wohl das Verlangen der homosexuellen Gemeinschaft nach einer Kunst, die feiern kann, doch zu oft wird dieses Verlangen übertragen in ein Bedürfnis nach einer beschränkten Propaganda für diesen oder jenen Lebensstil. Jede Schriftstellerin und jeder Schriftsteller, die versuchen, es solch einem Publikum recht zu machen, sind zum Versagen verdammt, weil es in der homosexuellen Gemeinschaft nicht nur verschiedene, sondern moralisch und politisch einander widerstrebende Neigungen gibt. Alleinlebenden monogamen Paaren, solchen, die ständig neue Partner suchen, Sadomasochisten, Pädophilen, Separatistinnen, Bisexuellen, Männern und Frauen kann es niemand gleichzeitig recht machen. Und die Sexualität selbst ist nur eines von einem Dutzend Etiketten, durch die wir uns selbst identifizieren. Unsere Religion oder ihr Fehlen, unsere Politik, unser familiärer Hintergrund, unsere Berufe, unsere Landschaften, unsere Behinderungen und unsere Nebenbeschäftigungen sind uns alle wichtig. Erfinde die Figur einer übellaunigen Sozialarbeiterin, und du stößt einen ganzen Berufsstand unter deinen Leserinnen vor den Kopf. Behaupte, daß Kunst durch Rache motiviert werden kann, und du beleidigst alle Romantiker. Stelle einen reichen Mann als moralisch integer da, und du bringst eine marxistische Parade auf die Beine. Und so weiter, und so weiter.

Eine gute Schriftstellerin arbeitet nicht im Propagandageschäft, weil das Wesen der Kunst nicht darin besteht, zu verallgemeinern, sondern darin, das Allgemeine aus dem Besonderen zu erfassen. Und darin liegt ein entscheidender Unterschied. Wenn jemand "Macbeth" sieht und hinterher glaubt, alle Frauen seien von mörderischem Ehrgeiz für ihre Ehemänner erfüllt, verdreht er die Absicht des Stücks. Was sich stattdessen ergeben sollte, ist eine so klare Wahrnehmung des Charakters der Lady Macbeth, daß ihr Name zum Synonym für diese Art weiblicher Unbarmherzigkeit wird, wo immer sie sich findet.

Die Schwierigkeit besteht für Schwule wie für andere Minderheiten darin, daß wir so lange entweder ignoriert oder in negativen Stereotypen geschildert wurden, daß es schwer ist - sogar bei unseren eigenen Künstlern - kein defensives Publikum zu sein. Wir neigen dazu, von ihnen zu verlangen, daß sie Deformiertheit, Einsamkeit, Eitelkeit, Wahnsinn und Selbstmord den Homosexualitätsfeinden überlassen, die ohnehin schon jedes auffindbare negative Image von uns mit Behagen genießen. Gebt uns stattdessen die Makellosesten unter uns, die Begabten, die Klugen, die Liebenswürdigen und Schönen. Die Menschen - ob das nun richtig ist oder falsch - verallgemeinern, was sie in der Literatur finden, und wir brauchen Heldinnen und Helden.

Die heterosexuelle Gemeinschaft bekam aus der Literatur der vierziger und fünfziger Jahre genau das, doch diese glitzernden Sterne, diese Hollywood-Happy Endings ängstigten und deprimierten mehr Heranwachsende als sie begeisterten und nährten einen tödlichen Zynismus in jenen, die sich bereits im Stadium des "und-lebten-glücklich-bis-an-ihr-Lebensende" befanden. Ganz gleich wie nützlich die Lüge sein mag - sie ist Teil der Krankheit, nicht der Heilung.

Und ich werde mich nicht für uns entschuldigen, noch werde ich mich anziehen wie die Frauen auf den Hochglanzwerbeplakaten der achtziger Jahre. Ich werde uns nicht einmal meine ausschließliche Aufmerksamkeit zuwenden. Ich werde uns, wie jeder meiner Figuren, alle Zärtlichkeit, alle Härte und allen Humor entgegenbringen, deren ich fähig bin, um zu zeigen, wie wir unsere unterschiedlichen Abkommen mit der Welt schließen. Mein Spiegel ist niemals ein schlechter Witz. In ihm, wenn du mit Mitgefühl, Amüsement und Hoffnung hineinsiehst, wirst du finden, daß dein Bild schön ist.

GROSSMÜTTER

Ich vermute, schon eine Sechsjährige könnte darüber schreiben, was es heißt, "eine alternde Lesbe" zu sein, hat vielleicht sogar das Bedürfnis danach, wenn sie bereits zwei Jahre einem heterosexuellen Kindermädchen ausgeliefert war, von einer Mutter gemaßregelt worden ist, weil sie für die Dame von nebenan Vergißmeinnicht gepflückt hat und im Kindergarten ermahnt worden ist, nicht immer und wieder dasselbe Bild zu malen: eine schmale Gestalt auf dem Gipfel eines spitzen Berges. Mit sechsundvierzig fällt es mir vielleicht schwerer, denn inzwischen ist der Katalog von tödlichen Schlägen und Freuden viel zu lang und kompliziert geworden, um eine kurze, unterhaltsame Geschichte daraus zu machen.

Ich glaube, es ist wahrscheinlich ein "maskuliner Zug", das Sterben von sehr jungen Jahren an zu üben. Jederfalls sind es immer die männlichen Kinder, die ich erfinde, die sich mit ihrem Flitzebogen selbst erschießen, ihren vom Pfeil durchbohrten Bauch umklammern und zu Boden fallen, und die meisten der echten Hypochonder, die ich gekannt habe, waren Männer, die beim ersten Anflug von Kopfweh schon überzeugt waren, Hirnhautentzündung zu haben und beim leisesten Furz Darmkrebs im Endstadium. Ich habe auch den Verdacht, daß Vaterschaft ebenfalls eine Methode ist, mit der Männer das Sterben üben. Frauen scheinen nicht so oft das Bedürfnis zu haben, melodramatische Vorwegnahmen des Todes zu inszenieren, da das Haus des Körpers so sehr eine Zwischenstation für anderes Leben ist, daß selbst jene von uns, die nicht gebären, sich zu dem vergeudeten Blut, dem monatlichen Mord an irgend einer neuen Seele bekennen, den wir um unserer eigenen Leben willen begehen. Unsere Körper scheinen das Sterben ohne die Hilfe unserer Phantasie für uns zu üben. Nur wenn Frauen die Angst der Männer vorm Sterben aufgezwungen wird, verfangen sie sich in der Eitelkeit, so zu tun als alterten sie nicht, denken sie in meinem Alter an Selbstmord wegen einer verlorenen Gebärmutter, einem Doppelkinn, einer Bifokalbrille.

Ich liebte meine Großeltern alle, aber ich liebte die Körper meiner Großmütter, die beide an Arthritis litten, wie ich jetzt. Ihre Art, sich zu bewegen, war zerbrechlich und vorsichtig, und als ich groß und robust genug war, um ihnen Hilfestellung zu geben, benutzten sie meinen Körper als Stütze oder als Kran, der sie hochzog. Sie lehrten mich früh, wie man Schmerz berührt und lindert, denn sie waren meiner rauhen Liebe ausgeliefert. Von ihnen - weit mehr als von meiner wunderbar stattlichen und tüchtigen Mutter - lernte ich die enge Intimität des Fleisches. Als Heranwachsende ging ich mit meiner Mutter körperlich scheu um, fand aber immer einen heimlichen Vorwand, meine Großmütter zu berühren, ihr Haar zu bürsten, ihnen beim Anziehen zu helfen, ihnen bei der Auswahl der Ringe zu helfen, die sich noch immer über die geschwollenen Gelenke dessen schieben ließen, was für mich ihre schönen Hände waren, - noch immer geschickt mit Nadel und Faden, mit Spielkarten, mit Blumen, mit Bitten. Ich fand ihre Gesichter schöner als alle anderen meiner Kindheit, weil sie g e w o r d e n waren, verstanden werden konnten, wie es mit den weichen Gesichtern der Kinder nicht möglich war, nicht einmal mit denen meiner Eltern, die selbst noch nicht wußten und ihr Unwissen maskierten, so gut sie konnten. Jetzt hat meine Mutter dieses wundersame Gesicht.

Als ich dreiundzwanzig war, verliebte ich mich dauerhaft in eine Frau, die nicht viel jünger war als ich es jetzt bin, deren Gesicht schon begann, von der Zeit gezeichnet zu sein und die mir fünfzehn Jahre vorausgeblieben ist, dreiundzwanzig Jahre lang, mein halbes Leben. Mit sechzig ist sie kenntlicher, lesbarer und schöner als damals, als ich ihr zum ersten Mal begegnete. Die Lücke zwischen ihrem und meinem Alter schließt sich jetzt durch mein vorzeitiges Altern durch meine Krankheit. Wirklich bin ich es, die sie jetzt lehrt, wie sie Schmerz berühren und lindern kann. Manchmal hat sie einen Moment überraschten Neids, wenn sie ein Kind unbekümmert über ein Feld rennen sieht. Ich mag manche der irritierenden Einschränkungen nicht, die mir ein krankes Rückgrat auferlegt. Nicht imstande zu sein, ein Kind hochzuheben, ist ein schmerzlicher Verlust, aber bald wird die junge Kate aus der Nachbarschaft groß und robust genug sein, um mir eine zuverlässige Schulter als Stütze zu bieten.

Das natürliche Ungleichgewicht unserer erotischen Energien,

das uns geplagt, amüsiert und Geduld miteinander gelehrt hat, ist nicht mehr so ausgeprägt wie früher. Während das Erotische mit dem einfach Körperlichen verschmilzt, kehren wir zusammen an einen Ort zurück, der mit der Kindheit lange Augenblicke in der Gegenwart gemeinsam hat, – keine Zukunftshoffnung auf Vollkommenheit ist so eindrucksvoll wie der Anblick von Adlern hoch in der Luft oder der einer plötzlich hervorbrechenden Kolonie von Pilzen im Narzissenbeet.

Es war immer mein Ehrgeiz, eine alte Frau zu werden, und es kann sein, daß meine Lebensspanne kurz genug sein wird, um eine Beschleunigung dieses Prozesses nötig zu machen. Ich habe eine lange Lehrzeit als Liebende hinter mir, und so gut ich kann, werde ich jene Gesten der Werbung noch immer ausführen, aber ich nähere mich einer Zeit, wo ich die Geliebte der Kinder und der Jungen sein muß, die ihr Zutrauen an meinen wachsenden Bedürfnissen messen werden. Wie meine Großmütter mich die wahren Lektionen der erotischen Liebe mit ihrem auf schöne Weise bedürftigen Fleisch und ihren sprechenden Gesichtern gelehrt haben, so wünschte ich mir, die Kinder, die ich liebe zu lehren, daß sie der Zärtlichkeit und der Kraft fähig sind, fähig zu wissen durch das, was sie in meinem Gesicht sehen, das deutlich ist im Schmerz und im Erstaunen, versessen darauf, das Leben zu üben, solange es andauert.